三國志

演義

삼국지 연의

9

◉ ─ **일러두기**

1. 이 책은 박문서관博文書館 판 『현토삼국지懸吐三國誌』(모본)를 저본으로 한 정본 완
   역이다.
2. 본문 삽화는 명대 말엽 금릉金陵 주왈교周曰校본 『삼국지통손연의三國志通俗演義』에
   서 발췌하였다.
3. 주요 등장 인물도는 청대 모종강毛宗崗본의 일종인 『회도삼국연의繪圖三國演義』에
   서 발췌하였다.
4. 본문 중의 역자 주는 모두 세 종류로 나뉜다. 문장 중간의 단어를 설명하는 주는 괄
   호 안에 넣었고, 문장 전체에 대한 주는 문장 뒤에 밑줄을 그어 구별하였으며, 시문
   에 대한 주는 시 원문 밑에 번호나 * 표를 매겨 설명하였다.

김구용 옮김 나관중 지음

완역 결정본

【삼국지 연의】

⑨

솔

三國志演義 ⑨ 차례

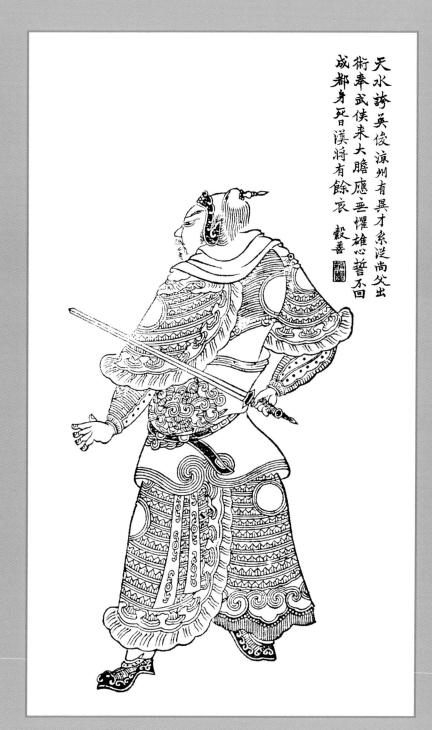

天水誇英俊涼州有異才系從尚父出
術奉武侯來大膽應無懼雄心誓不回
成都身殉日漢將有餘哀　毅善

강유姜維

壇裏陰山雪鋒
銷劍閣雲功成呼
負負顯戮報珠勳

蒼農

등애鄧艾

開言崇聖典用武若通神三國英雄士四
朝經濟臣屯兵驅罴豹養子得麒麟諸
葛常稱家能廻天地春　養靜堂主

사마의 司馬懿

紫髯碧眼號英雄
能使群僚用盡
忠二十四年承大
業龍盤虎踞虎
江東

菊潭上人

손권孫權

英才卓越
推元邁年遺箴
言豈可思昂識保家
非令子至今遺岨峿城知

乙酉乙冬平陵退息庵立頤

제갈각諸葛恪

撥亂扶危主敘勤受託孤英
才過管樂妙策勝吳
懍二出師表堂二八陳圖如
公全盛德應歎古今無

浯溪釣徒

제갈양諸葛亮

勇績當陽著常山屢達功彼軍都似亂
此將克又就膽量魁西蜀威名紀漢中
兩番全幼主千載更誰同　佩芝書

조운趙雲

髫年稱慧曾作秘書郎鈔計
傾司馬當時踊于房壽春多
贊畫劍閣顯鷹揚不學陶
朱隱游魂悲故鄉

耐拙廬主

종회鍾會

⊙ -----	국도
■ -----	부도
○ -----	주도
● -----	군도
◆ -----	현재 도시
▲ -----	산
✕ -----	전투 지역
( ) -----	기타
⸱⸱⸱⸱⸱⸱	국경
▓▓▓▓	만리장성

烏丸

昌黎　　潘陽
　　　玄
　　　遼東　　丸都○　高句麗

幽國　北京
燕國
代郡　范陽
雁門　　　　　遼西　▲碣石山
　　　　　　　　　　平壤
中山國　　　　　　　樂浪

石家莊　◆冀州
太原　鉅鹿　　　渤海　　渤海
　　　　平原　　　青州
鄴
魏郡　■　　　　　東萊
　　東郡　　　齊國○　北海國
河內　白馬✕　濟南國　城陽
洛陽　官渡✕鄭州　濟陰　琅邪國
　　■　潁川　陳留國　沛國
許　　陳郡　　　下邳　徐州

魏

馬韓
弁韓

河南✕新野○豫州　(壽春)　揚州
襄陽　汝南　　　廬江
　　　江夏　　　　南京◆
　　　　　　　建業　吳郡　◆上海
荊州　武昌　　　廬江　　　杭州◆
南郡　武漢■　　　長江
　　江夏
赤壁✕　　　　　　　會稽
長沙　豫章　　　臨海
　　鄱陽
廬陵　臨川　建安

湘東
桂陽　吳
　　　　　福州◆

交州○　廣州◆

香港◆

東中國海

南中國海

0　100　200　300km

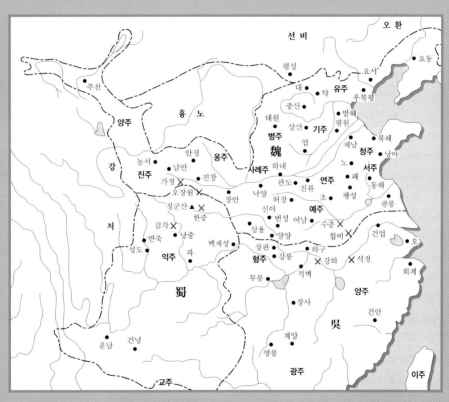

224~280년   삼국이 끝없는 공방전을 벌이던 시기의 지도

제96회

공명은 눈물을 씻으며 마속을 참하고
주방은 머리털을 잘라 조휴를 속이다

이때 계책이 있다고 말한 자는 상서尚書 손자孫資였다.

조예가 묻는다.

"경에게 무슨 묘한 계책이 있는가?"

손자가 아뢴다.

"옛날에 태조太祖 무황제武皇帝(조조)께서 장노張魯를 평정하셨을 때 많은 위험을 겪었기 때문에, 늘 모든 신하들에게 말씀하기를, '남정南鄭 땅은 참으로 하늘의 감옥 같은 곳이다. 더구나 사곡斜谷 땅의 5백 리는 험한 돌과 바위가 많아서 결코 군사를 쓸 곳이 못 된다'고 하셨습니다. 이제 만일 천하의 군사를 모조리 일으켜 촉을 치면 동오東吳가 그 틈을 타서 침범해 들어올 터인즉, 그러느니보다는 차라리 현재의 군사를 모든 장수들에게 나누어주어 모든 요충지를 굳게 지키게 하고 안으로 더욱 힘을 기르느니만 못합니다. 그렇게 몇 해 동안 힘을 기르노라면 우리 중국中國은 날로 왕성하고, 오와 촉 두 나라는 반드시 서로 싸워 피차 지칠 터이니, 그때 가서 무찌르면 쉽사리 이길 수 있습니다. 바라건대 폐

하는 이 점을 생각하소서."

이에 조예가 사마의에게 묻는다.

"손자의 의견을 어찌 생각하는가?"

사마의가 아뢴다.

"손상서孫尙書(손자)의 의견이 매우 마땅합니다."

조예는 그 의견을 따라 장수들을 요충지마다 보내어 굳게 지키라 하고, 곽회와 장합에게는 장안을 지키도록 맡겼다. 그리고 삼군에게는 크게 상을 하사하고, 어가를 타고 낙양으로 돌아갔다.

한편, 공명은 한중 땅으로 돌아가서 군사를 점검하니, 조자룡과 등지만이 보이지 않는지라. 매우 근심하여 관흥과 장포에게 각각 군사를 주어 가보게 했다.

두 사람이 출발하려는데, 홀연 밖에서 군사가 들어와 고한다.

"조운과 등지 두 장군이 오는데, 군사 한 명 말 한 마리 잃지 않고, 군수품과 무기도 버린 것이 없다 합니다."

공명이 너무 기뻐서 친히 장수들을 거느리고 영접 나가니, 조자룡이 황망히 말에서 뛰어내려 땅에 엎드리며 말한다.

"싸움에 패한 장수가 어찌 승상의 먼 영접을 받으리까."

공명은 급히 조자룡의 손을 붙들어 일으키고 대답한다.

"이번 일은 내가 사람을 잘못 써서 이렇게 됐소. 각 방면의 장수와 군사는 다 패하고 많은 손실을 보았건만, 자룡만은 사람 한 명 말 한 마리 잃지 않았으니 웬일이오?"

등지가 고한다.

"저는 군사를 거느리고 먼저 떠나오고, 조장군은 혼자 뒤로 빠져 적의 장수를 참하고 공을 세우니, 적군은 놀라 달아나고 모든 군수품과 무

기는 하나도 잃지 않았습니다."

"이야말로 참다운 장군이로다."

공명은 마침내 황금 50근을 조자룡에게 상으로 주고, 또 비단 만 필을 그의 군사들에게 하사한다.

조자룡이 사양한다.

"삼군이 촌토寸土의 공로도 세우지 못하고 저희들이 다 함께 죄를 지었는데, 도리어 상을 준다면 이는 승상께서 상벌賞罰을 밝히지 않음이라. 그러니 청컨대 이것을 다 국고國庫에 넣어뒀다가, 올 겨울에 모든 군사들에게 나누어주어도 늦지는 않으리다."

"선제先帝(유현덕)께서 살아 계셨을 때 늘 자룡의 덕을 칭찬하시더니, 오늘날도 과연 그러하구려."

공명은 탄복하고 조자룡을 배나 더 공경하게 되었다.

홀연 파발꾼이 와서 고한다.

"마속 · 왕평 · 고상이 옵니다."

공명은 먼저 왕평을 장막 안으로 불러들이고 꾸짖는다.

"내 너에게 마속과 함께 가정을 지키라 했거늘, 네 어째서 간하지 않고 그곳을 잃었느냐?"

왕평이 대답한다.

"제가 길목에다 토성土城을 쌓아 영채를 세운 뒤에 지키자고 여러 번 권했으나 참군參軍(마속)은 화만 내고 듣지 않아서, 저는 군사 5천 명을 거느리고 산에서 10리 떨어진 곳에 영채를 세웠습니다. 위군이 몰려와서 산을 사방으로 포위하는지라, 제가 군사를 거느리고 가서 구원하려고 10여 차례 위군을 쳤으나 능히 뚫고 들어가지 못했는데, 이튿날엔 산 위 군사들이 이미 무너져 항복하는 자가 무수했습니다. 저는 혼자서 견딜 수가 없어 위연에게 원조를 청하러 가는 도중에 산골짜기에서 또 위

군에게 포위를 당했으니, 죽음을 각오하고 무찔러 겨우 벗어나 영채로 돌아왔을 때는 이미 위군이 점령하고 있어서, 결국 열류성으로 달려가다가 도중에서 고상을 만났습니다. 이에 저와 고상은 군사를 세 방면으로 나누어 각기 거느리고 위의 영채를 치고 가정을 탈환하러 갔습니다. 제가 가정에 이르러 본즉, 전혀 매복하고 있는 군사가 없기에 의심이 나서 높은 언덕에 올라가 바라봤더니, 위연과 고상이 위군에게 포위당하여 곤경에 빠져 있었습니다. 이에 저는 적군의 포위를 무찌르고 들어가서 위연과 고상 두 장수를 구출하여 달아나, 참군의 군사와 합류했습니다. 그러나 저는 혹 양평관까지 잃을까 겁이 나서 급히 지키러 온 것입니다. 그러므로 제가 간하지 아니한 것은 아니니, 승상께서 믿기지 않으시거든 각부各部 장교將校들에게 물어보십시오."

공명은 왕평을 꾸짖어 물러가게 하고, 이번에는 마속을 장막 안으로 불러들였다. 마속은 스스로 자기 몸을 결박하고 들어와서 장막 안에 무릎을 꿇는다.

공명은 안색이 변하여,

"너는 어려서부터 병서를 숙독하고 전법을 외운 자가 아니더냐. 그래도 내가 너를 보낼 때 마음을 놓을 수 없어, '가정은 우리 군사의 가장 중요한 근본 지점이라'고 거듭거듭 주의시켰고, 너도 또한 온 집안 식구의 목숨을 담보로 삼겠다면서 중대한 책임을 맡았던 것이다. 네가 만일 가정에서 왕평의 말만 들었더라도 우리가 이런 불행을 당하지는 않았을 것이다. 이제 군사는 다 패하고 장수들은 꺾이고 점령한 땅과 성을 다 내놓았으니, 이는 다 네가 잘못한 책임이다. 만일 군율軍律을 바로 밝히지 않으면 앞으로 모든 군사를 어찌 지휘할 수 있으리요. 네가 이번에 군법을 범했으니 나를 원망하지 말라. 네가 죽은 뒤에 너의 온 집안 식구들에게 달마다 녹祿(오늘날의 봉급)과 곡식을 주어 생활에 지장이 없

마속의 죄를 문초하는 제갈양

도록 할 테니, 너는 걱정하지 말라."

하고, 좌우 무사들에게 마속을 끌어내어 참하라 호령한다.

마속은 울면서,

"승상은 저를 늘 자식처럼 대하고 저도 승상을 아버지처럼 섬겼으나, 제가 이번에 저지른 죽을죄는 실로 벗어날 수 없습니다. 바라건대 승상께서는 옛 순舜임금이 곤鯀을 죽이고 우禹를 쓴 의리를 생각해주신다면, 저는 죽어 구천九泉(저승)에 갈지라도 아무 여한이 없겠습니다."

하고 방성통곡한다. 옛날에 순임금은 치산 치수治山治水에 실패한 곤을 죽였으나, 곤의 아들 우에게 그 일을 계속 맡겨 성공시켰다는 고사가 있다.

공명이 눈물을 씻으며 대답한다.

"나와 너는 의리로 말할진댄 형제와 같다. 너의 아들이 바로 나의 아

들이다. 그러니 여러 말 부탁할 것 없다."

좌우 무사들이 마속을 끌고 나가 원문轅門 밖에서 참하려 하는데, 이때 마침 참군 장완蔣琓이 성도成都로부터 당도하여 그 광경을 보자 깜짝 놀라,

"너희들은 잠깐 기다려라!"

외치고, 곧 들어가 공명을 뵙고서 고한다.

"옛날에 초楚나라가 성득신成得臣을 죽이자 진晉 문공文公이 기뻐 했으니, 이제 천하도 정하기 전에 지혜 있는 모사를 죽이면 참으로 아깝지 않습니까." 진 문공은 초나라 성득신을 격파했으나 죽이지 못해서 근심했는데, 그 후 초왕楚王이 성득신을 자살시켰으므로 진 문공이 기뻐했다는 고사가 있다.

공명이 울면서 대답한다.

"옛날에 손무孫武(옛 병가兵家)가 능히 천하를 제압한 것은 군법을 밝힌 때문이라. 오늘날 사방은 나뉘고 서로 다투어 전쟁이 이미 시작되었거늘, 만일 다시 군법을 폐지하면 역적을 무엇으로써 토벌하겠는가. 그러므로 마속을 마땅히 참해야 하느니라."

조금 지나자 무사가 마속의 목을 댓돌 아래에 바치니, 공명이 큰소리로 울어 마지않는다.

장완이 묻는다.

"이제 유상幼常(마속의 자)이 죄를 지어 이미 군법으로 밝혔는데, 승상은 어찌하여 이리도 섧게 우십니까?"

공명이 대답한다.

"나는 마속을 위해서 우는 것이 아니다. 지난날을 생각건대, 선제(유현덕)께서 백제성白帝城에서 위독하셨을 때 나에게 말씀하시기를, '마속은 그 하는 말이 실지 행동보다도 지나치다. 장차 크게 써서는 안 된

다'고 하시더니, 과연 그 말씀이 오늘날에 들어맞았음이라. 그러므로 사람을 잘못 본 나 자신을 깊이 원망하는 동시에, 선제의 밝으신 총명을 사모하고 이처럼 통곡할 따름이다.”

이 말을 들은 장수와 군사들은 눈물을 흘리지 않는 자가 없었다. 이때 마속의 나이가 39세니, 때는 건흥建興 6년(228) 여름 5월이었다.

후세 사람이 이 일을 읊은 시가 있다.

가정 땅을 지키지 못했으니 그 죄는 가볍지 않구나.
마속이 헛되이 병법만 말한 것은 참으로 탄식할 일이다.
군문軍門 밖에서 목을 참하여 군법을 엄격히 하고
공명은 눈물을 뿌리며 오히려 선제의 밝은 총명을 생각했더라.
失守街亭罪不輕
堪嗟馬謖枉談兵
轅門斬首嚴軍法
拭淚猶思先帝明

공명은 마속을 참하고, 그 머리를 모든 영채에 돌려 보인 다음 다시 시체에 기워 붙이고 널에 넣어 장사지낸 뒤, 친히 제문祭文을 지어 제사지냈다. 그리고 마속의 유족들을 더욱 불쌍히 여겨 달마다 생활을 보장해주도록 조처했다.

이에 공명은 손수 표문表文을 지어 장완을 시켜 후주後主께 아뢰고, 스스로 승상 자리를 사직했다.

장완은 성도로 돌아가서 후주를 뵙고 공명의 표문을 바쳤다.

신은 본시 용렬한 재주로써 외람되이 병권兵權을 잡고 삼군을

격려하였으나, 능히 규율을 가르치지 못하고 군법을 밝히지 못하여 큰일에 임하여 두려워하다가, 마침내 가정에서 명령을 어기는 사태가 드러나고 기곡 땅을 소홀히 한 실수가 드러났으니, 모든 죄는 다 신에게 있나이다. 첫째는 밝지 못하여 사람을 알아보지 못했고, 둘째는 일을 생각하는 데 너무나 어두웠음이라. 춘추필법春秋筆法에 비추어볼 때, 이 죄를 어찌 벗어나리까. 청컨대 스스로 벼슬을 세 등급 내려 신의 허물을 꾸짖고자 하나, 그 부끄러움을 이길 길 없어 다만 엎드려 분부만 기다리나이다.

후주가 표문을 다 읽고 말한다.
"이기고 지는 일은 병가에 늘 있는 일인데, 승상은 어찌하여 이런 말을 하는가."
시중侍中 비의費禕가 아뢴다.
"신이 듣건대, '나라를 다스리는 사람은 반드시 법法을 존중한다'고 하니, 법을 실천하지 않는다면 무엇으로써 많은 사람을 복종시키겠습니까. 승상이 이번에 패하고 스스로 벼슬을 깎은 것은 마땅한 일입니다."
후주는 그 말을 따라,
"공명을 우장군右將軍으로 삼노니, 그대로 승상의 직무를 맡아보고 지난날처럼 모든 군사를 총지휘하라."
는 내용의 조서를 비의에게 주어 한중 땅으로 보냈다.
이에 공명은 벼슬을 깎는다는 조서를 받았다. 비의는 공명이 혹 부끄럽게 생각할까 염려하고 축하한다.
"그래도 우리 서촉西蜀 백성들은 다 승상께서 처음에 출진出陣하는 즉시로 적의 네 고을을 점령한 데 대해서, 깊이 기뻐하고 있습니다."

공명의 표정이 변한다.

"그게 무슨 말이오? 얻었다가 다시 잃으면 이는 얻지 못한 것과 같거늘, 그런데도 귀공이 나를 축하하다니 참으로 나를 부끄럽게 할 작정이구려."

비의가 다시 위로한다.

"천자께서는 이번에 승상이 강유를 얻었다는 소식을 들으시고 매우 기뻐하셨습니다."

공명이 노한다.

"군사가 패하고 돌아와 한치의 땅도 빼앗지 못했으니, 이는 나의 큰 죄라. 강유 한 사람을 얻었다 할지라도, 그것이 위魏에 무슨 손실이 되리요."

비의가 묻는다.

"승상이 현재 씩씩한 군사 수십만 명을 통솔하니, 다시 위를 치시겠습니까?"

공명이 대답한다.

"지난날 우리 대군이 기산과 기곡에 주둔했을 때, 우리 군사가 적군보다 많았건만 적군을 격파하지 못하고 도리어 패했으니, 그 결과를 살펴보면 군사가 많고 적은 데에 원인이 있지 않고 오로지 대장大將에게 모든 책임이 있었음이라. 나는 이제 군사와 장수의 수효를 줄이고 벌을 밝히고 잘못을 반성하고, 앞으로는 어떠한 경우라도 변통할 수 있는 길을 강구할 작정이오. 만일 그렇게 하지 않는다면 비록 군사가 많다 한들 무엇에 쓰리요. 이후로 국가의 먼 앞날을 생각하는 자는 누구나 나의 잘못을 지적하고, 나의 단점을 꾸짖어주오. 그래야만 이 어려운 일을 결정할 수 있으며 역적들을 무찌를 수 있으니, 성공할 날도 멀지 않을 것이오."

비의와 모든 장수들은 공명의 말에 깊이 감복했다.

이에 비의는 성도로 돌아가고, 공명은 한중 땅에 있으면서 군사를 아끼고 백성들을 사랑하며, 또 군사들을 격려하면서 무술을 지도했다. 성을 공격하는 무기와 강물을 건너는 데 필요한 기구를 만들고, 곡식과 마초를 모아 저장하고 전쟁 준비를 하면서 앞날을 도모했다.

그러나 이러한 내막은 위의 첩자에 의해서 바로 낙양에 보고됐다.

한편, 위주魏主 조예는 이러한 보고를 듣자, 곧 사마의를 불러 서천西川(촉)을 칠 일을 상의한다.

사마의가 아뢴다.

"촉은 아직 우리를 공격하지는 못합니다. 지금 한여름 더위가 찌는 듯하니 촉군은 반드시 나오지 않을 것이며, 우리 군사가 촉 땅으로 깊이 쳐들어간다 해도 적군이 험한 요충지마다 지키고 있기 때문에 갑자기 무찌를 수는 없습니다."

"이러다가 촉군이 다시 쳐들어오면 어찌할 테냐?"

"신이 생각건대, 이제 제갈양은 반드시 한신韓信이 몰래 진창陳倉을 건넜던 계책을 쓸 것입니다. 신이 한 사람을 천거하고, 그 사람을 진창 땅 입구 길로 보내어 성을 쌓고 지키게 하면 결코 실수가 없으리다. 그 사람은 키가 10척이고 팔은 원숭이처럼 길어서 활을 잘 쏘며 더구나 지혜가 깊으니, 만일 제갈양이 쳐들어온대도 족히 대적하리다." 한신이 잔도棧道를 수선하는 척 속이고 진창으로 돌아가서 항우를 쳤다는 고사가 있다.

조예가 반색하여 묻는다.

"그 사람이 누군가?"

사마의가 아뢴다.

"그는 원래가 태원太原 땅 사람입니다. 성명은 학소郝昭요 자는 백도伯

26

道로, 현재는 잡패장군雜覇將軍으로서 하서河西 지방을 지키고 있습니다."

조예는 그 말을 좇아 '학소는 진서장군鎭西將軍이 되어 진창 땅 입구 길을 지키라'는 조서를 칙사에게 주어 보냈다.

홀연 양주 사마대도독司馬大都督 조휴曹休의 표문이 왔다.

그 표문은 동오의 파양鄱陽 태수 주방周魴이 자기가 다스리는 고을을 바치고 항복하겠다면서 밀사를 보내왔는데, 일곱 가지 이해 관계를 말하고 동오를 가히 격파할 수 있다고 하니, 바라건대 속히 군사를 보내줍소사 하는 내용이었다.

조예는 어상御床 위에다 표문을 펴고 사마의와 함께 보았다.

사마의가 아뢴다.

"매우 가능성이 있는 말입니다. 그대로 하면 오吳를 전멸할 수 있습니다. 바라건대 신이 군사를 거느리고 가서 조휴를 돕겠습니다."

홀연 한 사람이 앞으로 나와 아뢴다.

"원래 오나라 사람의 말은 반복이 심해서 깊이 믿을 수가 없습니다. 더구나 주방은 뛰어난 모사라 우리에게 항복할 리가 없습니다. 이는 우리 군사를 유인하려는 속임수입니다."

사람들이 보니, 그는 바로 건위장군建威將軍 가규賈逵였다.

사마의가 말한다.

"그 말도 일리가 있지만, 이런 기회를 놓쳐서도 안 되오."

위주 조예가 분부한다.

"그럼 중달仲達(사마의의 자)은 가규와 함께 가서, 조휴를 돕도록 하라."

이에 사마의와 가규는 군사를 거느리고 떠나갔다.

한편, 조휴는 대군을 거느리고 환성皖城을 치러 가고, 가규는 전장군前將軍 만총滿寵과 동환東皖 태수 호질胡質을 거느리고 양성陽城을 치러 바로 동관東關(유수구濡須口의 관關)으로 향하고, 사마의는 본부 군사를 거

느리고 강릉江陵을 치러 나아간다.

　한편, 오주吳主 손권孫權은 무창武昌 땅 동관에서 많은 관리를 모으고 상의한다.

　"이제 파양 태수 주방에게서 비밀 표문이 왔는데, 그 내용인즉 위魏의 양주 도독 조휴가 우리 경계를 침범할 기미가 있기에, 이에 주방이 속임수를 써서 일곱 가지 이해 관계를 일러주고 위군을 깊이 우리 땅으로 끌어들이기로 했다 하니, 가히 군사를 매복시켜 그들을 사로잡을지라. 이제 그들 위군은 세 방면으로 나뉘어 온다고 하는데, 그대들은 무슨 높은 의견이라도 있느냐?"

　고옹顧雍이 나와서 아뢴다.

　"이런 큰일은 육백언陸伯言(육손陸遜)이 아니면 감당할 사람이 없습니다."

　손권은 크게 동감하고, 육손을 소환하여 보국대장군輔國大將軍 평북平北 도원수都元帥로 봉하고 어림대군御林大軍을 통솔하여 왕사王事를 대신 행하도록 하며, 또 백모白旄와 황월黃鉞을 하사했다. 또 문무 백관에게 그의 명령을 따르도록 이르고, 친히 채찍을 들어 육손의 손에 쥐어줬다.

　육손이 명령을 받자 절하며 감사하고 말한다.

　"좌우에 도독 두 사람을 두고 군사를 나누어 세 방면으로 나아가야겠습니다."

　손권이 묻는다.

　"누가 적임자일까?"

　"분위장군奮威將軍 주환朱桓과 수남장군綏南將軍 전종全琮이면 가히 도움이 되겠습니다."

　손권은 그 말대로 곧 주환을 좌도독으로, 전종을 우도독으로 임명

했다.

이에 육손은 강남江南 81주와 형호荊湖의 군사 70여만 명을 거느리고, 왼편은 주환에게, 오른편은 전종에게 맡기고, 자신은 한가운데 위치하여 세 방면으로 나아간다.

도중에서 주환이 계책을 고한다.

"조휴는 위의 왕족이기 때문에 큰 지위에 올랐을 뿐, 실은 지혜도 용기도 없는 장군입니다. 이제 그가 주방의 꼬임수에 빠져 위험한 땅으로 깊이 들어오니, 원수께서 맞이하여 공격하면 조휴는 반드시 패할 것이며, 패하면 반드시 두 방면 길로 달아날 것입니다. 왼쪽은 협석夾石 땅 길이요, 오른쪽은 괘차洛車 땅 길인즉, 그 두 곳은 다 궁벽한 산속 좁은 길이라 매우 험준합니다. 그러므로 바라건대 저는 전종과 함께 각기 1군을 거느리고 그 험한 산길에 매복하여 먼저 큰 나무와 큰 돌로 그 길을 막고 끊으면 조휴를 가히 사로잡을 수 있으며, 조휴만 사로잡고 나면 곧장 달리고 바로 나아가서 단번에 수춘壽春 땅을 함락할 수 있고, 따라서 허도와 낙양도 엿볼 수 있으니, 이야말로 만년에 한 번 있을까 말까한 기회올시다."

육손이 대답한다.

"그건 좋은 계책이 아니다. 내게 더 좋은 생각이 있노라."

주환은 자기 계책을 쓰지 않는 데에 불평을 품고 물러갔다.

육손은 제갈근諸葛瑾 등에게 강릉 땅을 굳게 지키며 사마의를 대적하라 하고, 각 방면으로 각각 명령을 내려 대비시켰다.

한편, 조휴가 군사를 거느리고 환성 가까이 이르러 주둔하자, 주방이 장막으로 와서 영접한다.

조휴가 묻는다.

"전번에 귀공의 서신을 받아본즉, 이해득실에 관한 일곱 가지 조목이 다 이치에 합당한지라. 그래서 천자께 아뢰고 대군을 일으켜 세 방면으로 오는 중이니, 만일 강동 땅을 얻는 날이면 귀공의 공로가 적지 않을 것이오. 그런데 어떤 사람은 말하기를 귀공이 원래 꾀가 많아서 말과 행동이 다를지 모른다고 걱정하지만, 나는 귀공이 나를 속이지 않으리라고 믿소."

주방은 이 말을 듣자 통곡하고, 자기가 데리고 온 사람이 차고 있는 칼을 선뜻 뽑아 자살하려 한다.

조휴가 황급히 말리자 주방은 칼을 짚으며,

"내가 말한바 그 일곱 가지 조목은 지금까지 아무에게도 털어놓지를 못해서 한이었는데, 이제 도리어 의심을 받게 됐으니, 이는 반드시 동오 사람이 우리를 이간시키려는 수작이로다. 장군이 그 말을 곧이듣는 날이면, 나는 죽는 사람이로다. 나의 충성은 오직 하늘만이 아시리라."

하고 또다시 자살하려 하니, 조휴는 깜짝 놀라 황망히 주방을 붙들고 달랜다.

"내가 장난 삼아 한 말인데, 귀공은 어쩌자고 이러시오?"

이에 주방은 칼을 들어 자기 머리털을 싹뚝 잘라 땅바닥에 던지면서 말한다.

"나는 진정으로 귀공을 대했거늘, 그래 귀공은 나를 놀리기요? 자 보시오! 나는 부모에게서 받은 모발을 끊어 이 진정을 표시하오."

조휴는 그제야 깊이 믿고 잔치를 베풀어 대접하고, 잔치가 끝나자 주방은 하직하고 돌아갔다.

홀연 건위장군 가규가 왔다고 보고하는지라, 조휴는 즉시 불러들이고 묻는다.

"그대가 여기로 온 것은 무슨 일이오?"

가규가 대답한다.

"동오의 군사가 모두 환성에 와서 주둔하고 있는 것으로 짐작되니, 장군은 이 이상 경솔히 나아가지 마십시오. 제가 먼저 군사를 두 방면으로 나누어 거느리고 가서 협공할 테니, 그 결과를 기다려 공격하면 적군을 가히 격파할 수 있습니다."

조휴가 화를 낸다.

"너는 내가 세우려는 공로를 가로챌 생각이구나!"

가규가 계속 충고한다.

"들으니 주방이 모발을 끊고 맹세했다지만, 그것 또한 속임수입니다. 옛날에 요리要離는 자기 팔을 끊고 경기慶忌를 찔러 죽인 일도 있었습니다. 너무 믿지 마십시오." 요리는 춘추 시대 때 오나라 사람으로, 공자公子 광光으로부터 경기를 죽이라는 부탁을 받고 자기 팔을 끊고 가서, 공자 광이 자기 팔을 끊었다고 속여 경기를 안심시키고, 마침내 경기를 죽인 사람이다.

조휴는 크게 노하여,

"내 바로 적군을 치려는데, 네 어찌 이런 말을 하여 우리의 사기를 꺾느냐?"

하고 무사들에게 가규를 끌어내어 참하라 호령한다.

모든 관리들이 말린다.

"군사들이 싸우기도 전에 먼저 장수를 참하는 것은 이롭지 못하니, 참으시오."

이에 조휴는 그들의 말대로 가규를 영채에 남겨두어 다른 일을 맡아보게 하고, 친히 1군을 거느리고 동관東關을 치러 떠났다.

이때 주방은 가규가 병권을 삭탈당했다는 소식을 듣고 속으로,

'조휴가 가규의 말을 들었다면 우리 동오는 패하는 것인데, 이제 하늘이 나를 도우심이로다.'

기뻐하고, 곧 사람을 비밀리에 환성으로 보내어 육손에게 연락했다.

이에 육손은 모든 장수들을 불러,

"전방 석정石亭이 비록 산길이지만 군사를 매복시킬 만하니, 속히 먼저 가서 석정 넓은 곳을 차지하고 진영을 벌이고 위군을 기다리라."

하령하고, 마침내 서성徐盛을 선봉으로 삼아 군사를 거느리고 나아간다.

한편, 조휴는 주방을 길잡이로 앞장세우고 군사를 거느리고 나아가다가 묻는다.

"이 앞은 어딘가?"

주방이 대답한다.

"저기가 석정이니, 그곳에 군사를 주둔하십시오."

조휴는 그 말대로 드디어 대군과 치중과 무기를 다 석정에 주둔시켰다.

이튿날, 척후병이 돌아와서 보고한다.

"전방 산 입구에 오군吳軍이 몰려와 있는데, 그 수가 얼마나 되는지 모르겠습니다."

조휴가 크게 놀라,

"주방은 군사가 없다고 했는데, 이게 웬일이냐?"

하고 급히 주방을 불러오게 했다.

수하 사람이 대답한다.

"주방은 수십 명을 거느리고 어디론지 가버렸습니다."

조휴는 크게 후회하며,

"내가 그놈 꾀에 넘어갔구나! 그러나 두려울 것도 없다."

하고, 마침내 대장 장보張普를 선봉으로 삼아 군사 수천 명을 거느리고 가서, 오군과 싸우려고 서로 둥글게 진영을 벌였다.

이에 장보가 말을 달려 나가며 꾸짖는다.

"적장은 속히 항복하라!"

이에 서성이 말을 달려와 서로 맞이하여 싸운 지 수합에, 장보는 대적하지 못하고 군사를 거두어 돌아가 조휴에게 말한다.

"서성은 워낙 용맹해서 대적할 수가 없더이다."

조휴가 하령한다.

"내 마땅히 기병奇兵(기습하는 군대)을 써서 이기리라. 그러니 장보는 군사 2만 명을 거느리고 석정 남쪽에, 설교薛喬는 군사 2만 명을 거느리고 석정 북쪽에 매복하여라. 내일 내가 친히 군사 천 명을 거느리고 가서 싸움을 걸다가, 패한 체하고 달아나 적군을 북쪽 산 앞까지 유인해와서 포를 쏘아 신호하거든 일제히 삼면에서 적을 협공하여라. 그러면 반드시 크게 이길 수 있다."

장보와 설교 두 장수는 지시를 받자 각기 군사 2만 명씩 거느리고, 밤에 가서 매복했다.

한편, 육손은 주환과 전종을 불러 분부한다.

"그대들 두 사람은 각기 군사 3만 명씩을 거느리고 석정 산길을 따라 조휴의 영채 뒤로 가서 불을 질러 신호하여라. 내가 친히 대군을 거느리고 산길을 따라 나아가면, 가히 조휴를 사로잡을 수 있으리라."

그날 해질 무렵에 두 장수는 지시를 받고 각기 군사를 거느리고 나아가는데, 밤 2경에 주환은 군사를 거느리고 위군 영채 뒤에 이르러, 바로 장보의 복병伏兵들과 만났다.

그러나 달도 없는 한밤중이라 장보는 오군吳軍인 줄도 모르고 가까이 가서 어디서 왔느냐고 묻다가, 번개처럼 내리치는 주환의 칼을 맞고 말 아래로 떨어져 죽으니, 다른 위군들이 즉시 달아난다. 주환은 즉시 후군後軍을 시켜 불을 지르게 했다.

석정에서 육손에게 패해 달아나는 조휴(오른쪽)

이때 전종은 역시 군사를 거느리고 위군 영채 뒤에 이르러, 바로 설교의 군사를 들입다 쳐서 한바탕 크게 무찌른다. 설교는 패하여 달아나고, 위군은 크게 당하고 본채로 달아나니, 뒤에서 주환과 전종이 두 방면에서 쫓아오며 마구 죽인다.

조휴의 영채 안은 더욱 혼란해져서 서로 짓밟고 부닥치는 판국이 벌어졌다.

조휴는 황망히 말을 달려 협석 땅으로 향한 길을 달아나는데, 서성이 1대의 군사를 거느리고 쳐들어오니, 위군으로서 죽은 자는 그 수를 헤아릴 수 없을 정도이며, 달아나는 자들은 모두 갑옷과 무기를 버렸다.

더욱 크게 놀란 조휴는 협석으로 향한 길을 허둥지둥 달아나는데, 홀연 한 떼의 군사가 좁은 길에서 뛰어나오기에 보니, 앞장선 장수는 바로

가규였다.

조휴는 놀란 가슴이 좀 진정되자, 부끄러운 생각이 들었다.

"내 그대 말을 듣지 않다가 과연 이처럼 패했다."

가규가 말한다.

"도독은 속히 이 길로 빠져 나가십시오. 만일 오군이 나무와 돌로 길을 끊으면 우리는 다 위험해집니다."

이에 조휴는 말을 달려가고, 가규는 뒤를 끊으면서 무성한 숲과 험하고 좁은 길에 정기旌旗를 많이 세워, 많은 군사들이 있는 것처럼 꾸몄다.

이윽고 서성이 쫓아와서 보니, 산기슭마다 위군의 기가 많은지라, 복병이 있나 의심이 나서 감히 뒤쫓지 못하고 군사를 거두어 돌아갔다. 이리하여 조휴는 겨우 위기에서 벗어났다. 그리고 사마의도 조휴가 패했다는 보고를 듣자, 도중에서 또한 군사를 돌려 돌아갔다.

한편 육손은 싸움에 이겼다는 보고를 기다리는데, 하루는 서성·주환·전종이 모두 돌아오니, 노획한 수레와 소와 말과 나귀와 군자품軍資品과 무기와 기계가 그 수를 헤아릴 수 없을 정도로 많았고, 항복해온 위군도 수만여 명이었다.

육손은 아주 만족해하며, 곧 태수 주방과 모든 장수들과 함께 군사를 거느리고 동오로 돌아가니, 오주 손권이 모든 문무 관원을 거느리고 무창성武昌城에서 영접 나와 어가에 육손을 태워 함께 들어가고, 모든 장수들에게 다 벼슬을 올리고 상을 주었다.

손권은 주방의 머리에 모발이 없는 걸 보자,

"경은 모발을 끊고 큰일을 성공시켰으니, 그 공명을 마땅히 죽백竹帛(역사)에 기록할지라."

위로하고 즉시 주방을 관내후關內侯로 봉하며, 잔치를 크게 벌여 군사를 위로하고 축하한다.

육손이 아뢴다.

"이번에 조휴가 크게 패하여 위는 넋을 잃었습니다. 곧 국서國書를 써서 서천으로 보내어, 제갈양에게 나아가 위를 공격하라고 하십시오."

손권은 그 말을 좇아 마침내 국서를 써서 서천으로 보내니,

　　동쪽 오나라가 능히 계책을 베풀어
　　서천의 군사가 또 나아가게 된다.
　　只因東國能施計
　　致令西川又動兵

공명이 다시 가서 위를 치니, 승부가 어떻게 날 것인가.

제97회

무후는 위나라를 치려고 다시 「출사표」를 올리고
강유는 조진의 군사를 격파하려고 거짓 항서를 바치다

촉한蜀漢 건흥建興 6년 가을 9월에 위도독魏都督 조휴는 석정 땅에서 동오의 육손에게 크게 패하고, 수레와 말과 군수품과 기계와 무기를 몽땅 잃었다. 조휴는 너무나 황공하고 울적해서 병이 들어, 낙양에 돌아오자 등창이 나서 죽으니, 위주 조예는 칙명을 내려 성대히 장사를 지내줬다.

사마의가 군사를 거느리고 돌아오자, 모든 장수들은 영접해 들이고 묻는다.

"조도독曹都督(조휴)이 싸움에 진 데 대해서 원수도 관계가 없지 않거늘, 어째서 급히 돌아왔습니까?"

사마의가 대답한다.

"제갈양이 우리 군사가 패한 것을 알면, 반드시 이 기회에 쳐들어와서 장안을 점령할 테니, 만일 농서隴西 일대가 긴급한 사태에 놓인다면 누가 가서 구하리요. 그래서 내가 돌아온 것이다."

모든 사람들은 법이 무서워서 말은 못하나, 다들 속으로 사마의를 비

웃고 물러갔다.

　한편, 동오의 사신은 국서를 가지고 촉나라에 가서 군사를 일으켜 위를 치도록 청하고, 조휴가 크게 패한 것을 선전했다. 첫째는 조휴를 격파한 그들 자신의 위엄을 드날리기 위해서요, 둘째는 우호를 맺기 위해서였다.

　후주는 매우 기뻐하며, 사람을 시켜 동오에서 온 국서를 한중 땅 공명에게로 보냈다. 이때 공명은 군사들이 강하고 말은 힘차고 곡식과 마초는 충분하여, 전쟁에 필요한 물건을 다 갖추었으므로 바로 군사를 일으키려던 참이었다.

　공명은 성도에서 온 동오의 국서와 후주의 통지를 받고, 곧 잔치를 차리고 모든 장수들을 모아 출군出軍할 일을 상의하는데, 홀연 동북쪽에서 한바탕 큰바람이 일어나더니, 뜰 앞 소나무를 쓰러뜨린다.

　모든 사람들이 크게 놀라거늘, 공명은 점괘를 뽑아보고 말한다.

　"이 바람이 우리 주장主將 한 사람을 빼앗는구나."

　그러나 모든 장수들은 그 말을 믿지 않았다.

　함께 술을 마시는데, 홀연 수하 사람이 들어와서 고한다.

　"진남장군鎭南將軍 조운趙雲(조자룡)의 큰아들 조통趙統과 둘째 아들 조광趙廣이 승상을 뵈러 왔습니다."

　공명이 크게 놀라, 술잔을 땅바닥에 던지며 말한다.

　"조자룡이 끝났구나!"

　조통과 조광 두 아들이 들어와서 통곡하며 절한다.

　"저희 부친은 지난밤 3경에 병이 위중하여 세상을 떠나셨습니다."

　공명이 발을 구르며 통곡한다.

　"조자룡이 세상을 떠났으니, 이는 국가가 기둥 하나를 잃었고, 내가

팔 하나를 잃은 것이다."

모든 장수들도 울지 않는 자가 없었다.

공명이 그들 두 아들을 성도로 보내어 직접 상사喪事를 아뢰게 하니, 후주는 조자룡이 죽었다는 말을 듣자,

"짐은 옛날 어렸을 때 조자룡이 아니었던들 난리 속에서 죽었을 것이다."

방성대곡하고, 즉시 대장군大將軍으로 추증追贈(죽은 뒤에 올려주는 벼슬)하고 순평후順平侯로 시諡(죽은 뒤에 주는 칭호)하며, 칙명을 내려 성도 금병산錦屏山 동쪽에 장사지낸 뒤에 사당을 세우니, 이때부터 춘하추동으로 제사를 지냈다.

후세 사람이 조자룡을 찬탄한 시가 있다.

상산에 범 같은 장수가 있어

그 지혜와 용기는 관운장·장비와 짝이었도다.

한수에서 공훈을 세우더니

당양에서 그 영용한 이름을 떨쳤도다.

두 번씩이나 어린 주인을 위기에서 구출하고

오로지 일념으로 선황(유현덕)에게 보답했도다.

역사에 충하고 열하다고 기록됐으니

마땅히 백세에 길이 꽃다우리라.

常山有虎將

智勇匹關張

漢水功勳在

當陽姓字彰

兩番扶幼主

一念答先皇

靑史書忠烈

應流百世芳

후주는 지난날 조자룡의 공적을 생각하여 성대히 장사지내고 제사를 지내며, 그 아들 조통을 호분중랑虎賁中郎으로, 조광을 아문장牙門將으로 삼아 그 부친의 무덤을 지키게 하니, 이에 두 사람은 은혜에 감사하고 물러갔다.

가까이 모시는 신하가 아뢴다.

"제갈승상이 모든 장수에게 분부를 내려, 곧 군사를 거느리고 위를 치러 떠날 것이라 합니다."

후주가 조정의 모든 신하들에게 물으니, 신하들은 거개가 대답한다.

"아직은 경솔히 출동할 때가 아닙니다."

후주는 결정을 내리지 못하고 주저하는데, 홀연 한 신하가 들어와서 아뢴다.

"승상이 양의楊儀를 시켜 출사표(군사를 거느리고 떠나면서 올리는 글)를 보내왔습니다."

후주가 접견하니, 양의가 제갈양의 「출사표」를 바친다.

선제(유현덕)께서는 한(촉)과 역적(위)이 공존할 수 없으며, 조정이 서촉의 구석진 곳에 안정할 수 없다는 것을 깊이 생각하사, 그러므로 신에게 역적을 칠 일을 부탁하셨던 것입니다. 총명하신 선제는 신의 재주를 짐작하셨습니다. 즉 역적을 치는 데 신의 재주는 약하고, 역적의 힘은 강하다는 걸 아셨으나, 그렇다고 역적을 토벌하지 않으면 나라가 또한 망하니, 가만히 앉아서 망할 때를 기다

후주에게 다시 「출사표」를 올리는 제갈양

린다면 누가 역적을 치리요 하시고, 그래서 신에게 모든 일을 맡기
신 뒤에는 거듭 의심하지 아니하셨던 것입니다. 신은 이 중대한 책
임을 맡은 이후로 밤이면 잠을 편히 이루지 못하고 날마다 음식을
먹어도 맛을 모르고, 다만 생각하되 북쪽(위)을 치려면 우선 남쪽
부터 눌러야겠기에, 그러므로 5월 한더위에 노수瀘水를 건너 남쪽
오랑캐 땅에 깊이 들어가서, 하루에 먹을 양식을 이틀에 나누어 먹
는 고생을 했습니다. 이는 신이 자기 몸을 아끼지 않은 것이 아니
라, 나라를 생각함에 이처럼 구석진 서촉에 도읍都邑할 수는 없었
기 때문입니다. 그래서 위험과 어려움을 무릅쓰고 선제의 남기신
뜻을 받들려고 한 것인데, 어떤 자는 비난하기를 좋은 계책이 못
된다고 하였습니다. 그러나 이제 역적은 마침 서쪽에서 피곤했고

(기산과 미현의 싸움을 말한 것이다), 또 동쪽에서 무리를 했으니 (위가 석정에서 동오와 싸운 일을 말한 것이다), 병법에 이르기를, '적이 피곤했을 때, 그 기회를 놓치지 말고 쳐야 한다'고 하였은즉, 지금이 바로 우리 군사가 나아가야 할 때입니다. 신은 이제 삼가 다음 몇 가지 일을 아뢰나이다.

옛날에 고조高祖 황제는 총명이 해와 달 같고, 참모하는 신하들의 재주가 또한 깊고 대단했으나, 그러고도 매우 위험한 경우를 겪고(한 고조가 영양滎陽 땅에서 포위당했던 일), 깊은 상처까지 입고(한 고조가 항우項羽가 쏜 화살에 가슴을 맞았던 일) 이렇듯 온갖 위험을 겪고 난 후에야 비로소 천하를 안정시켰던 것입니다. 이제 폐하는 옛 고조 황제만 못하신데다가, 참모하는 신하들도 장양張良·진평陳平(한 고조를 도와 천하를 잡은 공신들)만 못한 실정이건만, 그런데도 장구한 계책을 써서 저절로 이기기를 바라고 가만히 앉아서 천하를 평정할 생각들을 하니, 어쩌자고 이러는지 신이 이해할 수 없는 그 하나로소이다. 유요劉繇와 왕낭王朗은 각기 고을[州郡]을 맡아 있었으면서도 안정安定을 논하고 계책을 말한다는 것이 함부로 성인聖人의 말만 인용하고 실은 뱃속에 의심이 가득하여, 어려운 일을 당하면 가슴이 떨려 올해에도 싸우지 않고 다음해에도 쳐들어가지 않다가, 손권孫權으로 하여금 앉은 그대로 강동을 다 차지하게 했으니, 어쩌자고 그랬는지 신이 이해할 수 없는 그 둘이로소이다(예장豫章 태수 유요는 흥평興平 2년에 손책에게 패했고, 회계會稽 태수 왕낭은 건안建安 원년에 손책에게 격파당했다). 조조는 지혜와 계책이 월등히 뛰어나서 그 군사를 쓰는 것이 옛 손자孫子·오자吳子와 방불했으나, 그러면서도 남양南陽 땅에서 패했고(장수張繡에게 패한 일), 오소烏巢 땅에서 위기에 처했고

(원소袁紹의 대장 순우경淳于瓊과 싸운 일), 기련祈連 땅에서 위태로 웠고(원상袁尚과 싸운 일), 여양黎陽 땅에서 궁지에 몰렸고(원담袁 譚 형제와 싸운 일), 백산伯山에서 거의 패할 뻔했고(오환烏桓과 싸 운 일), 동관潼關에서 거의 죽을 뻔한(마초馬超와 싸운 일) 뒤에야 기반을 세웠는데, 더구나 재주가 그만도 못한 신에게 위험한 일은 하지 말고 천하를 바로잡으라고 한다면, 과연 가능하겠습니까. 이 것이 신이 이해할 수 없는 그 셋이로소이다. 조조는 다섯 번씩이나 창패昌覇(창희昌俙)를 공격했으나 실패했고(건안 3년, 창희를 격파 하지 못한 조조는 나중에 우금을 시켜 쳐부수었다. 제19회 참조), 네 번씩이나 소호巢湖를 건넜으나 성공하지 못했고(손권을 공격했 던 일), 이복李服을 임용했다가 그에게 배반당했고(이복은 왕자복 王子服이니 동승董承과 짜고 조조를 죽이려다가 탄로나서 죽었다. 제20회 참조), 하후夏侯에게 일을 맡겼으나 하후는 패하고 망했습 니다(하후연이 한중 땅에서 싸우다가 황충의 칼에 죽은 일. 제71 회 참조). 선제께서 '적이지만 조조는 하는 일이 능하다'고 늘 칭찬 하셨는데도 조조에게는 이런 실수가 있었습니다. 더구나 신은 노 둔합니다. 어찌 반드시 이기리라고만 믿겠습니까. 이것이 신이 이 해할 수 없는 넷이로소이다. 신이 한중으로 온 지가 일 년인데, 그 동안에 조운(조자룡)·양군陽群·마옥馬玉·염지閻芝·정입丁立· 백수白壽·유합劉闔·등동鄧銅 등과 곡장曲長(중대장급)·둔장屯將 (소대장급) 70여 명과 돌장突將(돌격대 지휘관)·무전無前(앞을 가 로막는 자가 없는 용맹한 장수)과 종수賨叟(남만 출신의 장長)· 청강青羌(서강西羌 출신의 장長)·산기散騎·무기武騎(기병대의 명 칭) 천여 명을 잃었으니, 이는 다 수십 년이란 세월이 걸려서 사방 의 뛰어난 인재를 모은 것이요, 익주益州 한 고을의 소유가 아니니,

만일 이런 정도로 다시 몇 해가 지난다면, 또 3분의 2가 없어질 터인즉, 그때는 무엇으로써 적군을 대적하겠습니까. 이것이 신이 이해할 수 없는 다섯이로소이다. 이제 백성은 곤궁하고 군사는 피곤하나, 전쟁을 그만둘 형편이 못 되니, 사태가 이러하다면 머물러 지키거나 나아가서 싸우거나 간에 노력과 비용은 마찬가지라. 그러하거늘 속히 역적을 칠 생각은 않고, 한 고을의 땅이나 지키면서 역적과 장기전으로 버티려고 하니, 이것이 신이 이해할 수 없는 그 여섯이로소이다.

대저 평정하기 어려운 것은 천하의 일이라. 옛날에 선제께서 초楚(형주) 땅에서 패했을 때 조조는 손뼉을 치며 천하를 이미 평정했다고 기뻐했으나, 그 후 선제께서는 동쪽 오월吳越(동오)과 손을 잡고 서쪽 파촉巴蜀(촉)을 차지하고, 군사를 일으켜 북쪽 위를 쳐서 하후연의 목을 베었으니, 이는 조조가 계책을 잘못 쓴 바이며, 따라서 우리 한이 큰일을 성취할 기반을 세웠던 것입니다. 그러나 그 후 동오가 동맹을 어겨 관우가 패하고, 계속 자귀姉歸에서 또한 패하자(자귀 땅에서 유현덕이 육손에게 패한 일), 마침내 조비가 황제라고 자칭하게 됐으니, 무릇 천하 일이란 이와 같아서 예측하기 어려운 것입니다. 그러므로 신은 국가를 위하여 있는 힘을 다기울이고 죽은 뒤에야 그만둘 작정입니다. 성공하느냐 실패하느냐의 이해득실에 관해서는, 신의 소견으로서 미리 알 수가 없는 바로소이다.

先帝慮漢賊不兩立 王業不偏安 故託臣以討賊也 以先帝之明 量臣之才 故知臣伐賊 才弱敵强也 然不伐賊 王業亦亡 惟坐而待亡 孰與伐之 是故託臣而弗疑也 臣 受命之日 寢不安席 食不甘味 思惟北征 宜先入南 故五月渡瀘 深入不毛 幷日而食 臣非不自惜也 顧王業不可偏安於蜀都 故冒危難以奉先帝

之遺意 而議者謂爲非計 今賊適疲於西 又務於東 兵法乘勞 此進趨之時也 謹

陳其事如左 高帝明並日月 謀臣淵深 然涉險被創 危然後安 今陛下未及高帝

謀臣不如良平 而欲以長策取勝 坐定天下 此臣之未解一也 劉繇王朗 各據州

郡 論安言計 動引聖人 群疑滿腹 衆難塞胸 今歲不戰明年不征 使孫權坐大

遂幷江東 此臣之未解二也 曹操智計殊絶於人 其用兵也 彷彿孫吳 然困於南

陽 險於烏巢 危於祁連 逼於黎陽 幾敗北山 殆死潼關 然後僞定一時爾 況臣

才弱 而欲以不危而定之 此臣之未解三也 曹操五攻昌覇不下 四越巢湖不成

任用李服 而李服圖之 委任夏侯 而夏侯敗亡 先帝每稱操爲能 猶有此失 況臣

駑下 何能必勝 此臣之未解四也 自臣到漢中 中間期年爾 然喪趙雲・陽群・

馬玉・閻芝・丁立・白壽・劉慶・鄧銅等及曲長屯將七十餘人 突將無前・

賨叟・靑羌・散騎・武騎一千餘人 此皆數十年之內 所糾合四方之精銳 非一

州之所有 若復數年 則損三分之二也 當何以圖敵 此臣之未解其五也 今民窮

兵疲 而事不可息 事不可息 則住與行 勞費正等 而不及早圖之 欲以一州之地

與賊持久 此臣之未解 六也 夫難平者事也 昔先帝敗軍於楚 當此之時 曹操拊

手 謂天下已定 然後先帝 東連吳越 西取巴蜀 擧兵北征 夏侯授首 此操之失

計 而漢事將成也 然後吳更違盟 關羽毁敗 嘶歸蹉跌 曹丕稱帝 凡事如是 難

可逆料 臣 鞠躬盡桶 死而後已 至於成敗利鈍 非臣之明 所能逆覩也

후주는「출사표」를 읽고 매우 기뻐하면서 즉시 칙사를 보내어 공명에게 출군할 것을 명령했다. 공명은 칙명을 받자 씩씩한 군사 30만 명을 일으키고, 위연에게 전부前部 선봉을 총독케 하여 곧장 진창 땅 도로를 향하여 나아간다.

이 사태는 즉시 첩자에 의해 낙양으로 보고됐다. 사마의는 위주 조예에게 아뢰고, 조예는 문무 백관을 모두 불러 모아 의논하는데 조진이 앞

으로 나와 아뢴다.

"신은 지난번에 농서 땅을 지키는 책임을 맡았으나, 별로 공을 세우지 못하고 죄만 지어서 황공하기 그지없습니다. 바라건대 이번에는 대군을 거느리고 가서 제갈양을 사로잡겠나이다. 신이 요즘 대장 하나를 얻었습니다. 그는 60근이나 되는 큰 칼을 쓰며, 하루에 천리를 달리는 대원마大宛馬(페르시아 말)를 타고, 두 섬이나 되는 철태궁鐵胎弓을 잡아당기며, 또 유성추流星鎚를 세 개씩이나 숨기고 있어 그것을 던지기만 하면 백발백중하며 만 명도 혼자서 당해내는 힘이 있으니, 바로 농서군豌西郡 적도狄道 땅 출신으로 성명은 왕쌍王雙이요 자를 자전子全이라 합니다. 신은 이 사람을 선봉으로 천거합니다."

조예는 크게 관심을 갖고 곧 왕쌍을 어전으로 불러 올려 보니, 키는 9척이요, 얼굴은 검고, 눈동자는 누르고, 허리는 곰 같고, 등은 범 같았다.

조예는 웃으면서,

"짐이 이런 대장을 얻었으니 무엇을 걱정하랴."

하고, 마침내 비단 전포戰袍와 황금으로 만든 갑옷을 하사하며 호위장군虎威將軍 전부前部 대선봉으로 봉하고, 조진을 대도독으로 삼았다.

조진은 절하고 감사한 후 조정에서 물러나와, 드디어 용감한 군사 15만 명을 거느리고 곽회ㆍ장합의 병력과 합쳐서 모든 요충지를 굳게 지키도록 각각 나누어 보냈다.

한편, 촉군의 척후병은 진창 땅에 이르러 정찰하고 돌아와서, 공명에게 보고한다.

"진창 땅 입구에 이미 성을 쌓고 그 안에서 대장 학소가 지키는데, 구렁을 깊이 파고 성루城壘를 높이고 녹각鹿角(방어책防禦柵 같은 것)을 두

루 배치하여 매우 엄중하였습니다. 차라리 그 성은 버려두고 태백령太白嶺을 넘어 기산으로 나가는 것이 편하겠습니다."

"진창 바로 북쪽이 가정이니, 반드시 그 성을 점령해야만 비로소 우리 군사가 나아갈 수 있다."

공명은 이렇게 말하고 위연을 보냈다.

위연은 그 성 아래에 이르러 사면으로 공격을 가했다. 그러나 며칠이 지나도 성은 끄떡도 하지 않았다.

이에 위연이 다시 돌아와서 공명에게 고한다.

"그 성을 공격하기란 여간 어렵지 않습니다."

공명이 화가 나서 위연을 참하려 하는데, 홀연 장막 아래에서 한 사람이 고한다.

"제가 비록 재주는 없으나 승상을 따라다닌 지 여러 해로되 한 번도 공을 세워 보답하지 못했습니다. 제가 진창성陳倉城에 가서 활 한 대 쏘지 않고 학소를 잘 타일러 항복시키겠습니다."

사람들이 보니 그는 바로 부곡部曲의 장長인 근상靳祥이었다.

공명이 묻는다.

"네가 가서 뭐라고 타이를 테냐?"

근상이 대답한다.

"학소는 저와 같은 고향인 농서 땅 사람입니다. 어렸을 때부터 친한 사이니, 제가 이번에 가서 그에게 이해利害로써 설명하면 반드시 와서 항복할 것입니다."

공명은 즉시 근상을 떠나 보냈다.

근상이 말을 달려가서 성 아래에 이르러 외친다.

"옛 친구 근상이 학백도邠伯道(백도는 학소의 자이다)를 만나러 왔다고 여쭈어라."

성 위의 군사는 학소에게 가서 보고한다. 이에 학소는 성문을 열어주라 하고, 근상을 성안으로 불러들여 서로 만났다.

학소가 묻는다.

"옛 친구는 무슨 일로 여기에 왔는가?"

근상이 대답한다.

"나는 서촉 공명의 막하幕下에서 군사 일을 돕고 있는데, 특히 귀빈 대우를 받고 있노라. 나는 귀공을 만나 간곡히 할말이 있어 왔소."

그 순간 학소의 표정이 변한다.

"제갈양은 바로 우리 나라의 원수요 적이라. 나는 위를 섬기고 너는 촉을 섬기니, 각기 주인이 다르다. 그러므로 옛날에는 형제처럼 지냈지만 이젠 서로가 적이라. 너는 여러 말 말고 이 성에서 나가거라."

근상이 다시 말을 하려는데, 학소는 성루로 올라가버린다. 군사들은 '속히 말을 타라'고 윽박질러 근상을 성밖으로 몰아냈다.

근상이 돌아보니, 학소가 화살을 방어하는 나무 난간에 의지하고 있는지라 말을 세우고 채찍을 들어 가리키며 원망한다.

"그대는 어찌 이리도 박정한가!"

학소가 대답한다.

"위나라 국법을 형도 알 것이다. 나는 나라의 은혜를 입었으니 나라를 위해서 죽을 따름이다. 형은 더 이상 나를 설득하려고 하지 말고, 돌아가서 제갈양에게 속히 와서 이 성을 공격하라고 하게. 나는 조금도 두렵지 않네."

근상은 하는 수 없이 돌아가서 공명에게 보고한다.

"학소가 저의 말을 듣기도 전에 몰아냈습니다."

공명이 말한다.

"너는 다시 가서 이해로써 그를 타일러보아라."

이에 근상은 다시 진창성 아래로 가서 학소를 한 번만 더 만나자고 청했다.

이윽고 학소가 성루에 나타나자, 근상이 말을 세우고 큰소리로 외친다.

"어진 동생은 나의 충고를 들어라. 그대가 한낱 외로운 성을 지키면서 그래 우리 수십만 군사를 막아낼 성싶은가. 이제 속히 항복하지 않으면 뒤에 후회해도 소용없으리라. 또 사리事理로 말할지라도 그대가 정통正統을 계승한 우리 대한大漢을 섬기지 않고 간특한 위를 섬기니, 어찌하여 이렇듯 천명을 모르며 옳고 그른 것을 분별 못하는가. 바라건대 그대는 깊이 생각하고 생각하라."

학소는 분개하여 근상을 굽어보고 활을 당기며 꾸짖는다.

"나는 전번에 할말을 다했으니, 너는 두말 말고 썩 물러가거라. 그러지 않으면 너를 쏘리라."

근상은 다시 돌아와서 공명에게 사실대로 보고했다.

공명은 진노하여,

"그자가 무례하기 짝이 없구나. 나에게 성을 공격할 기구가 어찌 없겠느냐."

하고, 그 지방 사람을 불러 묻는다.

"진창성 안에 적군이 얼마나 있느냐?"

지방 사람이 고한다.

"확실한 수는 모르나 아마 3천 명은 있을 것입니다."

공명이 웃는다.

"그런 조그만 성으로 어찌 나를 막으리요. 다른 적군이 응원을 오기 전에 속히 공격을 개시하여라."

이에 촉군은 구름 사다리(운제雲梯. 성벽 위까지 닿는 사다리로 밑에는 수레바퀴가 달려 있다) 백 대를 출동시키니, 한 대마다 10여 명의 군

사가 탈 수 있고, 그 주위를 나무 판으로 가려서 적을 방어하게 되어 있었다.

군사들은 각기 짧은 사다리와 줄을 가지고, 북소리가 일어나자마자 그 짧은 사다리를 구름 사다리로 높게 조립하고 일제히 성 위로 올라간다.

학소는 성루에 있었는데, 촉군이 구름 사다리를 조립하고 사방에서 몰려오는 걸 바라보자, 즉시 3천 명 군사에게 화전火箭(불을 붙여서 쏘는 화살)을 주어 사방에 배치하고 구름 사다리가 가까이 오기를 기다려 일제히 쏘게 했다.

원래 공명은 진창성 안에 아무런 준비가 없는 줄 알고, 그래서 구름 사다리를 많이 만들어 삼군으로 하여금 북을 울리고 함성을 지르며 공격하도록 한 것이었다. 그런데 뉘 알았으리오. 뜻밖에도 성 위에서 일제히 화전을 쏘아 구름 사다리가 다 불타고, 많은 군사들이 불에 타서 죽어 떨어지고, 겸하여 성 위에서 화살과 돌이 빗발치듯 쏟아지는지라 촉군은 모두 후퇴한다.

공명이 분통을 터뜨린다.

"네가 나의 구름 사다리를 불태웠으니, 이번엔 충거衝車(철판으로 만든 옛 전차)를 쓰리라."

촉군은 밤낮을 가리지 않고 충거를 만들고, 이튿날 사방에서 북을 울리며 함성을 지르면서 나아간다.

이에 학소는 급히 큰 돌덩어리를 운반시키고, 그 돌에 구멍을 뚫게 하여 튼튼한 칡덩굴을 꼬아서 만든 줄을 구멍에 꿰어 가까이 오는 충거를 굽어보고 마구 치니, 충거는 다 부서지고 결딴난다.

공명은 다시 전법을 바꾸어 군사들에게 흙을 운반시켜 성의 호壕(참호)를 메우는 한편, 요화廖化에게 군사 천 명을 주어 밤에 땅굴을 파고

몰래 성안으로 들어가려 하는데, 뉘 알았으리요. 학소도 또한 성안에 이리저리 호를 파서 땅 밑 길을 끊었다.

이렇게 밤낮을 가리지 않고 공격한 지 20여 일이 지났으나, 진창성은 끄떡도 하지 않았다.

공명은 근심에 싸여 있는데, 홀연 수하 사람이 고한다.

"동쪽에서 적의 구원군이 오는데, 기에는 '위 선봉대장 왕쌍魏先鋒大將王雙'이라고 크게 씌어 있습니다."

공명이 묻는다.

"누가 가서 그들을 맞이하여 싸울 테냐?"

위연이 나선다.

"바라건대 제가 가겠나이다."

"너는 바로 선봉대장이니 경솔히 나가서는 안 된다. 그럼 누가 나갈 테냐?"

비장裨將 사웅謝雄이 썩 나선다. 공명은 사웅에게 군사 3천 명을 주어 보내고 또 묻는다.

"또 누가 갈 테냐?"

비장 공기龔起가 자원한다.

공명은 공기에게도 군사 3천 명을 주어 보내고, 성안의 학소가 군사를 거느리고 돌격해 나올까 걱정이 되어, 군사를 거느리고 20리 밖으로 후퇴하여 진지를 구축했다.

한편, 사웅은 군사를 거느리고 앞서가다가 바로 왕쌍을 만나 싸운 지 불과 3합에 칼을 맞고 두 조각이 나서 죽으니, 촉군은 패하여 달아난다.

왕쌍은 달아나는 촉군을 뒤쫓아오다가 공기와 만나 서로 말을 비비대며 싸운 지 3합에 또한 공기를 베어 죽인다. 이에 연달아 패한 촉군은 돌아와서 공명에게 경과를 고했다.

공명은 깜짝 놀라 황망히 명령을 내리니, 요화·왕평·장의張嶷 세 장수는 즉시 달려가 왕쌍의 군대를 맞이하여 서로 둥글게 진영을 벌이고 대치했다.

이윽고 장의가 말을 타고 나가니, 왕평과 요화는 진영 양쪽으로 따라 나섰다. 왕쌍이 말을 달려와 장의와 말을 비비대며 서로 싸운 지 수합이나 승부가 나지 않는다. 왕쌍이 패한 체하고 달아나니, 장의가 뒤쫓아간다. 이 광경을 바라보던 왕평은 장의가 왕쌍의 속임수에 걸려들까 걱정하고 황급히 외친다.

"장군은 왕쌍을 뒤쫓지 말라!"

그 외치는 소리를 듣고야 장의가 급히 말을 돌려 돌아오는데, 어느새 왕쌍이 던진 유성추가 등에 꽂혔다. 순간 장의는 말 안장에 폭 엎드려 달리는데 왕쌍은 말을 돌려 뒤쫓아오니, 왕평과 요화가 달려나가서 앞을 막고 장의를 구출하여 진영으로 돌아왔다.

그러나 왕쌍은 기회를 놓치지 않고 군사를 휘몰아 마구 쳐죽이니, 촉군은 많은 사상자가 났다.

유성추에 등을 맞은 장의는 수차 피를 토하며 돌아와, 공명에게 고한다.

"왕쌍은 무서운 장수니, 이제 진창성 밖에 군사 2만 명을 거느리고 와서 진지를 세우고 사방에 목책木柵을 늘어세우며 거듭 성을 쌓고 참호를 깊이 파는 등 매우 단단히 지키고 있습니다."

공명은 사웅과 공기 두 장수가 죽고 또 장의가 유성추에 맞아 상처 입은 것을 보자, 곧 강유를 부른다.

"진창 땅 길로는 나아갈 수 없으니, 다른 계책을 생각해보라."

강유가 대답한다.

"진창의 성과 호는 견고하고, 더구나 학소가 굳게 지키며 또 왕쌍이

와서 서로 돕고 있으니 그들의 성을 함락할 수는 없습니다. 그러니 한 대장을 시켜 산을 의지한 물 곁에 영채를 세우고 굳게 지키도록 맡긴 뒤에 다시 우수한 장수를 시켜 요긴한 길목을 지킴으로써 적군이 가정 땅을 공격하지 못하도록 막고, 승상은 대군을 거느리고 가서 기산을 엄습하십시오. 제가 이러이러한 계책을 쓰면 가히 조진을 사로잡을 수 있으리다."

공명은 그 말을 좇아 왕평과 이회李恢에게 군사를 주어 가정으로 통하는 소로를 지키도록 보내고, 위연에게 1군을 주어 진창 입구를 지키게 하였다. 연후에 마대를 선봉으로, 관흥과 장포를 전후대前後隊의 지휘자로 삼아 서로 연락을 취하면서 작은 길로 가서 사곡 땅으로 나와 기산을 바라보고 행군한다.

한편, 조진은 지난번에 사마의에게 공로를 빼앗긴 것을 생각하고, 낙양에 이르자 곽회와 손예를 보내어 각각 동서東西를 지키게 했다. 그는 진창 땅이 위급하다는 보고를 받고, 이미 왕쌍을 보내어 구원하게 했었다. 그 후 들어오는 보고에 의하면, 왕쌍이 적의 장수를 참하고 공을 세웠다고 하는지라, 크게 기뻐서 중호군대장中護軍大將 비요費耀에게 우선 전방前方 책임을 맡기고 장수들을 총독케 하니, 모든 요충지는 각각 빈틈없는 방비 태세를 취하게 됐다.

홀연 수하 군사가 들어와서 고한다.

"산골 속에서 적의 첩자를 잡아왔습니다."

조진이 끌고 오라 하여 물으니, 그자가 장막 앞에 꿇어앉아 고한다.

"소인은 첩자가 아니며, 실은 기밀에 관한 일을 도독께 고하러 오다가 매복한 군사들에게 잘못 붙들려 왔으니, 바라건대 좌우 사람들을 물러가게 하십시오."

조진은 그 사람의 결박을 풀어주라 하고, 좌우 사람들을 잠시 내보냈다.

그 사람이 고한다.

"소인은 바로 강백약姜伯約(강유)의 심복 부하로서 밀서를 가지고 왔습니다."

"그 밀서는 어디 있느냐?"

그 사람이 옷 속 몸에 붙여온 밀서를 꺼내어 바친다.

죄 많은 장수 강유는 백 번 절하고 글을 대도독 조진 휘하에 바치나이다. 생각건대 대대로 위나라 국록을 먹고 외람되이 변방 성을 지키며 두터운 은혜를 갚을 길이 없던 중, 전번에 제갈양의 계책에 잘못 걸려들어 몸이 깊은 구렁에 빠졌나이다. 그러니 고국을 언제고 잊을 날이 있겠습니까. 이번에 다행히도 촉군이 또 서쪽으로 나왔는데 제갈양이 이 강유를 의심하지 않고, 또 도독께서 친히 대군을 거느리고 오셨으니 만일 촉군을 만나거든 거짓으로 패한 체하십시오. 그러면 이 강유가 촉군 후방에서 불을 올려 신호를 보내는 동시에 먼저 촉군의 곡식과 마초부터 태워버리고, 도리어 군사를 거느리고 몸을 돌려 촉군을 엄습하면 제갈양을 가히 사로잡을 수 있습니다. 이 강유는 공로를 세워 나라에 보답하려는 것이 아니라 실은 지난날의 죄를 씻기 위해서니, 만일 통촉하시는 바가 있거든 지체 마시고 속히 명령을 내려주십시오.

조진은 밀서를 읽고 매우 기뻐하며,

"하늘이 나를 성공시키심이로다."

하고 그 사람에게 많은 상을 주며,

"곧 돌아가서 나의 뜻을 전하고, 기약한 대로 만나자고 하여라."

하고 돌려보냈다.

그런 뒤에 조진은 비요를 불러들여 상의한다.

"강유가 나에게 몰래 밀서를 보내왔는데, 이러이러히 하라고 하였소."

비요가 머리를 갸웃거린다.

"제갈양은 꾀가 많고 강유 또한 보통 꾀가 아니니, 제갈양이 이 일을 시킨 것이라면 우리가 그들의 계책에 걸려들지나 않을까 두렵습니다."

"강유는 원래 우리 위나라 사람이다. 전에는 부득이 촉에게 항복했거늘, 또 무엇을 의심하느냐?"

비요가 말한다.

"그러나 도독은 경솔히 가지 말고, 다만 이곳 본채를 지키고 계십시오. 바라건대 제가 군사를 거느리고 가서 강유와 접응接應하겠습니다. 만일 성공하면 이는 다 도독의 공로며, 만일 적의 간특한 계책이라면 제가 스스로 감당하리다."

조진은 매우 흐뭇해하며, 드디어 비요에게 군사 5만 명을 주어 사곡으로 보냈다.

비요는 군사를 거느리고 2, 3마장쯤 가서 주둔하고, 먼저 척후병을 보내어 전방을 정탐하게 했다.

그날 신시申時쯤 해서 척후병이 돌아와 보고한다.

"사곡으로 난 길로 촉군이 오고 있습니다."

비요가 바삐 군사를 독촉하여 나아가니, 이쪽으로 오던 촉군은 싸우기도 전에 먼저 물러간다. 비요가 군사를 거느리고 뒤쫓아가자, 촉군은 다시 와서 서로 대진할 듯이 하더니 또 물러간다.

촉군이 이렇듯이 하기를 세 번씩이나 되풀이하는 동안에 어느덧 이튿날 신시가 됐다. 위군은 하루 낮 하루 밤을 잠시도 쉬지 못한데다가

사곡에서 공명을 만나는 비요(오른쪽)

또 촉군이 공격해오지나 않을까 겁이 나서, 바야흐로 주둔하고 밥을 짓는 참이었다. 홀연 사방에서 함성이 크게 진동하며 북소리와 징소리가 일제히 일어나면서 촉군이 산과 들에 가득히 퍼져 오더니, 기가 젖혀지면서 한 대의 사륜거四輪車가 나타난다.

공명이 사륜거에 단정히 앉아 위군 장수와 문답하기를 청한다. 이에 비요가 말을 달려 나가 공명을 바라보고, 마음속으로 은근히 기뻐서 좌우 부하들에게,

"촉군이 내달아오거든 우리는 즉시 달아나다가, 산 뒤에서 불이 일어날 때 다시 몸을 돌려 촉군에게로 쳐들어가면, 우리를 돕는 군사가 반드시 나타나기로 되어 있다."

분부하고, 말을 껑충껑충 달려 나가며 외친다.

"전번에 패하여 돌아간 장수가 이제 무슨 일로 또 감히 왔느냐?"

공명이 대꾸한다.

"조진을 불러오너라. 그래야 서로 이야기가 통할 수 있지 않느냐."

비요가 저주한다.

"조도독曹都督은 바로 금지옥엽金枝玉葉(황족)이시다. 어찌 반역한 역적을 만나시겠느냐."

공명이 크게 노하여 깃털 부채를 들어 신호하자 왼편에서는 마대가, 오른편에서는 장의의 군사가 두 방면으로부터 쳐들어온다.

이에 위군은 즉시 달아나 30리쯤 갔을 때 돌아보니, 과연 촉군 뒤에서 불길이 오르며 잇달아 함성이 일어난다. 비요는 신호 불이 오른 것이라 확신하고, 즉시 군사들을 돌려 쳐들어가니, 이번에는 촉군이 일제히 달아난다.

비요는 칼을 비껴 들고 달아나는 촉군을 뒤쫓으며, 함성 소리 일어나는 곳으로 선두를 달려 불길이 솟는 곳으로 가까이 갔을 때였다. 갑자기 산속에서 북소리와 징소리가 하늘을 흔들고 함성이 땅을 진동하며 두 방면으로부터 촉군이 내달아 나오니, 왼쪽 장수는 관흥이요 오른쪽 장수는 장포였다. 뿐만 아니라 산 위에서 화살과 돌이 빗발치듯 날아온다.

이에 위군은 대패하고, 비요는 그제야 적의 계책에 속은 것을 알고 급히 군사를 돌려 산골 길로 달아나니, 군사와 말은 다 지칠 대로 지치고, 뒤에서는 관흥이 새로운 군사를 거느리고 나는 듯이 쫓아온다.

위군은 혼비백산하여 앞을 다투고 서로 짓밟아, 계곡 물에 떨어져 죽는 자만도 무수하였다. 비요는 정신없이 달아나다가, 바로 산 출구에서 또 한 떼의 군사와 맞닥뜨리니, 앞장선 장수는 바로 강유가 아닌가.

비요가 크게 저주한다.

"원래 반역한 역적 놈은 신용이 없음이라. 내가 불행히도 너의 간특

한 계책에 걸려들었구나."

강유가 껄껄 웃는다.

"내가 조진을 사로잡으려다가 잘못하여 너를 옭았으니, 속히 말에서 내려와 항복하라."

비요는 갑자기 말을 달려 길을 빼앗아 산골 속으로 달아나니, 산골 출구에선 불빛이 충천하고 뒤에선 촉군이 풍우처럼 쫓아온다. 앞뒤가 다 막히자 비요는 칼을 뽑아 스스로 자기 목을 치고 자결하니, 나머지 위군은 다 항복했다.

이에 공명은 군사를 휘몰아 밤낮을 계속 나아가, 바로 기산 앞으로 나와서 영채를 세우고 군사를 거두며 강유에게 많은 상을 주었다.

강유가 말한다.

"이번에 조진을 잡아죽이지 못한 것이 한입니다."

"큰 계책을 조그만 계책으로 쓰고 말았으니, 가히 아깝다."

공명도 머리를 끄덕였다.

한편, 조진은 비요가 죽었다는 보고를 듣고 후회했으나, 무슨 소용이 있으리요. 그는 드디어 곽회와 함께 군사를 후퇴시킬 계책을 상의한 뒤에 표문을 써서 손예와 신비辛毗에게 주면서 밤낮을 가리지 말고 가서, 위주 조예에게 아뢰도록 했다.

손예와 신비는 도성에 당도한 즉시로 아뢴다.

"촉군이 또 기산으로 나왔고, 조진은 군사와 장수를 잃어 형세가 매우 위급합니다."

조예는 깜짝 놀라, 곧 사마의를 궁 안으로 불러들이고 묻는다.

"조진이 군사와 장수를 잃고 촉군이 또 기산으로 나왔다 하니, 경은 적을 격퇴할 만한 무슨 계책이라도 있는가?"

사마의가 대답한다.

"신은 이미 제갈양을 물리칠 계책이 서 있습니다. 우리 위군의 용맹과 위엄을 드날리지 않고도 촉군을 저절로 달아나게 하리다."

　　이미 조진에게는 이길 능력이 없다는 것을 알고
　　사마의의 뛰어난 계책에만 오로지 의지한다.
　　已見子丹無勝術
　　全憑仲達有良謀

모를 일이다. 사마의의 계책이란 과연 무엇일까.

제98회

왕쌍은 한군을 뒤쫓다가 죽음을 당하고
무후는 진창을 습격하여 승리하다

사마의는 아뢴다.

"신은 일찍이 폐하께 공명이 진창 땅으로 쳐들어올 것이라고 아뢰었습니다. 그래서 학소를 보내어 지키게 했던 것인데, 이제 과연 그렇게 됐습니다. 공명이 진창을 경유하여 쳐들어오면 군량을 운반하기가 매우 편리하지만, 이제 다행히도 학소와 왕쌍이 진창을 지키는 중이니, 그 길로는 군량을 감히 운반하지 못할 것이며, 그 밖의 좁은 길로는 군량을 운반하기가 곤란합니다. 신이 생각건대 이러고 보면 촉군의 군량은 겨우 1개월 먹을 정도밖에 없으니, 그들은 급히 싸워야 이롭고 우리 군사는 반대로 오래 지키기만 하면 이롭습니다. 그러니 폐하는 조진에게 조서를 보내어, 모든 요긴한 곳을 굳게 지키기만 하되 나아가서 싸우지 말라고 하십시오. 그러면 불과 1개월 이내에 촉군은 먹을 군량이 떨어져 저절로 달아날 것이니, 그때를 기다렸다가 기회를 놓치지 말고 추격하면, 제갈양을 가히 사로잡을 수 있습니다."

조예가 감탄한다.

"경은 이미 선견지명이 있구려. 그렇다면 왜 직접 군사를 거느리고 가서 엄습하지 않는가?"

사마의가 대답한다.

"신은 목숨을 아끼는 것이 아니고, 이곳에 군사를 두어 동오의 육손에 대한 방비를 해야 합니다. 머지않아 동오의 손권은 반드시 자기만이 천자라고 나설 것입니다. 동시에 손권은 폐하께서 동오를 칠 것을 미리 알고, 그럴 바에야 차라리 먼저 폐하를 치려고 우리 나라에 침입할 것입니다. 그래서 신은 군사를 거느리고 그들을 기다리는 중입니다."

이렇게 말하는데, 가까이 모시는 신하가 들어와서 고한다.

"조도독(조진)이 보낸 사람이 그간 경과를 아뢰러 왔습니다."

사마의가 말한다.

"폐하는 즉시 사람을 조진에게로 보내어, '촉군을 뒤쫓을 때는 반드시 그 허실虛實을 잘 살핀 후에 하고, 함부로 위험한 곳에 깊이 들어갔다가 제갈양의 계책에 걸려들지 말라'고 분부하십시오."

조예는 즉시 태상경太常卿 한기韓芳에게 조서를 써주고, 절節(신표信標)을 주며 분부한다.

"조진에게 가서 결코 싸우지 말고 지키는 일에만 힘쓰되, 촉군이 물러가거든 그때에 추격하라고 이르시오."

사마의는 한기를 성 바깥까지 전송하면서 부탁한다.

"나는 이번 공로를 조진에게 양보할 생각이오. 그러니 귀공은 조진을 만나거든 이번 작전은 내가 세운 바라고 말하지 말고, 천자께서 직접 '잘 지키는 것이 상책이며, 그들을 추격할 때는 자세히 살핀 뒤라야 공연히 성급하게 서두르지 말라' 분부하셨다고만 전하시오."

한기는 사마의와 작별하고 떠나갔다.

한편, 조진은 장상에 앉아 앞일을 의논하는데, 홀연 태상경 한기가 천자의 명령을 받고 온다는 보고가 왔다.

조진은 영채 밖으로 나가서 한기를 영접하여 들어와 조서를 받고서, 따로 곽회·손예와 함께 상의한다.

곽회가 웃는다.

"이건 바로 사마의의 작전이군요."

조진이 묻는다.

"그래 이 지시를 어떻게 생각하시오?"

곽회가 대답한다.

"이는 제갈양의 군사 쓰는 법을 깊이 알고서 세운 작전이니, 뒷날 촉군을 능히 막을 수 있는 사람은 반드시 중달仲達(사마의의 자)일 것입니다."

조진이 묻는다.

"촉군이 물러가지 않는다면 우리는 어찌해야겠소?"

곽회가 대답한다.

"비밀리에 사람을 왕쌍에게 보내십시오. 왕쌍이 군사를 거느리고 작은 길을 돌아다니며 감시하면 촉군은 감히 곡식을 운반해오지 못할 것이며, 그렇게 되면 촉군은 곡식이 다 떨어지기 전이라도 물러가지 않고는 못 배길 테니, 그 기회에 추격하면 우리는 크게 이길 수 있습니다."

손예가 말한다.

"나는 가짜 군량미를 운반하는 군사들을 조직하여 수레마다 마른풀과 장작을 쌓고 거기에 유황과 염초를 뿌리고, 기산 쪽으로 운반하면서 사람을 시켜, '농서의 곡식을 운반해온다'고 널리 알릴 작정입니다. 그러면 촉군은 양식이 부족하기 때문에 반드시 약탈하러 올 것인즉, 일단 그들을 끌어들인 뒤에 모든 수레에 불을 지르고 미리 밖에서 매복하고

있던 우리 군사가 협공하면 틀림없이 이길 수 있습니다."

"그 계책이 크게 묘하도다."

조진은 동감하며 즉시 손예에게 군사를 거느리고 가서 계책대로 실행하라 분부했다. 또 사람을 왕쌍에게로 보내어 군사를 거느리고 모든 작은 길을 순찰하도록 지시했다.

그리고 곽회에게 군사를 주어 기곡·가정 땅을 돌아 모든 방면의 군사들에게 요충지를 굳게 지키도록 지휘하라 하고, 또 장요張遼의 아들 장호張虎를 선봉으로, 악진樂進의 아들 악침樂綝을 부선봉으로 삼고 가서 최전방 영채를 함께 지키되 나아가 싸우지는 말라고 명령했다.

한편, 공명은 기산 영채에 있으면서 날마다 사람을 시켜 싸움을 걸었으나, 위군은 굳게 지키기만 하고 나오지 않았다.

공명은 강유 등을 불러 상의한다.

"적군이 굳게 지키고 싸우러 나오지 않는 것은 우리 군중軍中에 곡식이 넉넉지 못함을 알기 때문이다. 이제 진창 땅을 경유하는 길은 통과할 수가 없고, 그 나머지 작은 길들은 험난해서 곡식을 운반해오기가 어려우며, 지금 남은 곡식과 마초는 불과 1개월분밖에 없으니 어찌하면 좋겠는가?"

모두가 새로운 결정을 짓지 못하는데, 갑자기 보고가 들어왔다.

"농서 지방의 위군이 수천 대의 수레에 군량미를 가득 싣고 기산 서쪽으로 운반 중인데, 책임 관리는 바로 손예라고 합니다."

공명이 묻는다.

"그 사람은 어떤 자인가?"

항복해온 위나라 사람이 고한다.

"그는 일찍이 위왕을 따라 대석산大石山에서 사냥한 일이 있는데, 홀연 사나운 범 한 마리가 바로 위왕 앞으로 달려들었습니다. 그때 손예가

말에서 뛰어내려 범을 가로막고 한칼에 쳐죽였습니다. 그래서 그는 장군이 됐으니, 바로 조진의 심복 부하입니다."

공명은 호탕하게 웃으며 말한다.

"이제 때가 때인 만큼 위의 장수는 우리에게 곡식이 부족한 것을 알고 그래서 속임수를 쓰려는 것이니, 수레에 실은 것들은 곡식이 아니고 반드시 불 잘 붙는 풀과 장작이리라. 내 평생 불로 공격하는 일에 익숙하거늘, 그들이 어찌 그런 수법으로 나를 유인할 수 있을리요. 우리가 가서 그들의 수레를 빼앗으면 그들은 그 동안에 우리 영채를 습격할 것이니, 내 그들의 계책을 역이용하리라."

공명은 마침내 마대를 불러 분부한다.

"너는 군사 3천 명을 거느리고 위군의 군량미가 모인 곳에 가서, 쳐들어가지는 말고 바람 부는 방향을 따라 불을 질러라. 수레들이 불타오르면, 위군은 반드시 와서 우리 영채를 포위할 것이다."

공명은 또 마충과 장의를 불러 분부한다.

"각기 군사 5천 명을 거느리고 가서 밖으로 에워싸고, 마대를 도와 안팎에서 협공하라."

세 사람이 계책을 받고 떠나가자, 공명은 관흥과 장포를 불러 분부한다.

"위군의 최전방 영채는 길이 사방으로 통하니, 오늘 밤에 산 서쪽에서 불이 일어나면, 위군은 반드시 우리 영채를 습격하러 올 것이다. 너희들 두 사람은 위군 영채의 좌우에 매복하고 있다가, 그들이 떠나거든 즉시 위군 영채를 습격하여라."

공명은 또 오반吳班과 오의吳懿를 불러 지시한다.

"너희들 두 사람은 각기 군사를 거느리고 영채 밖에 매복하고 있다가, 위군이 습격해오거든 그들이 돌아갈 길을 끊어라."

공명은 모든 배치를 끝내자, 기산 위로 올라가 높이 자리를 잡고 앉

왔다.

한편, 위군은 촉군이 군량미를 약탈하러 오는 것을 탐지하자 황망히 손예에게 보고한다.

손예는 사람을 급히 보내어 조진에게 보고하니, 조진은 사람을 최전 방 영채로 보내어 장호와 악침에게 분부한다.

"오늘 밤에 산 서쪽에서 불이 일어나면, 촉군이 반드시 구원하러 올 것이니, 군사를 거느리고 가서 이러이러히 하여라."

장호와 악침은 비밀 계책을 받고, 사람을 높은 곳으로 올려 보내어 불이 오르나 망을 보게 했다.

한편, 손예는 군사와 함께 산 서쪽에 매복하고, 다만 촉군이 오기를 기다린다. 밤 2경쯤 해서 마대가 군사 3천 명을 거느리고 오는데, 모두 함매銜枚(말을 못하도록 입에 물린 나무막대기)하고 말에는 자갈을 물리고 소리 없이 산 서쪽에 이르러 보니, 곡식을 실은 허다한 수레가 첩첩이 놓이고 가득히 둘러쌓여 저절로 영채를 이루고 공연한 정기만 꽂혀 있는데, 때마침 서남풍이 분다.

마대가 군사를 들여보내어 남쪽에서 불을 지르니, 수레마다 번져서 불길이 온통 하늘을 찌른다.

손예는 촉군이 와서 불을 질러 신호하는 줄 알고 급히 군사를 거느리고 일제히 엄습해 들어가는데, 갑자기 또 뒤에서 북소리와 징소리가 하늘을 진동하더니 두 방면으로부터 난데없는 군사가 마구 무찌르며 쳐들어오니, 앞장선 장수는 바로 마충과 장의였다.

위군이 어느덧 촉군에게 포위를 당하자, 손예는 너무 놀라 어쩔 줄을 모르는데, 또 위군 속에서 함성이 일어나더니 한 떼의 군사가 이번에는 타오르는 불빛 속에서 달려 나와 무찌르니, 앞장선 장수는 바로 마대였다.

이리하여 촉군이 안팎에서 협공하는 통에 위군은 크게 패하고, 급한 바람을 따라 불이 마구 번지는지라 위군과 말은 어지러이 달아나기에 바쁘고, 죽은 자 또한 무수했다.

손예는 부상한 군사들을 거느리고, 연기를 뚫고 불을 무릅쓰고 빠져 달아난다.

한편, 최전방 영채의 장호는 서쪽에 불빛이 오르자, 크게 영채의 문을 열고 악침과 함께 군사를 모조리 거느리고 달려가 촉의 영채로 쳐들어가니, 그 안이 텅 비어 있다.

그가 급히 군사를 거느리고 물러나오는데, 오반과 오의의 두 방면 군사들이 마구 무찌르며 달려들어 위군이 돌아갈 길을 막는다.

장호와 악침 두 장수는 황급히 포위를 뚫고 겨우 빠져 나와, 최전방 영채로 도망쳐 돌아간다.

그런데 웬일일까. 영채에서 화살이 메뚜기 떼처럼 날아온다. 알고 보니 그들이 떠난 뒤에 관흥과 장포가 와서 영채를 점령한 것이었다.

장호와 악침의 군사는 결국 대패하여 모두 조진의 대채로 들어가려 하는데, 그쪽으로 달려오는 또 한 무리의 패잔군을 만났다. 그들은 손예의 군사였다. 손예는 장호·악침과 함께 들어가서 조진을 뵙고, 각기 제갈양의 계책에 걸려들었던 경과를 보고했다.

조진은 낭패한 보고를 듣고는 삼가 대채를 지키기만 하고, 싸우러 나가지 않았다.

한편, 촉군은 크게 이기고 돌아와서 공명에게 보고했다.

공명은 사람을 시켜 위연에게로 비밀 지시를 보내고,

"일제히 영채를 뽑고 돌아갈 준비를 서두르라."

하고 분부하니 모두가 의아해한다.

양의가 묻는다.

"이제 크게 이겨 위군의 날카로운 기세를 꺾었는데, 어쩌자고 도리어 군사를 거두려 하십니까?"

공명이 대답한다.

"우리 군사는 곡식이 부족해서 급히 싸워야 유리한데, 이제 그들이 굳게 지키고 나오지 않으니 탈이다. 이번에 그들이 패했으나 중원에서 반드시 그들의 구원군이 올 것이다. 그들이 가벼운 기병대로 우리의 군량미 운반하는 길을 기습한다면, 그때는 우리가 돌아갈 길도 없으니, 위군이 패한 지금 우리는 그들의 추측을 뒤집고 이 기회에 물러가야 한다. 한 가지 걱정은 위연이 지금 진창 땅 입구에서 왕쌍과 대치하고 있으므로 갑자기 빠져 나오기 어려운지라, 그래서 내가 사람을 보내어 위연에게 비밀리에 계책을 전하고, 왕쌍을 참하도록 지시하는 동시에 우리를 뒤쫓지 못하도록 위군을 막으라고 했다. 이제부터 후대後隊가 전대前隊가 되어 후퇴한다."

그날 밤에 공명은 징 치고 북 치는 군사만 영채에 남겨두어 시각마다 징과 북을 치라 하고, 그 밤 안으로 다 돌아가니 새벽녘에는 빈 영채만 남았다.

한편, 조진은 영채 안에서 고민하는데, 홀연 좌장군 장합이 새로이 군사를 거느리고 왔다. 장합이 말에서 내려 장막으로 들어가 조진에게 말한다.

"내가 이번에 칙명을 받들고 특히 장군을 도우러 왔소이다."

조진이 묻는다.

"올 때 중달을 만났소?"

장합이 대답한다.

"중달이 내게 말하기를, '우리 군사가 이겼으면 촉군은 물러가지 않을 것이며, 우리 군사가 패했다면 촉군은 반드시 물러갈 것이라'고 합디

다. 이번에 우리 군사가 실수한 후에 도독은 정탐꾼을 보내어 촉군의 동정을 살펴보셨습니까?"

"아직 알아보지 않았소."

이에 조진은 정탐꾼을 보내어 알아본즉, 과연 촉군의 영채는 텅 비어 있고 수십 개의 정기만 꽂혀 있을 뿐, 촉군은 이틀 전에 떠났다는 것이다. 조진은 돌이킬 수 없는 실수를 되풀이한 셈이다.

한편, 위연은 공명이 보낸 비밀 계책을 받자, 그날 밤 2경에 영채를 뽑고 급히 한중 땅으로 돌아가는데, 적의 첩자가 염탐하고 즉시 왕쌍에게 가서 보고했다.

이에 왕쌍이 군사를 크게 휘몰아 급히 20여 리를 뒤쫓아오니, 전방에 위연의 기가 보인다.

왕쌍이 크게 외친다.

"위연은 달아나지 말고 게 섰거라!"

그래도 촉군은 뒤도 돌아보지 않고 열심히 앞으로 나아간다.

왕쌍이 말에 박차를 가하며 쫓아가는데, 등뒤에서 위군이 외친다.

"성 바깥 우리 영채 쪽에서 불길이 충천하니, 아마도 적의 간특한 계책에 걸려들었나 봅니다."

왕쌍은 급히 말을 돌려 바라보니, 정말로 불길이 충천한다. 황급히 군사를 몰아 돌아가다가 산기슭에 이르렀을 때였다. 왼쪽 숲 속에서 갑자기 말 탄 장수 한 명이 달려 나오며 우렁찬 목소리로 외친다.

"위연이 여기 있도다. 칼을 받아라!"

왕쌍은 소스라치게 놀라, 미처 손쓸 사이도 없이 위연의 칼을 맞고 두 동강이 나서 말 아래로 굴러 떨어진다.

위군은 그 근방에 촉군이 매복하고 있는 줄 알고 사방으로 흩어져 달아난다. 이에 위연은 기병 30명을 거느리고 천천히 한중 땅을 향하여 돌

왕쌍의 목을 베는 위연

아간다.

후세 사람이 이 일을 찬탄한 시가 있다.

공명의 묘한 계책은 손빈孫臏·방연龐涓(둘 다 전국 시대의 명

장이다)보다 월등하니

장성이 번쩍 한곳을 비치도다.

군사를 쓰는 법은 귀신도 측량할 수 없어

진창 땅 입구의 길목에서 왕쌍을 참했도다.

孔明妙算勝孫龐

耿若長星照一方

進退行兵神莫測

　원래 위연은 공명이 보낸 비밀 계책대로 애초에 기병 30명만 거느리고 왕쌍의 영채 가까이 매복하고 있다가, 왕쌍이 군사를 거느리고 촉군을 뒤쫓아 떠나간 뒤에 적의 영채에 불을 지르고, 다시 도중에서 왕쌍이 돌아오는 것을 기다려 갑자기 뛰어나가 쳐죽였던 것이다.

　위연은 왕쌍을 죽이고 한중 땅으로 돌아가, 공명에게 군사를 반환했다. 이에 공명은 크게 잔치를 베풀어 모든 장수와 군사들을 위로했다.

　한편, 장합은 촉군을 뒤쫓았으나 따르지 못하고 영채로 돌아왔다. 그런데 진창성 학소가 보낸 사람이 와서, 왕쌍이 위연의 칼을 맞고 죽은 사실을 고한다. 이 말을 듣고, 조진은 근심한 나머지 마침내 병이 났다. 병든 조진은 곽회·손예·장합에게 장안으로 통하는 모든 길목을 잘 지키라 분부하고, 낙양으로 돌아갔다.

　한편, 오왕吳王 손권은 조회朝會에 임석했다.

　첩자가 돌아와서 보고한다.

　"서촉 제갈양이 두 번째로 군사를 거느리고 나아가자, 북위北魏의 도독 조진은 많은 군사와 장수들까지 잃었습니다."

　이에 신하들은 오왕 손권에게 군사를 일으켜 위를 치고, 중원을 도모해야 한다고 권한다.

　손권은 결정을 내리지 못하는데, 장소가 아뢴다.

　"요즘 들으니 무창 땅 동산東山에 봉황이 나타나고 대강大江에 황룡黃龍이 자주 나타난다 하니, 이는 주공의 높은 덕이 요순堯舜과 같고, 그 밝으심이 주周 문왕文王·무왕武王과 견줄 만하기 때문입니다. 그러니 황제로 즉위하신 뒤에 군사를 일으키소서."

문무 백관이 모두 응한다.

"장소 대감의 말씀이 옳습니다."

마침내 여름 4월 병인일丙寅日로 택일하고, 무창 땅 남쪽 교외에 단壇을 쌓았다. 그날 모든 신하는 손권을 단 위로 모시고 황제의 자리에 즉위시켰다.

황무黃武 8년(오의 연호로 229년이다)을 다시 황룡黃龍 원년으로 개원하고, 죽은 아버지 손견孫堅에게는 무열황제武烈皇帝라는 시호諡號를 드리고, 어머니 오吳씨를 무열황후武烈皇后로 높이고, 죽은 형님 손책孫策에게는 장사환왕長沙桓王을 봉하고, 아들 손등孫登을 황태자皇太子로 책봉하고, 제갈근의 맏아들 제갈각諸葛恪을 태자 좌보左輔로 삼고, 장소의 둘째 아들 장휴張休를 태자 우필右弼로 삼았다. 좌보와 우필은 다 보좌관이다.

제갈각의 자는 원손元遜이다. 그는 키가 7척으로 극히 총명하고 언변에 능했다. 그래서 손권이 매우 사랑했다.

제갈각이 여섯 살 때의 일이다. 그는 아버지 제갈근을 따라 오왕의 잔치 자리에 참석했다. 손권은 제갈근의 얼굴이 긴 것을 보고, 사람을 시켜 당나귀 한 마리를 끌고 오라 하여 분필粉筆로 당나귀 얼굴에다 제갈자유諸葛子瑜(자유는 제갈근의 자이다)라고 썼다. 즉 제갈근의 얼굴이 당나귀처럼 길다고 놀린 것이다.

모든 사람들이 다 크게 웃는다.

이때 여섯 살 난 제갈각은 뛰어가서 분필을 잡고, 당나귀 얼굴에다 지려之驢 두 자를 더 썼다. 그리고 보니, 제갈자유지려諸葛子瑜之驢(제갈자유의 당나귀), 즉 '이건 우리 아버지의 당나귀'라는 뜻으로 바뀌었다.

이를 본 잔치 자리의 모든 사람들은 크게 놀라고 감탄했다. 손권은 매우 기특히 여기고, 마침내 그 당나귀를 제갈근에게 하사했다.

언젠가 하루는 손권이 모든 관료를 모으고 크게 잔치를 벌였다. 손권은 제갈각에게 잔을 들고 모든 분에게 한 잔씩 술을 따라드리라 분부했다.

제갈각이 장소 앞에 이르러 술을 권했을 때였다.

장소가 술잔을 받지 않고 거절한다.

"이러는 건 늙은 사람을 대접하는 도리가 아니니라."

손권이 묻는다.

"네가 굳이 자포子布(장소)에게 술을 먹일 수 있겠느냐?"

제갈각은 즉시 응낙하고 장소에게 말한다.

"옛날에 강상보姜尙父(강태공)는 나이 아흔이었을 때도 칼과 창을 잡고 한 번도 늙었다는 말을 하지 않았다고 합니다. 그러나 오늘날 선생은 너무 늙으셨기 때문에, 전쟁에서는 선생을 뒤에 물러앉아 계시도록 하고 잔치 자리에서는 선생에게 맨 먼저 술잔을 드리는데, 어째서 노인을 섬기는 도리가 아니라 하십니까?"

제갈각의 말은, 선생은 이제 너무 늙어서 싸움 마당에 나갈 수 없다는 뜻이었다. 장소는 그 말이 무엇보다도 듣기 싫어서 아무 소리도 못하고 억지로 술을 마셨다.

손권은 이때부터 제갈각을 더욱 사랑했기 때문에 그에게 태자를 보필하도록 분부한 것이고, 장소는 오왕(손권)을 보좌하고 삼공의 윗자리에 있으면서 그 아들 장휴로 태자 우필을 삼았던 것이다.

또 손권은 고옹顧雍을 승상으로, 육손을 상장군上將軍으로 삼아 태자를 보필하면서 무창을 지키게 하고, 자기 자신은 건업建業 땅으로 다시 돌아가서 모든 신하들과 함께 위를 칠 일을 상의했다.

장소가 아뢴다.

"폐하께서 처음으로 제위에 오르셨으니, 아직 군사를 움직이지 말되

다만 학문과 무술을 권장하고, 학교를 증설함으로써 백성들을 편안케 하고, 사신을 서천으로 보내어 촉과 동맹하여 당분간 천하를 함께 나누어 차지하면서 천천히 도모하소서."

손권은 그 말을 좇아 사신을 보내니, 사신은 밤낮없이 달려 서천으로 들어가서, 후주를 뵙고 예를 마친 뒤에 온 뜻을 소상히 아뢰었다.

이에 후주는 신하들과 상의하니 모두가 반대한다.

"손권이 황제가 된 것은 또한 역적의 짓이니, 어찌 역적과 동맹할 수 있습니까?"

장완이 말한다.

"이럴 것이 아니라, 사람을 보내어 승상에게 물어보소서."

후주는 곧 사자를 한중 땅으로 보냈다.

사자가 가서 물으니, 공명은 대답한다.

"'폐하께서도 예물을 보내사 오를 축하하고, 손권에게 육손을 시켜 위를 치라고 권하십시오. 그러면 위는 반드시 사마의를 시켜 남쪽 동오를 막을 것이니, 그때에 신이 다시 기산으로 나아가면 장안을 가히 도모할 수 있습니다' 하고 내 말을 폐하께 아뢰어라."

이에 후주는 공명의 말대로 드디어 태위 진진陳震에게 좋은 말과 옥대玉帶와 황금과 구슬과 보배를 주어 오를 축하하도록 보냈다.

진진이 동오에 이르러 국서를 바치니, 손권은 매우 기뻐하며 잔치를 베풀어 대접하고 촉으로 돌려보냈다.

그런 뒤에 손권은 육손을 소환하고, 촉이 우리와 함께 군사를 일으켜 위를 치자고 하니 뜻에 어떠하냐고 물었다.

육손은 대답한다.

"이는 공명이 사마의를 두려워한 나머지 짜낸 계책입니다. 이미 동맹까지 한 처지니, 촉의 요구를 거절할 수도 없으니 일단 군사를 일으켜

멀리 서촉을 돕는 체하면서, 공명이 공격하여 위가 위급해지거든 그 틈을 타서 중원中原을 차지하도록 하십시오."

육손은 즉시 명령을 내려 형양荊襄(형주와 양양) 각처의 군사를 훈련시키고, 날을 골라 군사를 일으켰다.

한편 진진은 한중 땅으로 돌아가서 공명에게 다녀온 경과를 보고했다. 공명은 오히려 진창 땅으로 가벼이 쳐들어가지 못할까 걱정하고, 먼저 사람을 시켜 염탐하게 했다.

그 사람이 돌아와서 보고한다.

"진창성 안의 학소가 병이 위중합니다."

"이제야 큰일을 성공했다!"

하고, 공명은 위연과 강유를 불러 분부한다.

"너희들 두 사람은 군사 5천 명을 거느리고 밤낮을 가리지 말고 바로 진창성 아래로 가서, 불이 일어나거든 즉시 성을 공격하여라."

위연과 강유는 잘 믿기지가 않아서 묻는다.

"어느 날 떠나리까?"

"사흘 안에 모든 준비를 마치고, 나에게 하직 인사도 할 것 없이 바로 떠나거라."

두 사람이 물러가자, 공명은 관흥과 장포를 불러,

"이러이러히 하라."

비밀리에 계책을 일러주고, 어디론지 떠나 보냈다.

한편, 곽회는 진창성의 학소가 병이 위중하다는 소식을 듣자 장합과 상의한다.

"학소의 병이 위독하다 하니, 그대는 곧 가서 교대하라. 나도 표문을 써서 조정에 아뢰리라."

장합은 군사 3천 명을 거느리고 진창으로 가는 중이었다.

이때 진창성 안의 학소는 병이 위독하여 그날 밤도 신음하는데, 홀연 수하 사람이 들어와서 고한다.

"촉군이 성 아래로 밀어닥쳤습니다."

학소가 급히 군사를 성 위로 올려 보내고 굳게 지키게 하는데, 각 성문에서 불이 일어나며 성안이 크게 혼란스럽다.

학소는 급변한 보고를 듣자 크게 놀라서 죽고, 동시에 촉군은 성안으로 쏟아져 들어왔다.

한편, 위연과 강유가 군사를 거느리고 진창성 아래에 이르러 본즉, 깃발 하나 시각을 알리는 군사 한 명 보이지 않았다.

두 사람은 놀라고 의심이 나서, 감히 성을 공격 못하고 있는데, 문득 성 위에서 한 방 포 소리가 탕 나더니, 사방에서 기들이 일제히 일어선다. 한 사람이 윤건을 쓰고 깃털 부채를 들고 학창의를 입고 나타나 크게 외친다.

"그대들 두 사람은 너무 늦게 왔구나."

위연과 강유가 보니 바로 공명이 아닌가. 그들은 황망히 말에서 내려 땅에 엎드리고 절한다.

"승상은 참으로 신인 같은 계책을 쓰십니다그려."

공명은 두 사람을 성안으로 불러들이고 말한다.

"내가 학소의 병이 위독하다는 말을 듣고 그대들에게 사흘 안에 떠나라 한 것은, 모든 군사의 마음을 안정시키기 위해서였다. 그 대신 나는 관흥과 장포에게 비밀리에 군사를 주어 몰래 한중 땅을 떠나게 했다. 그리고 나도 그들 속에 숨어서 밤낮을 가리지 않고 달려, 바로 진창성 아래로 온 것은 학소에게 전혀 준비할 여가를 주지 않기 위해서였다. 더구나 우리의 첩자가 이미 성안에 들어가 불을 지르고 함성을 질러 서로 도

와 위군을 혼란케 했으니, 원래 군사란 것은 지휘하는 장수가 없으면 저절로 무너지게 마련이다. 나는 그 기회를 놓치지 않고 신속히 성을 얻었으니, 알고 보면 쉬운 일이다. 병법에 말하기를, '적이 생각지 않는 뜻밖의 일을 감행하여, 그 무방비 상태를 공격하라'고 한 것이 바로 이번 경우니라."

위연과 강유는 더욱 감복하여 다시 절한다. 공명은 학소의 죽음을 불쌍히 여겨 그 아내와 가족에게 영구靈柩를 주어 북위로 떠나 보내고, 학소의 충성을 드날리게 했다.

공명이 위연과 강유에게 분부한다.

"그대들 두 사람은 무장을 풀지 말고 군사를 거느리고 가서 산관散關을 엄습하라. 산관을 지키는 자들이 우리 군사가 온 것을 알면 필시 놀라 달아날 것이다. 그러나 늦게 가면 새로운 위군이 산관에 와서 지킬 것인즉, 공격하기 어려우리라."

위연과 강유는 명령을 받자 곧 군사를 거느리고 가서 산관에 당도하니, 관關을 지키던 자들이 과연 다 달아나버린다.

두 사람이 산관 위로 올라가 겨우 투구와 갑옷을 벗다가 바라보니, 아득한 저편에서 티끌이 크게 일어나면서 위군이 몰려온다.

위연과 강유가 서로 쳐다보면서,

"승상의 신인 같은 계책은 아무도 측량할 수 없도다."

감탄하고, 급히 관루關樓에 올라가서 보니, 군사를 거느리고 오는 적장은 바로 장합이었다.

두 사람은 군사를 나누어 험한 곳을 지키니, 장합은 촉군이 요충지에 버티고 있는 것을 보고 곧 후퇴한다.

위연이 뒤쫓아가며 마구 무찔러 죽이니 위군은 무수한 전사자를 내고, 장합은 대패하여 돌아갔다. 위연은 산관에 돌아와서 사람을 보내어

세 번째 기산으로 출병하는 공명의 군대

공명에게 경과를 보고했다.

　이에 공명은 먼저 군사를 거느리고 진창을 출발하여 사곡으로 나아가 건위建威 땅을 점령했다. 뒤에서는 촉군이 계속 따라오고, 또 후주가 대장 진식陳式을 보내어 도왔다.

　마침내 공명은 대군을 휘몰아 다시 기산으로 나가서 영채를 세우고, 모든 장수들에게 말한다.

　"내 두 번씩이나 기산으로 나와서 뜻을 이루지 못하고, 이제 다시 이곳에 왔다. 생각건대 위군은 반드시 지난날 싸웠던 땅에서 나에게 항거하려 할 것이다. 그러므로 그들은 내가 옹성雍城·미성郿城 땅을 치지나 않을까 하고 군사를 배치할 것이다. 내가 보기에는 무도武都·음평陰平 두 군郡이 우리 나라와 연접하고 있으니, 그곳 성을 점령하면 위군을 분

산시킬 수 있다. 누가 가서 점령하겠느냐?"

강유가 나선다.

"바라건대 제가 가겠나이다."

왕평이 또한 나선다.

"바라건대 저도 가겠나이다."

공명은 흡족해하며, 마침내 강유에게 군사 만 명을 주어 무도를 치게 하고 왕평에게 군사 만 명을 주어 음평을 치게 하니, 두 사람은 군사를 거느리고 떠나갔다.

한편, 장합은 장안으로 돌아가서, 곽회와 손예에게 진창 땅을 이미 잃었고 학소는 이미 죽었고 산관 또한 촉군에게 빼앗겼으며, 이제 공명은 다시 기산으로 나와서 길을 나누어 오는 중임을 보고했다.

곽회는 크게 놀라,

"그렇다면 촉군은 반드시 미성과 옹성을 공격할 것이다."

하고 장합에게 장안을 맡긴 뒤에 손예에게는 가서 옹성을 지키라 하고, 곽회 자신은 군사를 거느리고 밤낮없이 행군하여 미성을 지키는 동시에 표문을 낙양으로 보내어 위급함을 고했다.

한편, 위주 조예가 조회에 임석하자 가까이 모시는 신하가 아뢴다.

"진창 땅을 잃었으며, 학소는 죽었습니다. 제갈양이 또다시 기산으로 나왔으며, 산관도 촉군에게 빼앗겼다 합니다."

조예가 크게 놀라는데, 마침 만총 등이 보낸 표문이 왔다. 그 표문은 동오의 손권이 황제라 자칭하며 촉과 동맹하고 육손을 무창 땅으로 보내어 군사를 훈련 중이니, 머지않아 반드시 쳐들어올 것이라는 내용이었다.

조예는 두 방면이 다 위급하다는 보고를 듣자 매우 놀라 어찌할 바를

모른다. 이때 조진은 병이 낫지 않은지라, 조예는 즉시 사마의를 불러 상의한다.

사마의가 아뢴다.

"신의 어리석은 생각으로는 동오가 군사를 일으키지 않을 것입니다."

"경이 어찌 그걸 아는가?"

"공명은 지난날 효정滰亭(유현덕이 싸워서 크게 패한 곳)에서 당한 원수를 갚고자 늘 동오를 무찌를 생각이 있지만, 우리 중원이 그 틈을 타서 쳐들어올까 두려운 나머지 잠시 동오와 동맹한 것입니다. 더구나 육손도 공명의 뜻을 알기 때문에 일부러 군사를 일으켜 협조하는 척하고 있지만, 실은 앉아서 우리와 서촉 간에 누가 이기고 지는지를 보자는 배짱입니다. 그러니 폐하는 동오를 걱정 마시고, 오로지 촉군을 막는 데 주력하십시오."

"경은 참으로 지견이 높도다."

조예는 마침내 사마의를 대도독으로 삼고, 농서 모든 방면의 군사를 총지휘하게 한 뒤에 가까이 있는 신하에게 분부한다.

"조진에게 가서 대도독의 인印을 받아오너라."

사마의가 아뢴다.

"신이 몸소 가서 받겠습니다."

사마의는 궁에서 나오는 길로 조진의 부중으로 가서, 먼저 사람을 들여보내어 알린 뒤에 몸소 들어가서 문병하고 묻는다.

"동오와 서촉이 서로 연합하고, 이제 공명이 또 기산으로 나와서 영채를 세웠다는 소식을 귀공은 들으셨는지요?"

조진이 놀라며 대답한다.

"집안사람들은 내 병이 위중하다고 전혀 바깥 소식을 알려주지 않소. 이렇듯 국가가 위급하다면 폐하는 어째서 중달을 대도독으로 삼아 촉

군을 물리치지 않으시는지 답답하오."

"나는 재주가 모자라고 아는 것이 부족해서, 그런 중임을 맡을 수 없소."

조진이 말한다.

"그게 무슨 말씀이오? 정 그렇다면 내가 대도독의 인을 귀공에게 드리겠소."

사마의가 사양한다.

"장군은 너무 걱정 마시오. 나는 그저 장군의 한 팔이 되어 도와드리겠소. 그러나 이 인만은 감히 못 받겠소이다."

조진이 병석에서 벌떡 일어나 앉는다.

"귀공이 이 인을 받지 않으면 중국이 위험하오. 내가 비록 몸은 성치 않으나, 곧 폐하께 가서 천거하리다."

"천자께서는 이미 그런 분부를 내리셨지만, 이 사마의는 감히 못 받겠다고 아뢰었소."

조진이 매우 감격한다.

"귀공은 이 중임을 맡고, 속히 촉군을 격퇴하시오!"

사마의는 조진이 거듭거듭 내놓는지라 마침내 대도독의 인을 받고, 위주 조예에게 하직한 후에 군사를 거느리고 장안으로 가서 공명과 장차 결전하니,

지난날의 도독의 인은 새 도독에게로 전해지고
두 방면의 군사는 기산으로 모인다.
舊帥印爲新帥取
兩路兵惟一路來

장차 승부는 어떻게 될 것인가.

제99회

제갈양은 위군을 크게 격파하고
사마의는 서촉을 침범하다

촉한蜀漢 건흥建興 7년 여름 4월, 공명은 군사를 거느리고 기산에 있으면서 영채를 셋으로 나누어 세우고 위군을 기다렸다.

한편, 사마의는 군사를 거느리고 장안에 이르니, 장합이 영접하며 그간의 경과를 보고한다.

이에 사마의는 장합을 선봉으로, 대능戴凌을 부장으로 삼아 군사 10만 명을 거느리고 기산에 이르자 위수渭水 남쪽에 영채를 세웠다.

곽회와 손예가 영채에 와서 인사하니, 사마의가 묻는다.

"그대들은 그간 촉군과 싸운 일이 있는가?"

두 사람이 대답한다.

"아직 접전하지 않았소."

"우리가 천리 먼 길을 왔기 때문에 촉군은 속히 싸워야 유리하건만, 싸우지 않고 가만 있는 것을 보면 반드시 딴 계책이 있나 보다. 그간 농서 지방의 모든 방면에서 무슨 소식이라도 오지 않았는가?"

곽회가 대답한다.

"사람들을 보내어 알아봤더니, 모든 군郡은 충분히 준비하고 밤낮으로 지키고 있을 뿐 딴 일은 없다 하오. 다만 무도와 음평으로 간 사람만이 아직 돌아오지 않았소."

사마의가 분부한다.

"나는 장수를 보내어 공명과 싸우게 할 테니, 그대 두 사람은 급히 지름길로 가서 무도와 음평 두 곳을 구출하고, 또 촉군의 뒤를 엄습하면 그들이 저절로 혼란하리라."

곽회와 손예는 군사 5천 명을 거느리고 장차 무도와 음평을 구원하는 동시에 촉군의 뒤를 치려고 농서의 지름길을 따라가며 서로 문답한다.

곽회가 먼저 묻는다.

"사마의는 공명과 비교하면 어떨까?"

손예가 대답한다.

"그야 공명이 사마의보다 월등 낫지. 허나 공명이 비록 뛰어나다 할지라도, 이번 사마의의 계책만은 높이 평가해야 하네. 촉군이 무도와 음평 두 군을 치는데, 우리가 그 뒤를 친다면 어찌 혼란하지 않겠는가."

이렇게 말하며 가는데, 때마침 파발꾼이 말을 달려와서 고한다.

"음평 땅은 이미 왕평에게 함락됐고, 무도 땅도 강유에게 함락당했으며, 지금 촉군이 멀지 않은 곳에 있소이다."

손예가 제의한다.

"촉군이 이미 두 성을 점령했다면 어째서 또 바깥에 나와 있을까? 이건 반드시 속임수를 쓰려는 수작이니, 우리는 속히 물러가느니만 못하오."

곽회는 그 말을 좇아 군사들에게 후퇴하라고 명령하는데, 홀연 난데없는 포 소리가 나더니, 산 뒤에서 한 무리의 군사들이 나오는데, 그들의 기에는 크게 '한 승상 제갈양漢丞相諸葛亮'이라 씌어 있고, 한가운데 사륜거 위에는 제갈양이 단정히 앉았는데, 좌우로 관흥과 장포가 호위

하고 있었다.

손예와 곽회 두 사람은 깜짝 놀라는데, 제갈양이 껄껄 웃는다.

"곽회와 손예는 달아나지 말라. 내가 어찌 사마의의 계책에 속아넘어가리요. 그는 매일 사람을 시켜 전방前方에서 싸움을 벌이는 한편 너희들을 시켜 우리 촉군의 뒤를 습격하게 했지만, 무도와 음평 두 곳을 다 함락했으니, 너희 두 사람은 어째서 속히 항복하지 않는가? 그래 너희들은 군사를 몰아서 나와 싸워 결판을 낼 테냐?"

곽회와 손예는 크게 당황하는데, 갑자기 등뒤에서 함성이 하늘을 찌른다. 보니 왕평과 강유가 군사를 거느리고 내달아오고, 관흥과 장포 두 장수가 군사를 거느리고 앞에서 쳐들어오니 위군은 여지없이 크게 패한다.

곽회와 손예는 어찌나 다급했던지, 말을 버리고 산으로 기어올라 달아난다. 장포는 달아나는 그들을 바라보고 말을 달려 뒤쫓아가다가, 뜻밖에도 말이 발을 잘못 디디는 바람에 함께 계곡으로 떨어진다. 뒤따르던 군사가 급히 내려가서 부축해 일으켰으나 장포는 머리가 깨져 있었다. 공명은 장포를 성도로 보내어 요양하게 했다.

한편, 곽회와 손예는 겨우 도망쳐 돌아가서 사마의에게 보고한다.

"무도와 음평 두 군은 이미 잃었고, 공명이 요긴한 길목에 군사를 매복하고 있다가 앞뒤에서 공격할새, 저희들은 크게 패하여 말을 버리고 걸어서 겨우 도망쳐 돌아왔습니다."

사마의가 말한다.

"이는 너희들의 죄가 아니라, 공명의 지혜가 나보다 앞선 때문이다. 그러니 너희들은 다시 군사를 거느리고 미성과 옹성 두 곳에 가서 지키기만 하고, 결코 나가서 싸우지 마라. 내게 적을 격파할 계책이 서 있다."

이에 곽회와 손예는 절하고 떠나갔다.

사마의는 또 장합과 대능을 불러 분부한다.

"이제 공명이 무도와 음평 땅을 차지했으니, 필시 백성들을 위로하고 안정시키러 가고 영채에 있지 않을 것이다. 너희들은 각기 씩씩한 군사만 명씩 거느리고 오늘 밤에 출발하여, 촉군 영채 뒤로 돌아가서 일제히 용기를 분발하여 돌격하여라. 그러면 나는 군사를 거느리고 촉군 영채 전방에 진영을 펴고 기다리다가, 촉군이 혼란한 틈을 타서 즉시 군사를 휘몰아 마구 쳐들어갈 테니, 우리가 앞뒤에서 호응하면 촉의 영채를 가히 빼앗을 수 있다. 만일 그 땅과 산세만 차지하면, 적군을 격파하는 데 무슨 어려움이 있으리요."

이에 대능은 왼쪽으로, 장합은 오른쪽으로 각기 소로小路를 따라 나아가, 밤 3경 때쯤 큰길에서 서로 만나 군사를 한곳에 합쳐 거느리고 촉군의 뒤로 쳐들어갈 작정이었다. 그런데 겨우 30리도 못 가서, 앞서가던 군사들이 더 이상 나아가지를 못한다.

장합과 대능 두 장수가 웬일인가 하고 말을 달려가보니, 풀을 가득 실은 수백 대의 수레가 길을 가로막고 있었다.

장합이 당황하여,

"적이 미리 만반의 준비를 한 모양이니, 속히 왔던 길로 후퇴하라."

명령하고 물러가려 하는데, 온 산에 불빛이 일제히 밝아지고 북소리가 크게 진동하면서, 매복하고 있던 촉군이 사방에서 다 뛰어나와 장합과 대능을 포위하더니 기산 위에서 공명이 나타나 큰소리로 외친다.

"대능과 장합은 내 말을 듣거라. 사마의는 내가 무도와 음평 땅 백성들을 위로하러 가고 영채에 없는 줄로 짐작하고, 너희 두 사람을 시켜 우리 영채를 습격했지만, 도리어 나의 계책에 걸려들었다. 너희 두 사람은 명색 없는 장수들이다. 내 죽이지는 않을 테니 말에서 내려 속히 항복하라."

장합은 분개하여 공명을 손가락질하며,

"너는 산야山野의 촌사람으로서, 우리 대국大國 경계를 침범해놓고 어찌 감히 그런 말을 하느냐! 내 너를 사로잡아 조각조각 찢어 죽이리라."

저주하고 창을 들고 말을 달려 산 위로 올라가는데, 산 위에서 화살과 돌이 빗발치듯 날아온다. 장합은 산 위로 올라가지 못하고, 말에 박차를 가하여 창을 춤추듯 휘두르며 겹겹이 에워싼 포위를 뚫고 나가니, 아무도 감히 대적하지 못한다.

촉군은 대능만 포위하고 있었으므로, 장합이 마구 무찌르며 길로 나왔으나 대능이 보일 리 없다. 그는 즉시 용기를 분발하고 마구 죽이며 다시 포위 속으로 들어가서 대능을 구출하여 나온다.

공명은 산 위에서 장합이 1만 군중軍中을 좌충우돌하되 더욱 용맹스러운 동작을 굽어보더니, 좌우 사람에게,

"전에 장익덕張翼德(장비)이 장합과 크게 싸웠는데 이를 보던 자들이 다 놀라고 무서워했다는 말을 나도 들었다(제70회 참조). 내 이제 보니 장합의 용맹을 알겠노라. 저런 자를 그대로 두면 반드시 우리 나라에 해가 되리니, 내 마땅히 없애버리리라."
하고 마침내 군사를 거두어 영채로 돌아갔다.

한편, 사마의는 군사를 거느리고 진영을 편 뒤에 촉군이 혼란하면 일제히 공격하려고 기다리는데, 그때 장합과 대능이 낭패하고 돌아와서 고한다.

"공명이 미리 알고 방비했기 대문에 크게 패하여 돌아왔습니다."

사마의는 크게 놀라,

"공명은 참으로 신인이로다. 차라리 물러가느니만 못하다."
하고, 곧 영을 내려 대군을 거느리고 본채로 돌아가더니 굳게 지키며 나

오지 않았다.

　한편, 공명은 크게 이기고 위군의 무기와 말을 무수히 노획했다. 이에
공명은 대군을 거느리고 영채로 돌아가 매일 위연을 시켜 싸움을 걸었
으나, 위군이 나오지 않아 내리 반달 동안을 접전하지 못했다.
　공명이 장중에서 앞일을 생각하는데, 홀연 시중 비의가 천자의 조서
를 가지고 왔다고 한다.
　공명이 비의를 영채 안으로 영접하여 들어와 향을 사르고 절하며 조
서를 받아보니,

　지난번에 가정 싸움은 오로지 그 허물이 마속에게 있었건만, 그
대는 모든 책임을 지고 스스로 벼슬을 내놓을새, 그대의 뜻을 어길
수 없어 따랐을 뿐이라. 그러나 작년에 크게 사기를 떨쳐 왕쌍을
참하고 금년에 또 정벌하니, 곽회는 달아나고 저於와 강羌(둘 다 오
랑캐족이다)은 항복하고 무도와 음평 두 군을 회복하여 사나운 것
들에게 위엄을 드날렸으니, 그 공훈이 혁혁한지라. 바야흐로 천하
는 소란하건만 원흉을 죽이지 못했음이라. 그런데 그대는 국가의
운명을 한 몸에 지고서, 그러고도 스스로 벼슬을 마다하니, 이는 큰
공훈을 빛내는 바가 아니라. 이제 다시 그대를 승상으로 삼노니, 사
양하지 말라.

　공명은 비의에게,
　"내 국가의 큰일을 아직도 성공하지 못했는데, 어찌 다시 승상이 되
리요."
하고 굳이 받지 않는다.

비의가 권한다.

"승상이 직위를 받지 않는다면 이는 천자의 뜻을 거역함이며, 또 모든 장수들과 군사의 기대를 저버리는 일이니, 형편상 받으시오."

공명이 그제야 절하고 받으니, 비의는 하직하고 돌아갔다.

사마의가 싸우러 나오지 않는지라 공명은 한 가지 계책을 세우고, 각처 모든 군사들에게 영을 내려 영채를 뽑고 떠날 준비를 시켰다.

이 사실은 즉시 첩자에 의해 사마의에게 보고됐다.

"공명의 군사가 물러갑니다."

사마의가 말한다.

"공명이 필시 큰 계책을 쓰는 모양이니 함부로 움직이지 말라."

장합이 묻는다.

"그들은 필시 먹을 곡식이 없어서 돌아가는데, 어째서 뒤쫓지 않습니까?"

"공명은 지난해에 큰 농사 수확을 했고, 올해도 보리가 풍년이 들어 군량과 마초가 충분하다. 비록 그들이 운반해오기가 어렵다 할지라도 반년 동안 버틸 수 있다는 것을 내가 아는데, 어찌 달아날 리 있으리요. 공명은 내가 연일 싸우지 않으니 어떤 계책을 세우고, 우리를 유인하려는 것이다. 그러니 척후병을 멀리 보내어 동정을 살펴보고 오게 하라."

이윽고 척후병이 돌아와서 보고한다.

"공명은 이곳에서 30리 떨어진 곳에 영채를 세웠습니다."

사마의가 머리를 끄덕인다.

"내 생각대로 공명이 과연 달아나지 않았구나. 모두들 영채를 지키고 함부로 나아가지 말라."

어느덧 보름이 지났다. 공명에게서 아무 소식도 없는데다가 촉의 장수도 일절 보이지 않는다. 사마의는 의아해서 다시 척후병을 보냈다.

이윽고 그 척후병이 돌아와서 보고한다.

"촉군은 이미 떠나고 없습니다."

사마의는 그래도 믿기지가 않아서, 옷을 바꾸어 입고 군사들 틈에 끼여 친히 가보니, 촉군은 다시 30리 밖으로 후퇴하여 영채를 세우고 있었다.

사마의는 영채로 돌아와서 장합에게 말한다.

"역시 이는 공명의 계책이니, 뒤쫓아가서는 안 된다."

또 10일 동안을 그냥 지내고, 다시 척후병을 보냈더니 돌아와서 보고한다.

"촉군은 또 30리를 후퇴하고 영채를 세웠습니다."

장합이 말한다.

"공명은 우리가 뒤쫓아올까 봐 겁을 먹고 천천히 한중 땅으로 물러가는 것인데, 도독은 뭘 의심합니까. 속히 추격해야 합니다. 바라건대 제가 가서 결판을 내겠습니다."

사마의가 대답한다.

"공명은 속임수가 대단하니, 우리가 실수하는 날이면 사기를 잃고 만다. 그러니 함부로 나아가지 말라."

장합이 장담한다.

"내가 가서 패하는 날에는 군법을 달게 받겠소."

"굳이 가겠다면 군사를 두 부대로 나누어, 너는 한 부대만 거느리고 먼저 가서 죽을 각오로 싸워라. 나는 뒤따라가서 적의 복병을 막고 후원하리라. 그러니 너는 내일 출발하여 반쯤 가서 쉬고, 모레 싸울 때 우리 군사들이 피곤하지 않도록 하여라."

사마의는 마침내 군사를 두 부대로 나누었다.

이튿날, 장합과 대능은 부장 수십 명과 함께 씩씩한 군사 3만 명을 거느리고 분연히 출발하여, 반쯤 가서 영채를 세웠다. 사마의는 많은 군사

들에게 영채를 지키도록 맡기고, 씩씩한 군사 5천 명만 거느리고 뒤따라 나아간다.

한편, 공명은 몰래 정탐꾼을 보내어 위군이 반쯤 와서 쉰다는 보고를 듣고, 그날 밤에 모든 장수들과 상의한다.

"이제 위군이 뒤쫓아온다니, 필시 죽기를 각오하고 싸우려 들 것이다. 그대들은 마땅히 한 사람마다 적군 열 명씩은 무찔러야 한다. 나는 복병을 두어 그들의 뒤를 끊을 것이니, 지혜와 용맹을 겸한 장수가 아니면 이 일을 맡을 수 없다."

공명은 위연에게로 시선을 보낸다. 그러나 위연은 공명을 외면하듯 머리를 숙이고 말이 없다.

이에 왕평이 나선다.

"바라건대 제가 위군을 대적하겠습니다."

공명이 묻는다.

"그랬다가 실수하면 어쩔 테냐?"

왕평이 단호히 대답한다.

"군법에 따라 이 목을 바치겠습니다."

공명이 탄식한다.

"왕평이 목숨을 걸고 몸소 적군과 싸우겠다니 참으로 충신이로다. 그러나 위군이 앞뒤로 나뉘어 와서 도리어 우리 복병을 협공하면 어찌할 테냐? 왕평은 비록 지혜와 용맹을 두루 갖추었으나, 한 쪽을 담당할 수 있을 뿐 몸을 두 개로 나누어 양쪽을 다 맡을 수는 없는 노릇이다. 그러므로 다른 장수 한 사람이 왕평과 함께 가면 좋겠는데, 군중에 목숨을 걸고 앞장설 사람이 없으니 어찌할꼬!"

공명의 말이 끝나기도 전에 한 장수가 썩 나선다.

"그렇다면 제가 함께 가겠습니다."

모두가 보니, 그 장수는 바로 장익張翼이었다.

공명이 장익에게 말한다.

"장합은 위의 유명한 장수로서 만 명도 대적하는 용맹이 있으니, 너의 적수가 아니니라."

장익이 단호히 대답한다.

"만일 실수하는 날에는 장막 아래에 제 목을 바치겠습니다."

공명이 머리를 끄덕인다.

"네가 굳이 가겠다니, 그럼 왕평과 함께 각기 군사 만 명씩을 거느리고 산골짜기에 가서 매복하되 위군이 오거든 그냥 지나가도록 내버려두고, 그 후에 너희들은 복병을 거느리고서 지나간 위군의 뒤를 엄습하여라. 그러나 사마의가 너희들의 뒤를 치러 올지 모르니, 그때는 군사를 반씩 나누어 거느리고 장익은 뒤쫓아오는 사마의를 대적하고, 왕평은 앞서간 위군이 되돌아오지 못하도록 길을 끊어라. 일이 그 지경에 이르면, 우리와 적군은 서로 먹느냐 먹히느냐의 일대 결전을 하게 된다. 그러니 너희들은 죽음을 각오하고 싸워라. 그러면 나에게도 딴 계책이 있으므로, 즉시 도와주마."

이에 왕평과 장익은 군사를 거느리고 떠나갔다.

공명은 또 강유와 요화를 불러 분부한다.

"그대들 두 사람에게 비단주머니 하나를 줄 테니, 군사 3천 명을 거느리고 앞산 위에 가서 매복하되 기를 눕히고 북을 울리지 말고 있다가, 만일 위군이 와서 왕평과 장익을 에워싸고 사태가 매우 위급해지거든, 이 비단주머니를 열어보아라. 그 안에 해결책이 있으리라."

강유와 요화는 비단주머니를 받고 군사를 거느리고 떠나갔다.

공명은 또 오반吳班 · 오의吳懿 · 마충馬忠 · 장의 네 장수에게 귓속말로 분부한다.

"내일 위군이 오면 그들의 기세는 매우 날카로울 것이니, 계속해서 싸우며 달아나다가, 관흥이 군사를 거느리고 적군을 치거든 너희들도 군사를 돌려 쳐들어가라. 동시에 나도 군사를 보내어 응원하마."

네 장수는 계책을 받자 군사를 거느리고 떠나갔다.

공명은 또 관흥을 불러 분부한다.

"너는 씩씩한 군사 5천 명을 거느리고 산골짜기에 매복하고 있다가, 산 위에서 붉은 기를 휘두르거든 즉시 군사를 거느리고 쳐들어가거라."

관흥도 군사를 거느리고 떠나갔다.

한편, 장합과 대능은 군사를 거느리고 풍우처럼 몰려온다.

우선 마충·장의·오의·오반 네 장수가 위군을 맞이하여 싸우는데, 장합이 분발하여 군사를 몰아 마구 무찌르니, 촉군은 싸우며 달아나기를 되풀이한다.

위군이 약 20리 가량 뒤쫓아갔을 때였다. 이때가 바로 6월이라 날씨가 한참 더워서 사람과 말은 땀에 흠씬 젖고, 다시 50리를 달렸을 때는 모두가 숨이 차서 헐레벌떡거린다.

이때 산 위에서 공명이 붉은 기를 잡고 휘둘렀다. 그것을 신호로 매복하고 있던 관흥이 군사를 거느리고 나가 위군을 무찌르니, 지금까지 달아나던 마충·장의·오반·오의 네 장수도 일제히 군사를 돌려 마구 쳐들어온다.

장합과 대능은 앞뒤로 협공을 받으면서도 목숨을 걸고 싸울 뿐 물러가지 않는데, 홀연 함성이 크게 진동하면서 양쪽에서 군사들이 쳐들어오니, 앞장선 장수는 바로 왕평과 장익이었다.

이렇게 모여든 촉장들은 각기 용맹을 분발하여 위군을 뒤쫓아 시살하며 길을 끊는데, 위장 장합이 수하 장수들에게 큰소리로 외친다.

"우리가 여기까지 와서 생명을 걸고 싸워 결판을 내지 않으면, 다시

어느 때를 기다리리요.”

이에 위군은 힘을 분발하고 포위를 뚫으려 충돌하나 벗어나지 못하는데, 때마침 뒤에서 북소리와 징소리가 하늘을 진동한다. 보라! 사마의가 친히 씩씩한 군사들을 거느리고 와서 촉군을 마구 치기 시작한다.

전세는 역전됐다. 사마의는 모든 장수들을 지휘하여 왕평과 장익을 에워싼다.

장익이 큰소리로,

“승상은 참으로 신인이시로다. 사태가 승상 말씀대로 되어가니 필시 뛰어난 계책을 세우셨을 것이다. 우리는 이럴 때 목숨을 걸고 싸워야 한다.”

하고 즉시 군사들을 반씩 나누어 왕평은 1군을 거느리고 장합과 대능을 대적하고, 장익은 1군을 거느리고 사마의를 상대하여 싸운다.

처절한 싸움이다. 양쪽 군사들이 서로 죽이고 외치는 소리가 하늘을 뒤흔든다.

이때 산 위에서 강유와 요화가 굽어보니 위군의 형세는 크고, 촉군은 점점 몰려 무너진다.

강유가 요화에게 말한다.

“사태가 위급하니, 지금이야말로 비단주머니를 열어볼 때로다.”

두 사람이 즉시 비단주머니를 열어보니, 그 안에서 글이 나온다.

만일 사마의가 군사를 거느리고 와서 왕평과 장익을 포위하여 사태가 위급해지거든, 너희들 두 사람은 즉시 군사를 반씩 나누어 거느리고 사마의의 본채를 습격하러 달려가거라. 그러면 사마의가 급히 물러갈 것이니, 너희들은 그 혼란한 틈을 타서 공격하라. 비록 적의 본채를 점령하지 못할지라도 우리는 이번 싸움에서 완

전한 승리를 거둘 수 있다.

강유와 요화는 크게 감탄하고, 즉시 각기 다른 길로 사마의의 영채를 습격하러 달려간다.

원래 사마의는 공명의 계책에 걸려들까 겁이 나서 도중에다 파발꾼을 두고 왔었다.

사마의가 군사를 지휘하여 촉군과 한참을 싸우는데, 홀연 파발꾼이 나는 듯이 말을 달려와서 고한다.

"촉군이 두 길로 나뉘어, 우리 대채를 점령하러 갔습니다."

순간 사마의는 대경 실색하여 모든 장수들에게,

"내가 공명에게 필시 계책이 있다고 하지 않더냐. 너희들이 내 말을 믿지 않고 굳이 추격하더니, 큰일났다!"

성을 내고, 급히 군사를 돌려 돌아간다.

위군은 정신없이 돌아가는데, 장익이 그 뒤를 엄습하며 마구 무찌른다. 장합과 대능은 형세가 고단해지자, 산골 작은 길로 달아나는데, 뒤에서 관흥이 군사를 거느리고 나타나 모든 장수들과 합세하여 위군을 마구 무찔러 크게 승리했다.

사마의가 크게 1진陣을 패하고 달아나 대채로 들어왔을 때는, 촉군이 돌아간 뒤였다.

사마의는 패잔병을 수습하고, 모든 장수들을 꾸짖는다.

"너희들은 병법도 모르는 주제에 그저 용맹만 믿고서 굳이 뒤쫓아가 싸우다가 이처럼 패했다. 이후에는 결코 망령되이 움직이지 마라. 다시 명령을 따르지 않는 자는 군법으로 처형하리라!"

모든 장수들은 부끄러운 나머지 고개를 숙이고 물러나갔다.

이번 싸움에 위의 장수도 많이 죽고, 더구나 내버린 말과 무기는 무수

지혜로써 사마의를 무찌르는 제갈양

했다.

한편, 공명은 이긴 군사를 수습하고 영채로 들어가서 다시 군사를 일으켜 전진하려 하는데, 마침 성도에서 사람이 왔다.

"장포(장비의 아들)가 세상을 떠났습니다."

이 말을 듣자, 공명은 방성통곡하다가 피를 토하고 쓰러졌다. 모두가 황망히 부축하여 깨어났으나, 공명은 이때부터 병이 나서 자리에 눕고 일어나지 못했다. 모든 장수들은 장수를 아끼는 공명의 마음씨에 감격했다.

후세 사람이 감탄한 시가 있으니,

　용맹한 장포는 공훈을 세우려 했는데

아아 슬프다, 하늘이 영웅을 돕지 않았구나.
제갈무후(공명)는 서쪽 바람에 눈물을 뿌리고
나라를 도울 사람이 없음을 근심했도다.

悍勇張苞欲建功

可憐天不助英雄

武侯淚向西風灑

爲念無人佐鞠躬

　열흘이 지난 뒤, 공명은 동궐董厥과 번건樊建 등을 장막으로 불러들이고 분부한다.
　"내가 정신이 혼몽하여 매사를 다스릴 수 없으니, 차라리 한중으로 돌아가서 병을 치료하고 다시 중원을 도모하리라. 그러니 너희들은 이 일을 누설하지 말라. 사마의가 알기만 하면 곧 뒤쫓아와서 공격하리라."
　마침내 명령은 내려졌다. 그날 밤에 몰래 영채를 뽑고 모두가 한중 땅으로 돌아간다.
　공명이 떠난 지 닷새가 지난 뒤에야 사마의는 비로소 촉군이 돌아간 사실을 알고 길이 탄식한다.
　"공명은 참으로 신출귀몰하는 계책을 쓰니, 내가 어찌 그를 대적하리요."
　이에 사마의는 모든 장수들을 영채에 남겨두고, 군사를 나누어 모든 요충지를 지키게 한 뒤에 자신은 남은 군사를 거느리고 돌아갔다.
　한편, 공명은 한중 땅에 대군을 주둔시키고 병을 치료하러 성도로 돌아가니, 문무 관원들이 성에서 나와 영접하며 승상부丞相府로 따라 들어왔다.
　이윽고 후주는 친히 어가를 타고 와서 문병하고, 어의御醫에게 명하

여 치료케 하니, 공명의 병은 점점 차도가 있었다.

　건흥建興 8년(위의 태화太和 4년. 230) 가을 7월에 위의 도독 조진은 병이 완쾌되자 표문을 올렸다.

　그 내용은, 촉군이 수차 접경을 넘고 누차 중원을 침범하니, 그들을 소탕하지 않으면 반드시 후환이 있을 터인즉, 이제 가을철을 맞이하여 날씨는 시원하고 사람과 말이 다 한가하여 바로 적을 토벌하기에 적당한 때라. 바라건대 사마의와 함께 대군을 거느리고 바로 한중 땅으로 쳐들어가서, 간특한 무리들을 모두 소탕하고 변경을 새로이 하겠다는 것이었다.

　위주 조예는 표문을 보고 매우 기뻐하며, 시중侍中 유엽劉曄에게 묻는다.

　"조진이 짐에게 서촉을 치라 권하니 어찌할까?"

　유엽이 아뢴다.

　"대장군 조진의 말이 옳습니다. 이때 적을 쳐서 없애버리지 않으면, 뒷날에 반드시 큰 우환이 있을 터이니, 폐하는 실천하십시오."

　조예는 연방 머리를 끄덕였다.

　이날 유엽이 궁에서 나와 집으로 돌아가자, 대신들이 찾아와서 묻는다.

　"들으니, 오늘 천자께서 귀공과 서촉을 칠 일을 의논하셨다던데, 이 일을 어찌 생각하시오?"

　유엽이 대답한다.

　"헛소문이오. 그런 일은 없었소. 서촉은 산천이 험악해서 쉽사리 도모할 수도 없으려니와, 쳐본들 공연히 군사만 수고롭힐 뿐 나라에는 아무 이익이 없소."

　모든 대신들은 더 말하지 않고 돌아갔다.

양기楊芳가 궁에 들어가서 아뢴다.

"어제 들은즉 유엽이 폐하께 서촉을 치도록 권했다더니, 대신들에게는 서촉을 쳐서는 안 된다고 말했답니다. 이는 유엽이 폐하를 속인 것이니, 즉시 불러들여 물어보소서."

조예는 유엽을 궁으로 불러들이고 묻는다.

"경이 짐에게 서촉을 치도록 권하고, 밖에 나가서는 치면 안 된다고 말했다니 웬일이오?"

유엽이 대답한다.

"신이 자세히 생각건대 서촉을 쳐서는 안 됩니다."

조예는 크게 웃는다. 잠시 후 양기가 물러가자, 그제야 유엽은 아뢴다.

"신이 어제 폐하께 서촉을 치도록 권한 것은 바로 국가의 중대한 일입니다. 그런 큰 기밀을 어찌 함부로 사람들에게 말할 수 있겠습니까. 대저 용병用兵하는 법은 속임수를 쓰는 것이니, 일을 일으키기 전에는 매사를 극비에 부쳐야 합니다."

조예는 크게 깨달은 바가 있어,

"경의 말이 옳도다."

하고, 이때부터 유엽을 더욱 소중히 여겼다.

열흘 이내에 사마의가 입조入朝하니, 위주 조예는 조진의 표문을 보이며 상의한다.

사마의가 아뢴다.

"신이 생각건대 동오는 감히 군사를 일으키지 않을 것입니다. 오늘날이 기회에 서촉을 치는 것이 마땅합니다."

이에 조예는 조진을 대사마大司馬 정서대도독征西大都督으로 삼고, 사마의를 대장군大將軍 정서부도독으로 삼고, 유엽을 군사軍師로 삼았다.

사마의를 포함한 세 사람은 위주 조예에게 절하며 하직하고, 40만 대

군사를 일으켜 한중으로 진격하는 조진(왼쪽)과 사마의

군을 거느리고 출발하여 장안에 이르러 바로 검각劍閣 땅으로 나아가
한중 땅으로 향한다. 그 밖의 곽회와 손예 등은 각기 딴 길로 나아간다.

　한편, 위군이 몰려온다는 한중 땅의 보고가 성도에 이르렀을 때는 공
명의 병이 나은 지 오래였다. 공명은 그간 매일 군사와 말을 조련하는
틈틈이 팔진법八陣法을 가르쳐 모두가 익숙해졌으므로 중원을 치려다
가, 이 보고를 듣고 마침내 장의와 왕평을 불러 분부한다.
　"너희들 두 사람은 먼저 군사 천 명을 거느리고 가서, 진창 옛길을 지
키고 위군을 대적하여라. 나도 곧 대군을 거느리고 가서 도우마."
　장의와 왕평이 고한다.
　"보고에 의하면 위군은 40만 명인데 80만 명이라고 거짓 선전을 하

며, 그 형세가 매우 크다 합니다. 겨우 천 명 군사를 거느리고 가서 어떻게 요충지를 지키라 하십니까? 위군이 크게 몰려오기라도 하면, 어떻게 대적하란 말씀입니까?"

"많이 주고 싶으나, 군사들이 가서 고생할까 두렵도다."

장의와 왕평은 어이가 없어 서로 쳐다만 볼 뿐, 가려고 하지 않는다.

공명이 말한다.

"가서 실수할지라도 너희들의 죄는 아니니, 여러 말 말고 속히 떠나거라."

두 사람이 슬피 고한다.

"승상이 우리 두 사람을 죽이려거든 여기서 죽여줍소서. 감히 갈 수가 없습니다."

공명이 웃는다.

"어찌 이리도 어리석으냐. 내가 너희들을 보내는 데는 다 그만한 이유가 있어서이다. 내 어젯밤에 천문을 보니 필성畢星(28수宿의 하나)이 태음太陰[月]의 영역에 걸려 있어, 이 달 중에 반드시 큰비가 내릴 것이다. 위군이 비록 40만인들 어찌 험한 산악 지대로 깊이 들어오리요. 그러므로 많은 군사를 쓰지 않아도 결코 피해는 입지 않을 것이다. 내가 대군을 거느리고 한중에서 편안히 한 달 동안만 있으면 위군이 저절로 물러갈 것이니, 그때에 대군을 거느리고 엄습하리라. 즉 편안히 기운을 길러 피곤한 적을 친다는 전법이다. 나는 군사 10만 명으로도 위군 40만 명을 이길 수 있다."

장의와 왕평은 그제야 깊이 깨달으면서 절하고 떠나갔다.

이에 공명은 대군을 거느리고 한중으로 나와서, 모든 요충지에 사람을 보내어 영을 내린다.

"마른 나무와 마초와 군량을 한 달분만 준비하고, 가을 비가 내려도

지장이 없도록 하여라."

그리고 대군에게 미리 한 달분의 의복과 곡식을 나누어주고, 출발 명령이 있을 때까지 기다리게 했다.

한편, 조진과 사마의는 함께 대군을 거느리고 바로 진창성 안에 이르러 보니, 집은커녕 방 한 칸도 없었다. 그 지방 백성들을 찾아오라 하여 물으니, 그들이 대답한다.

"전번에 공명이 돌아갈 때 모조리 불을 질러서, 이렇듯 폐허가 됐습니다."

조진은 진창 길을 따라 전진하려 하는데, 사마의가 말린다.

"경솔히 나아가서는 안 됩니다. 내가 밤에 천문을 봤더니 필성이 태음에 걸려 있는지라 이 달 안에 반드시 큰비가 올 것인즉, 위험한 곳에 깊이 들어갔다가 이기면 좋지만, 만일 실수라도 하면 군사와 말들이 갖은 고생만 하고, 후퇴하려 해도 쉽지 않을 것이오. 그러니 성안에 굴이라도 파고 궂은비를 피하도록 합시다."

조진은 사마의의 말대로 했다.

아니나다를까, 보름도 지나기 전에 하늘에서 큰비가 내리고 그치지 않는다. 진창성 바깥 평지에 물이 3척이나 고이자 무기는 다 젖고, 사람들은 잠을 자지 못해서 밤낮없이 불안했다.

큰비가 30일 동안 계속 쏟아지니, 말은 먹을 풀이 없어 무수히 죽고, 군사들의 원망하는 소리는 그치지 않아, 결국 낙양에까지 이 소문이 전해졌다.

위주 조예는 단壇을 베풀고, 날이 개기를 하늘에 빌었으나 아무 소용이 없었다.

이에 황문시랑黃門侍郎 왕숙王肅이 상소하니,

사적史籍에 말하기를, 천리 먼 곳까지 곡식을 대주자면 그곳 군사는 자연 배가 고프게 마련이고, 나무를 하고 풀을 벤 뒤에 밥을 지으면 군사는 언제나 배부르지 않다고 하였으니, 평탄한 길을 행군할 경우에도 그렇다는 뜻입니다. 더구나 위험한 곳에 깊이 들어가 길을 뚫고 전진하려면 그 수고로움이 배나 더할 것인데, 이번에는 장맛비까지 내리니 산은 높고 미끄러워 몸을 맘대로 놀릴 수 없고, 군량을 운반하는 길은 멀고 멀어서 계속 대주기가 곤란한즉, 행군하는 데는 이러한 경우를 적극 피해야 합니다. 들으니 조진은 출발한 지 이미 한 달이 넘었건만, 자오곡子午谷에도 반밖에 이르지 못하고 모든 군사들이 길을 여는 데 고생이 대단하다 하니, 이는 적이 편안히 쉬면서 우리 군사들이 지치기를 기다리는 결과가 되었습니다. 병가兵家는 이런 경우를 적극 피해야 합니다. 그러므로 먼 옛일에서 예를 들자면, 주周 무왕武王은 은殷나라 주紂를 치러 관關을 나갔다가 그냥 돌아왔습니다. 가까운 일에서 예를 들자면, 문제文帝(조조)와 무제武帝(조비)께서도 동오의 손권을 치러 강江까지 가셨다가 건너지 않았으니, 이는 하늘에 순종하여 시기를 판단하고 변화를 따라 임기응변한 것이 아니리까. 바라건대 폐하께서는 장맛비가 극심한 이때를 생각하사 군사를 쉬게 하고, 다음날 변동이 있기를 기다렸다가 그 기회를 이용하소서. 그러면 모든 사람들은 기꺼이 위험한 곳에 나아가 죽는 것도 마다하지 않을 것입니다.

위주 조예는 상소를 보고 주저하는데, 양부楊阜와 화흠華歆이 또한 상소하고 간하는지라, 마침내 칙사를 보내어 조진과 사마의를 소환하도록 분부했다.

한편, 조진은 사마의와 상의한다.

"연 30일 동안 비가 쏟아지는 바람에 군사들은 싸울 의욕이 없고, 각기 돌아갈 생각만 하니 어찌하리요."

사마의가 대답한다.

"돌아가느니만 못합니다."

"공명이 추격해오면 어찌 물리쳐야 할까?"

"먼저 양쪽에 군사를 매복시키고, 뒤를 끊어야만 돌아갈 수 있습니다."

이렇게 의논하는데, 낙양에서 칙사가 이르러 소환하는 칙명을 전한다.

조진과 사마의는 마침내 지금까지의 전대를 후대로 삼고 후대를 전대로 삼아, 서서히 물러간다.

한편, 공명은 한 달 동안 가을 비가 오는데도 날씨가 개지 않는 걸 보고, 스스로 1군을 거느리고 성밖에 주둔하면서, 대군을 적파赤坡 땅에 주둔시키고, 장상에 올라 모든 장수들을 모았다.

"생각건대 위군은 반드시 달아날 것이다. 뿐만 아니라 위주가 조서를 내려 조진과 사마의의 군사를 소환할 것이다. 우리가 추격하면 그들은 반드시 방비할 것이니 돌아가도록 내버려두고, 다시 좋은 계책을 세우리라."

홀연 왕평이 보낸 파발꾼이 이르러 보고한다.

"위군이 물러가고 있습니다."

공명은 그 파발꾼에게,

"너는 곧 돌아가서 왕평에게 적군을 추격하지 말라고 일러라."

하고 분부하니,

위군이 비록 매복하고 있지만

촉한의 승상(공명)은 추격할 생각이 없다.

魏兵縱使能埋伏

漢相原來不肯追

공명은 장차 위군을 어떻게 격파할 것인가.

제100회

촉한의 군사는 영채를 엄습하여 조진을 격파하고
제갈무후는 진법으로써 사마의를 꾸짖다

모든 장수들은 공명이 위군을 추격하지 않겠다는 말을 듣고, 장막에 들어가서 고한다.

"위군이 오랜 비에 견디다 못해 돌아가니, 추격하기에 가장 좋은 기회인데 승상은 어찌하여 뒤쫓지 말라 하십니까?"

공명이 대답한다.

"사마의는 군사를 잘 쓰기 때문에, 지금 물러는 가지만 반드시 군사를 매복시켰을 것이다. 이럴 때 우리가 뒤쫓아가면 반드시 그의 계책에 걸려들 터이니, 차라리 멀리 가도록 내버려두고, 내 도리어 군사를 나누어 바로 사곡 땅으로 나가서 기산을 취하고 위군을 무찌르리라."

모든 장수들이 묻는다.

"장안 땅을 취하려면 여러 길이 있는데, 승상은 기산으로만 가시니 웬일이십니까?"

"기산은 장안의 머리와 같다. 농서 일대의 모든 고을의 군사가 오려면 반드시 기산을 경유해야 하며, 또 겸하여 기산 앞에는 위수의 언덕이

있고 뒤에는 사곡을 기댈 수 있으므로 왼쪽으로 들어가 오른쪽으로 빠질 수 있는 지형이라. 가히 군사를 매복시킬 수 있으니, 군사를 쓰기에 가장 좋은 곳이다. 그러므로 나는 먼저 기산의 유리한 지세를 먼저 차지하려는 것이다."

모든 장수들은 다 절하고 감복했다.

공명은 위연·장의·두경杜瓊·진식을 기곡으로, 마대·왕평·장익·마충을 사곡으로 보내면서,

"기산에서 다 함께 모이도록 하라."

하고 분부했다.

그리고 공명은 친히 대군을 거느리고 관흥과 요화를 선봉으로 삼고, 선발대를 뒤따라 출발했다.

한편, 조진과 사마의 두 사람은 뒤로 빠져 군사를 감독하며, 진창 땅 옛길로 먼저 1군을 보내어 염탐하게 했다.

군사들이 돌아와서 보고한다.

"촉군은 오지 않습니다."

다시 행군한 지 10일이 지나자, 후방에 매복시켰던 장수들이 모두 돌아와서 고한다.

"촉군이 보이지 않습니다."

조진이 말한다.

"계속 내린 가을 비에 잔도棧道가 다 끊어졌으니, 촉군이 우리가 물러가는 것을 어찌 알리요."

사마의가 머리를 흔든다.

"그렇지 않소. 촉군이 우리 뒤를 따라 나올 것이오."

조진이 묻는다.

"그대는 어찌 그러리라고 생각하시오?"

"요즘 날씨가 청명한데도 촉군이 뒤쫓아오지 않는 것은 우리에게 복병이 있다는 것을 알기 때문입니다. 그래서 우리를 멀리 가도록 내버려두는 것이니, 우리 군사가 일단 다 지나가기만 하면 그들은 반드시 기산을 빼앗을 것입니다."

조진이 믿지 않으므로, 사마의가 장담한다.

"도독은 어째서 내 말을 믿지 않소? 공명은 반드시 기곡과 사곡으로올 것이니, 나와 도독은 각기 한 곳씩 맡아 지키되 열흘 동안에 촉군이오지 않으면, 나는 얼굴에 분을 바르고 연지를 찍고 여자 옷을 입고 영채에 와서 처벌을 받겠소."

조진이 맞선다.

"만일 촉군이 온다면, 천자께서 나에게 하사하신 옥대玉帶와 말 한 필을 그대에게 주겠소."

이에 군사를 두 방면으로 나누어 조진은 기산 서쪽 사곡 입구에 가서주둔하고, 사마의는 기산 동쪽 기곡 입구에 가서 영채를 세웠다.

사마의는 먼저 일지군을 산골짜기에 매복시키고, 그 나머지 군사들에게는 요충지마다 각기 영채를 세우게 했다. 그리고 옷을 바꿔 입고,모든 군사들 속에 섞여 영채를 두루 살피다가 한 영채에 이르렀다.

한 편장偏將이 하늘을 우러러 원망한다.

"큰비는 꾸준히 내리는데, 돌아갈 생각은 않고 또 이런 곳에 주둔하여 요행수를 굳이 바라니, 이거 어디 해먹겠나!"

사마의는 그 말을 듣고, 자기 영채로 돌아와 모든 장수들을 장막에 불러모으고, 그 편장을 잡아오라 하여 꾸짖는다.

"조정에서 장구한 시일 동안 군사를 기르는 것은 요긴한 때에 쓰기위함이다. 네 어찌 감히 원망하는 말을 하여 사기를 꺾느냐!"

그 편장이 그런 말을 한 일이 없다고 잡아떼는지라, 사마의는 그 당시

곁에 있던 다른 편장을 불러 대질시키니 그제야 시인한다.

사마의가 호령한다.

"나는 요행수를 강요하는 것이 아니다. 촉군에게 이겨 너희들 각자로 하여금 공을 세우게 하고 조정에 돌아가려 하는데, 네 어찌 망령되이 원망하는 말을 함부로 하여 스스로 죄를 지었느냐? 무사들아, 이놈을 끌어내다가 참하여라."

잠시 뒤에 무사들은 다시 들어와 장막에 그 편장의 목을 바친다. 모든 장수들은 등골이 오싹해졌다.

사마의가 분부한다.

"너희들 모든 장수는 다 정신차리고 촉군을 막되, 나의 중군에서 포소리가 나거든 사방에서 일제히 나아가라."

모든 장수들은 명령을 듣고 물러갔다.

한편, 위연·장의·진식·두경 네 장수는 군사 2만 명을 거느리고 기곡으로 나아가는 중인데, 홀연 참모 등지가 뒤쫓아왔다.

네 장수가 온 뜻을 물으니, 등지가 대답한다.

"승상의 명령을 갖고 왔소. 기곡에 이르거든, 위군이 매복하고 있을 테니 막는 데에 힘쓰고 경솔히 전진하지 말라 하셨소."

진식이 투덜댄다.

"승상은 군사를 쓰는 데 어찌 이리도 의심이 많으신가! 위군은 오랫동안 큰비에 시달렸기 때문에 갑옷도 다 망가지고 그래서 급히 돌아갔을 텐데, 무슨 경황에 매복까지 하고 있으리요. 이제 우리가 배나 힘을 들여 급히 가면 크게 이길 수 있는데, 어째서 또 함부로 나아가지 말라 하는가."

등지가 주의시킨다.

"승상의 계책은 맞지 않는 것이 없고 작전은 성공하지 않은 것이 없는데, 그대들이 어찌 감히 명령을 어기리요."

진식이 웃는다.

"승상의 작전이 적중했다면, 가정 땅을 잃지는 않았을 것이오."

위연도 전번에 공명이 자기 말을 듣지 않던 것을(제92회 참조) 생각하고 또한 웃는다.

"승상이 그때 내 말만 듣고 바로 자오곡으로 나갔더라면, 지금쯤은 장안은 물론이고 낙양도 점령했을 것이다. 이번도 꼭 기산으로 나가겠다고 고집하니, 무슨 이익이 있으리요. 이미 행군하라 하고 또 나아가지 말라 하니, 어찌 이리도 명령이 분명하지 않을까."

진식이 우긴다.

"나는 몸소 군사 5천 명을 거느리고 바로 기곡을 나가서 먼저 기산에 이르러 영채를 세우고, 나중에 승상이 부끄러워하나 않나를 보리라."

등지는 거듭거듭 말리나, 진식은 끝내 듣지 않고 몸소 군사 5천 명을 거느리고 기곡으로 가버린다.

이에 등지는 공명에게 급히 보고하기 위하여 말을 달려 돌아간다.

한편, 진식이 군사를 거느리고 몇 리쯤 갔을 때였다. 홀연 포 소리가 한 방 나더니, 사방에서 복병이 튀어나온다. 진식이 급히 후퇴하려는데, 위군은 이미 기곡의 입구를 막고 철통처럼 에워싼다.

당황한 진식은 좌충우돌하나 능히 벗어나지를 못하는데, 느닷없이 함성이 크게 진동하면서 한 떼의 군사가 위군을 마구 시살하며 들어오니, 그 장수는 위연이었다.

위연이 진식을 구출하여 기곡 중간쯤 후퇴했을 때 5천 명 군사 중에서 남은 자라고는 부상병 4,5백 명뿐이었다.

돌아보니 위군이 뒤쫓아오는데, 이때 마침 두경과 장의가 군사를 거

느리고 들이닥친다. 이에 위군은 비로소 물러갔다.

진식과 위연은 그제야 공명의 선견지명이 신과 같다는 것을 믿고 매우 후회하였으나, 무슨 소용이 있으리요.

한편, 등지는 돌아가서 공명에게 위연과 진식의 무례함을 보고했다.

공명이 웃는다.

"위연은 원래가 배반할 관상이니라. 나는 그가 평소 불평이 가득한 걸 알되 용기가 대단하기에 쓰기는 하지만, 뒷날에 반드시 좋지 못한 일을 저지를 것이다."

이렇게 말하는데, 파발꾼이 말을 달려와서 고한다.

"진식은 군사 4천여 명을 잃고 겨우 부상자 4, 5백 명만 거느리고 기곡 골짜기 안에 있습니다."

공명은 등지에게,

"너는 다시 기곡에 가서 진식을 좋은 말로 위로하고, 변變이 일어나지 않도록 미리 조처하여라."

하고 마대와 왕평을 불러 분부한다.

"너희들 두 사람은 본부本部 군사를 거느리고 산을 넘어가되, 밤이면 가고 낮에는 숨으면서 속히 기산 왼쪽으로 나가 불을 올려 신호하여라."

또 마충과 장익을 불러 분부한다.

"너희들도 또한 산속 작은 길로 가되 낮이면 숨고 밤이면 가면서, 바로 기산 오른쪽으로 나가 불을 올려 신호하고, 마대·왕평과 만나 함께 조진의 영채를 습격하여라. 나는 골짜기에서 쳐들어갈 테니, 이렇게 삼면에서 공격하면 위군을 격파하리라."

네 장수는 명령대로 군사를 거느리고 두 방면으로 떠나갔다.

공명이 또 관흥과 요화를 불러 비밀리에 분부한다.

"너희들은 이러이러히 하여라."

두 사람은 비밀 계책을 받자 군사를 거느리고 떠나갔다.

그 후에 공명은 몸소 씩씩한 군사들을 거느리고 급히 가다가, 또 오반과 오의를 불러 은밀히 계책을 지시하며 군사를 주어 먼저 보냈다.

한편, 조진은 촉군이 오지 않을 줄로 믿고, 군사를 편히 쉬게 하면서 열흘 동안 무사하면 사마의가 부끄러워하리라 생각했다.

7일째 되는 날이었다. 문득 전방의 군사가 와서 고한다.

"산골짜기에 촉군이 나타났습니다."

조진이 부장 진양秦良을 불러 분부한다.

"군사 5천 명을 거느리고 가서 정탐하되, 촉군이 접경에 가까이 못 오도록 막아라."

진양이 분부를 받고 군사를 거느리고 산골짜기 입구에 이르러 보니 촉군은 물러가고 없었다. 급히 5, 60리쯤 뒤쫓아갔으나, 역시 촉군은 보이지 않는다.

진양은 의심하다가 군사들을 일단 말에서 내려 쉬게 하는데, 정탐꾼이 돌아와서 고한다.

"전방에 촉군이 매복하고 있습니다."

진양이 말을 타고 바라보는데, 갑자기 산속에서 먼지가 크게 일어난다.

"적군이다, 속히 막아라!"

진양이 급히 명령하는데, 일시에 사방 산에서 함성이 크게 진동하며, 전면에서 오반과 오의가 군사를 거느리고 쳐들어오고, 뒤에서는 관흥과 요화가 군사를 거느리고 내달아오니, 좌우가 산이라 달아날 길이 없다. 또 산 위에서 촉군이 크게 외친다.

"말에서 내려 항복하는 자는 죽이지 않는다!"

이에 위군은 반수 이상이 항복하고, 진양은 결사적으로 싸우다가 요

화가 치는 한칼에 목을 잃고 말 아래로 떨어졌다.

공명은 항복한 위군을 다 후군으로 보내어 감금하고, 위군의 옷과 갑옷을 촉군 5천 명에게 입혀 위군으로 가장시킨 후에 관흥·요화·오반·오의 네 장수에게 내주어 조진의 영채로 보냈다.

네 장수는 가서, 위군으로 가장한 파발꾼을 먼저 영채로 들여보냈다. 그 가짜 위군이 고한다.

"약간 명의 촉군이 있기에 몽땅 쫓아버렸습니다."

그 말을 듣고 조진은 매우 기뻐하는데, 그때 마침 사마의의 심복 부하가 왔다고 한다. 조진이 데리고 들어오라 하여 온 뜻을 물으니, 그자가 고한다.

"이번에 사마부도독司馬副都督(사마의)께서 매복계埋伏計를 써서 촉군 4천여 명을 죽였으니, 장군께서는 내기 같은 건 생각하지 말고 힘써 세밀히 적을 방비하라 하십디다."

"내가 맡은 지역에는 촉군이 한 명도 없으니, 걱정 말라고 전하여라."

조진은 그자를 돌려보냈다.

홀연 진양이 군사를 거느리고 돌아왔다는 보고가 들어왔다. 조진은 몸소 영접하려고 장막에서 나와 영채로 가는데, 군사가 쫓아와서 고한다.

"앞뒤에서 불이 났습니다."

조진이 급히 영채로 가서 둘러보는데, 느닷없이 관흥·요화·오반·오의 네 장수가 촉군을 지휘하며 영채 앞으로 풍우처럼 쳐들어온다. 마대와 왕평은 뒤쪽에서 쳐들어오고, 마충과 장익이 또한 군사를 거느리고 들이닥친다.

이에 위군은 손쓸 사이도 없이 각기 달아나고, 모든 장수들은 조진을 호위하여 동쪽으로 달아나니, 촉군이 추격한다.

조진이 정신없이 달아나는데, 갑자기 함성이 크게 진동하며 한 무리의 군사가 들이닥친다. 조진이 정신이 아찔해서 보니 바로 사마의였다.

이에 사마의가 한바탕 크게 싸우니 그제야 촉군은 후퇴하고, 조진은 위기를 벗어났으나 부끄럽기 짝이 없었다.

사마의가 말한다.

"제갈양이 기산을 탈취했으니, 우리는 여기 오래 있지 못할지라. 위수 언덕으로 가서 영채를 세우고 다시 작전을 짭시다."

조진이 묻는다.

"중달은 이번에 내가 크게 패할 줄 어떻게 알았소?"

"심부름 갔던 자가 돌아와서, 도독(조진)이 이쪽은 촉군이 한 명도 없다고 말하더라기에 나는 곧 공명이 몰래 영채를 기습할 것을 짐작하고 도우러 왔더니, 과연 일이 이렇게 되고 말았소. 이젠 누구 말이 맞았는가 그런 내기는 버리고, 함께 힘써 나라에 보답합시다."

조진은 매우 황공한 나머지 그만 병이 나서 일어나지 못한다. 위수 언덕에 군사를 주둔시킨 사마의는 군사들의 마음이 동요할까 염려하여 감히 후퇴하자고 권하지도 못했다.

한편, 공명은 군사를 대거 몰아 다시 기산으로 나와서 군사들을 위로했다. 위연·진식·두경·장의 네 장수가 장막에 들어와서 꿇어 엎드려 절하며, 이번에 군사를 잃은 죄를 청한다.

공명이 묻는다.

"누가 나의 지시를 어기고 우리 군사를 잃게 했느냐?"

위연이 대답한다.

"진식이 승상의 명령을 어기고 기곡 안으로 들어갔다가, 그처럼 크게 패했습니다."

명령을 어긴 진식을 참하는 공명

진식이 변명한다.

"그건 위연이 저에게 가라고 하여 간 것입니다."

공명이 호령한다.

"위연이 너를 구출해줬는데 너는 도리어 위연을 끌어들이느냐? 명령을 어겼으니 쓸데없는 변명은 말라. 도부수야, 이놈을 참하여라."

도부수들이 진식을 끌어내어 참하니, 공명은 장막 앞에 그 목을 높이 걸고 모든 장수들에게 보였다.

이번에 공명이 위연을 죽이지 않은 것은 살려뒀다가 뒷날에 쓰기 위함이었다. 공명은 진식을 참하고 진격할 일을 상의하는데, 홀연 첩자가 돌아와서 고한다.

"조진은 병이 나서 자리에 누웠고, 지금 영채 안에서 치료 중입니다."

공명은 유쾌히 무릎을 치며 모든 장수들에게,

"조진의 병이 가볍다면 반드시 장안으로 돌아갔을 텐데, 이제 위군이 물러가지 않는 것을 보면, 필시 병이 위중하기 때문에 군중에 머물러 모든 군사를 안심시키는 모양이다. 내 서신 한 통을 써서 항복한 진양의 군사에게 주어 조진에게 보내리라. 조진이 내 서신을 보면 반드시 죽으리라."

하고 마침내 항복한 적병을 장막으로 불러들이고 묻는다.

"너희들은 원래가 북위의 군사라. 부모와 처자가 다 중원에 있으니, 우리 촉 땅에서 살 수도 없는 노릇이다. 그러므로 이제 너희들을 집으로 돌려보낼까 하는데, 뜻에 어떠하냐?"

지난날 항복했던 위군들이 눈물을 흘리며 절하고 감사한다.

공명은 계속해서 말한다.

"나와 조진은 서로 약속한 바가 있는지라. 내 서신 한 통을 줄 테니, 너희들이 가지고 가서 조진에게 전하면 반드시 많은 상을 받을 것이다."

이에 위군들은 석방되어, 자기편 영채로 돌아가서 공명의 서신을 조진에게 바쳤다.

조진이 부축을 받고 병상에서 일어나 서신을 뜯어보니,

한漢 승상丞相 무향후武鄕侯 제갈양은 서신을 대사마大司馬 조진 앞으로 보내노라. 잘라 말하자면, 대저 장수 된 자는 능히 나아갈 줄 알고 능히 물러설 줄 알며, 능히 강하고 능히 부드러우며, 능히 거취를 분별하고, 능히 억세고 능히 약하여 움직이지 않을 때는 산과 같고, 음양의 이치처럼 그 속을 드러내지 않고, 무궁하기로 말하면 하늘과 땅 같고, 가득하기로 말하면 태창太倉(국가의 창고)과 같고, 아득하기로는 바다와 같고, 그 빛남은 삼광三光(일日 · 월月 ·

성星)과 같아서, 미리 천문을 보아 한해旱害와 수재水災를 알고 먼저 지리의 유리한 점을 식별하여, 진세陣勢와 기회를 살피고, 적의 장점과 단점을 파악할 줄 알아야 하는 것이다. 슬프다, 그러나 배우지 못한 젊은 그대는 위로 하늘을 거역하여 나라의 역적을 도와 낙양에서 함부로 제왕을 세우고, 사곡에서 크게 패하여 달아나더니, 진창 땅에서 오랜 장맛비에 시달려 수륙水陸으로 곤경을 당하고, 사람과 말은 미쳐 날뛰어 버린 창과 갑옷이 들에 깔렸고, 내던진 칼과 무기가 땅에 가득하도다. 그대 도독은 가슴이 미어지는 듯 간이 떨어지고, 장수는 쥐구멍을 찾듯 달아나니, 무슨 면목으로 관關내의 부모와 노인들을 대하며, 무슨 낯으로 승상부의 대청에 오르리요. 사관史官은 붓을 잡고 이 일을 기록할 것이며, 백성들은 입으로 전하여 이 일을 퍼뜨릴 것이다. 즉 '사마의는 싸움에 나가면 겁을 먹고, 조진은 싸우기도 전에 달아났다'고 하리라. 그러나 우리 군사는 강하고 말은 씩씩하며 대장들은 범 같고 용 같아서, 중원을 무찔러 태평 세월을 이루는 동시에 너희들 위를 소탕하여 폐허로 만들리라.

조진은 서신을 보자 분통한 나머지 가슴이 막혀 그날 밤 군중에서 숨을 거두었다.

사마의는 병거兵車에 조진의 영구를 싣게 하고, 사람들을 시켜 낙양에서 장사지내도록 떠나 보냈다. 위주 조예는 조진이 죽었다는 보고를 듣자, 즉시 조서를 보내어 사마의에게 출전出戰하도록 독촉했다. 이에 사마의는 대군을 거느리고 공명과 싸우러 가서, 먼저 전서(싸움을 거는 글)를 보냈다.

공명은 전서를 받고 모든 장수에게 말한다.

"조진이 필시 죽었을 것이다."

마침내 '내일 싸우자'는 답장을 써주니, 심부름 온 사람은 돌아갔다.

이튿날, 공명은 기산의 군사를 모조리 일으켜 위수로 나아가니, 한 쪽은 강물이요 한 쪽은 산이며 한가운데는 광야라, 참으로 싸우기 좋은 곳이었다.

양쪽 군사는 서로 거리를 두고 활을 쏘아 진영의 범위를 정했다. 세 번 북소리가 울리자, 위진의 문기가 열리면서 사마의가 말을 타고 모든 장수들을 거느리고 나온다. 사마의가 바라보니, 공명이 사륜거에 단정히 앉아 깃털 부채로 부채질을 하고 있다.

사마의가 외친다.

"우리 주상主上께서는 옛날 요임금이 순임금에게 천하를 양도한 일을 본받으시고, 이미 두 대代를 지나 중원을 다스리고 계신다. 너희들 서촉과 동오 두 나라를 치지 않는 것은, 우리 주상께서 원래 인자하사 백성들이 다칠까 염려하신 때문이라. 그런데 너는 원래 남양 땅에서 한낱 밭 갈던 지아비로서, 하늘의 운수를 모르고 굳이 중원을 침범하니, 이치로 말하면 마땅히 토벌하여 전멸시킬 것이나, 네 만일 반성하고 즉시 돌아가서, 서로 경계를 지키고 삼국이 정립하여 무고한 백성들을 도탄으로 몰아넣지만 않는다면, 너희들을 얼마든지 살게 해주마."

공명이 웃는다.

"나는 선제(유현덕)로부터 무거운 부탁을 받았으니, 전심전력을 기울여 어찌 역적을 치지 않을 수 있으리요. 머지않아 조씨는 우리 한에게 전멸을 당하리라. 더구나 너의 조상은 다 한나라 신하로서 대대로 한나라 국록을 먹었는데, 그 은혜를 갚을 생각은 않고 도리어 역적을 도우니 스스로 부끄럽지 않느냐?"

사마의는 양심에 부끄러워서 얼굴을 붉히며 말한다.

"내 너와 승부를 결정하리라. 네가 만일 이기면 나는 맹세코 대장 노릇을 않겠으며, 네가 패하거든 즉시 고향으로 돌아가거라. 내 너를 죽이지 않으리라."

공명이 묻는다.

"너는 장수로 싸우려는가, 군사로 싸우려는가, 아니면 진법陣法으로 싸우려는가?"

"먼저 진법으로 싸우리라."

"그럼 네가 먼저 진을 벌여보아라."

이에 사마의는 중군中軍 장막 아래로 들어가서, 노란 기를 휘둘러 좌우 군사를 움직여 진 하나를 벌이고, 다시 말을 타고 진 앞에 나와서 묻는다.

"네가 나의 진법을 알겠느냐?"

공명이 웃는다.

"우리 장수는 누구나 그런 정도의 진법은 벌일 줄 아나니, 그것은 바로 혼원일기진混元一氣陣이니라."

"이번엔 네가 진을 벌여보아라."

공명은 진으로 들어가서 깃털 부채를 한 번 흔들어 지휘하고, 다시 진 앞에 나와서 묻는다.

"네가 나의 진을 알겠느냐?"

사마의가 대답한다.

"팔괘진八卦陣을 내 어찌 모르리요."

"알았다면 나의 진을 능히 공격하겠느냐?"

"이미 알았거니, 내 어찌 공격을 못하리요."

"그럼 네 맘대로 쳐보아라."

사마의는 본진으로 돌아가서 대능·장호·악침 세 장수를 불러 분부

기산에서 사마의와 진법으로 겨루는 제갈양

한다.

"공명이 벌인 진 안에는 휴休 · 생生 · 상傷 · 두杜 · 경景 · 사死 · 경驚 · 개
開의 여덟 문門이 있으니, 너희들 세 사람은 바로 동쪽 생문生門으로 쳐
들어가서 서남쪽 휴문休門으로 무찌르고 나와, 다시 바로 북쪽 개문開門
으로 쳐들어가면 그들의 진을 격파할 수 있다. 너희들은 각별히 주의하
고 실수 없게 하여라."

이에 대능은 중대中隊가 되고, 장호는 전대, 악침은 후대가 되어, 각기
기병 3천 명씩을 거느리고 생문으로 쳐들어가니, 양쪽 군사들은 일제히
함성을 질러 자기편을 응원한다.

그런데 세 장수가 촉진 속으로 쳐들어가 보니, 진 안이 성城을 이은 것
같아 아무리 돌격해도 나갈 수가 없었다. 그만 당황하여 기병을 거느리

고 진영의 구석을 돌아 서남쪽으로 가는데, 촉군이 마구 활을 쏜다. 그래서 더 가지를 못하는데, 진은 중중첩첩重重疊疊으로 늘어나고, 모두가 문門으로 나타나니 어디가 동·서·남·북인지 분별할 수가 없다.

세 장수는 서로 돌볼 여가도 없이 미친 듯이 날뛰니, 보라. 수심스런 구름은 막막하고 참담한 안개는 뭉게뭉게 피어 오르며, 함성이 일어나면서 위군은 한 명씩 한 명씩 다 결박을 당하여 중군中軍으로 끌려간다.

공명은 장막에 앉아 있는데, 좌우에서 장호·대능·악침 세 장수와 위군 90명을 낱낱이 사로잡아 끌고 들어온다.

공명이 웃는다.

"내 너희들을 다 사로잡았으나 무슨 기이할 것 있으리요. 너희들을 다 돌려보낼 테니, 돌아가서 사마의에게 다시 병서를 읽고 전법을 배운 뒤에 자웅雌雄(승부)을 결정하여도 늦지 않다고 전하여라. 너희들을 살려주기로 했으니, 모든 무기와 전마戰馬는 두고 가거라."

이에 위군은 갑옷을 벗고 얼굴에 온통 먹칠을 당하고 걸어서 돌아간다. 사마의는 그들의 꼴을 보자 분통을 터뜨리며, 모든 장수들을 돌아보고 말한다.

"이렇듯 사기를 꺾이고야 내 무슨 면목으로 중원에 돌아가서 대신들을 대하리요."

사마의는 즉시 삼군을 지휘하여 한사코 촉군의 진영으로 쳐들어가면서, 친히 칼을 잡고 씩씩한 장수 백여 명을 거느리고 마구 무찌르도록 재촉한다.

촉군과 충돌하기 바로 직전이었다. 느닷없이 진 뒤에서 북소리와 징소리가 일제히 일어나며 함성이 크게 진동하면서, 한 떼의 군사가 서남쪽으로부터 달려오니, 앞선 장수는 바로 관흥이었다.

사마의는 군사를 나누어 후군으로 하여금 관흥의 군사를 대적하게

하고, 다시 군사를 휘몰아 활을 쏘고 칼로 베며 앞으로 나아간다. 그런데 갑자기 군중이 크게 혼란하니, 이는 강유가 한 무리의 군사를 거느리고 들이닥친 때문이었다.

사마의는 세 방면에서 협공을 받자 당황하여 황망히 후퇴하는데, 촉군이 에워싸고 달려든다. 사마의는 삼군을 거느리고 남쪽을 향하여 뚫고 달아나니, 위군은 열 명 중 7,8명이 부상을 당했다.

혼이 난 사마의는 위수 남쪽 언덕으로 후퇴하여 영채를 세우고는 굳게 지킬 뿐 나오지 않았다.

공명이 승리한 군사를 수습하고 기산으로 돌아갔을 때, 영안성永安城 이엄李嚴이 보낸 도위都尉 구안苟安이 군량미를 운반해왔다.

구안은 워낙 술을 좋아해서 오는 동안 늑장을 부리다가, 기일보다도 열흘이나 늦게 당도한 것이다.

공명이 크게 노하여,

"우리 군사는 무엇보다도 식량이 중요하다. 사흘만 늦어도 그 죄는 참형에 해당하는데, 네 열흘이나 늦게 왔으니 무슨 변명이 있겠느냐."

호령하고 무사들에게 분부한다.

"이놈을 끌어내어 참하여라."

장사 양의가 고한다.

"구안은 이엄이 손발처럼 쓰는 사람입니다. 더구나 돈과 곡식이 서천 땅에서 많이 나는데, 만일 구안을 죽이면 이후에는 곡식을 운반해올 사람이 없으리다."

이에 공명은 무사들을 시켜 구안의 결박을 풀어주게 하고, 그 대신 곤장 80대를 쳐서 내보냈다.

꾸중을 들은 구안은 원한을 품고 그날 밤으로 자기가 데리고 온 기병 5,6명을 거느리고 위군 영채로 달려가서 투항했다.

사마의가 불러들이니, 구안은 절하며 항복해온 이유를 고했다.

사마의가 말한다.

"비록 그렇다 할지라도, 공명은 워낙 꾀가 많기 때문에 네 말을 곧이 곧대로 믿을 수 없다. 너는 나를 위해 한 가지 큰 공을 세워라. 그러면 그때에 천자께 아뢰고 너에게 상장上將을 시켜주마."

구안이 묻는다.

"무슨 일이신지요? 무엇이건 힘껏 하겠습니다."

"너는 곧 성도로 돌아가서 '공명이 반감과 원한을 품고 조만간에 황제라고 자칭하려 든다'고 유언비어를 퍼뜨려라. 그리하여 너의 주상主上이 공명을 소환하기만 하면, 그것이 바로 너의 공이니라."

구안은 즉시 응낙하고 바로 성도로 돌아가서, 환관들에게 유언비어를 퍼뜨렸다.

"공명이 큰 공을 세운 것만 믿고, 조만간에 나라를 빼앗고 황제가 되려 한다."

환관들은 이 말을 듣자 소스라치게 놀라고, 즉시 내전에 들어가서 황제에게 구안의 말을 자세히 아뢰었다.

후주는 놀라고 의심한다.

"그렇다면 이 일을 어찌하면 좋을까?"

환관들이 아뢴다.

"공명을 성도로 소환하고 그 병권을 삭탈하여 반역을 못하도록 미리 방지하십시오."

후주가 분부한다.

"공명에게 회군하라는 영을 보내라."

장완이 앞으로 나서서 아뢴다.

"승상이 싸움에 나간 이후로 누차 큰 공을 세웠는데, 어째서 돌아오라

고 하십니까?"

"승상과 함께 반드시 의논해야 할 기밀에 관한 일이 있기 때문이다."

후주는 칙사에게 조서를 주어 밤낮을 가리지 말고 가서 공명을 소환하도록 떠나 보냈다.

이에 칙사가 기산에 가니, 공명은 영접해 들이며 조서를 받아보더니 하늘을 우러러 탄식한다.

"주상께서 나이가 어리시기 때문에 필시 간신들이 날뛰는 모양이다. 내가 바로 공을 세우려는데 어째서 돌아오라 하시는가. 그러나 내가 돌아가지 않으면 주상께 거역하는 것이 되고, 만일 분부대로 후퇴하는 날이면, 이후에 이런 좋은 기회를 다시 얻기 어려우리라."

강유가 묻는다.

"만일 우리 대군이 물러가면 사마의가 기회를 놓치지 않고 뒤쫓아와서 습격할 것이니, 어찌하면 좋겠습니까?"

"내 이제 군사를 후퇴시키되 다섯 방면으로 나누어 물러가리라. 오늘 이 영채가 먼저 후퇴한다면 영채 안의 군사가 천 명일지라도 땅을 파서 밥짓는 부엌 2천 개를 만들고, 오늘 부엌 3천 개를 만들었으면 내일은 4천 개를 만들어, 매일 후퇴할 때마다 부엌 수를 늘리며 가야 한다."

양의가 묻는다.

"옛날에 손빈孫臏(전국 시대의 병가)이 방연龐涓을 사로잡을 때도 날마다 군사 수효는 늘리고 부엌 수는 줄였는데, 오늘날 승상은 군사를 후퇴시키면서, 어째서 손빈과는 반대로 부엌 수효를 늘리십니까?"

"사마의는 원래 군사를 잘 쓰기 때문에 나의 군사가 물러가면 반드시 뒤쫓아오겠지만, 그래도 우리 군사가 매복하고 있지나 않을까 의심이 나서, 우리가 영채를 세웠던 곳마다 부엌의 수효를 반드시 헤아려볼 것이다. 그가 우리가 머물렀던 곳마다 살피고 날마다 부엌 수가 늘어나

는 것을 보기만 하면, 우리 군사가 후퇴를 하는지 아니면 점점 집결하는지를 분별 못할 것이고, 더욱 의심이 많아지면 감히 추격하지 못하는 법이다. 그러는 동안에 나는 천천히 후퇴하여 군사를 잃는 일이 없도록 할 것이다."

공명은 드디어 군사들에게 후퇴하라는 명령을 내렸다.

한편, 사마의는 구안이 계책대로 일을 꾸밀 것을 짐작하고, 그저 촉군이 후퇴하는 때를 기다려 일제히 무찌르려고 벼르면서 주저하는데, 마침 파발꾼이 와서 보고한다.

"촉채는 텅 비었고, 적군과 말이 다 떠났습니다."

그러나 사마의는 공명의 계책이 신출귀몰한 것을 잘 알기 때문에 경솔히 뒤쫓지 못하고, 친히 기병 백여 명을 거느린 채 촉군이 세웠던 영채를 답사하고, 군사들에게 부엌 수를 헤아려보라 분부한 뒤에 본채로 돌아왔다.

이튿날, 사마의는 군사를 시켜 촉군이 머물다가 간 영채마다 그 부엌 수효를 일일이 알아오라 했다.

군사들이 돌아와서 보고한다.

"적군이 머물렀던 영채들의 부엌 수효는 날마다 늘어나고 있습니다."

사마의는 모든 장수들을 돌아보며,

"내 생각이 바로 들어맞았다. 공명은 꾀가 많아서 과연 군사를 점점 집결시켰기 때문에 부엌 수효도 따라서 늘어난 것이다. 내가 추격했으면 반드시 공명의 계책에 걸려들었을 것이니, 차라리 후퇴하고 다시 도모하느니만 못하다."

하고 마침내 군사를 거느리고 돌아갈 뿐 더 이상 뒤쫓지 않았다.

이리하여 공명은 군사 한 명 손상하지 않고 성도로 돌아간다.

그 후 접경 어귀에 살던 사람이 사마의에게 가서 말하기를,

"지난번에 공명이 후퇴할 때, 실은 군사는 한 명도 더 늘지 않았고, 부엌만 더 많이 만들었던 것입니다."
하고 그 당시 사실을 일러줬다.

이 말을 듣자 사마의는 하늘을 우러러,

"공명이 우후虞代(후한後漢 때 사람으로, 오랑캐와 싸울 때 증조계增謂計를 썼다)의 법을 본받아 나를 속였구나! 그의 작전을 나는 따를 수가 없구나!"

길게 탄식하고, 마침내 대군을 거느리고 낙양으로 돌아가니,

바둑 솜씨가 적수를 만났으니 서로 이기기 어렵고
장수가 뛰어난 인재를 만났으니 교만할 수 없다.
棋逢敵手難相勝
將遇良才不敢驕

공명은 성도에 돌아가서 어찌 될 것인가.

제101회

제갈양은 농상에 나와 신神으로 가장하고
장합은 검각으로 달리다가 계책에 말려들다

공명은 군사를 줄이고 부엌을 늘리는 작전을 써서 한중 땅으로 후퇴
하니, 사마의는 복병이 있을까 두려워서 뒤쫓지 않고, 역시 군사를 거두
어 장안으로 돌아갔다. 그래서 촉군은 한 사람도 잃지 않고 귀환할 수
있었다.

공명은 삼군을 크게 위로하고, 성도로 돌아가서 후주를 뵙고 아뢴다.

"노신老臣이 기산으로 나아가 장안을 취할 작정이었는데, 폐하께서
갑자기 소환하셨으니 무슨 큰일이라도 있나이까?"

후주는 할말이 없어 한참 만에야 대답한다.

"짐은 오랫동안 승상을 보지 못했기 때문에 매우 사모하는 뜻에서 특
히 소환한 것이며, 별로 다른 일은 없소."

공명이 말한다.

"이는 폐하의 본심이 아니시며, 필시 곁에서 모시는 간신들이 폐하께
제갈양이 딴 뜻을 품고 있다고 모략한 때문입니다."

후주는 그만 아무 소리도 못한다.

공명이 묻는다.

"노신은 선제의 깊은 은혜를 입고 폐하께 죽음으로써 보답하기로 맹세했는데, 이제 궁 안에 간신들이 있다면, 신이 어찌 역적을 칠 수 있겠습니까."

"짐은 환관의 말을 곧이들은 잘못으로 승상을 소환했으나, 이제야 모든 것을 깨달은지라 후회막급이오."

공명은 드디어 환관들을 불러들여 힐문한 후에 비로소 구안이 유언비어를 퍼뜨린 사실을 알고 급히 잡아오라 명령했으나, 구안은 이미 위나라로 달아나고 없었다.

이에 공명은 후주에게 망령된 말을 아뢴 그 환관을 죽이고, 그 외의 모든 환관들은 궁 밖으로 추방했다. 그는 장완과 비의 등을 면대하여,

"미리 간특한 자들이 있다는 걸 왜 살피지 못하고, 천자를 바른길로 간하지 못했소!"

하고 준절히 꾸짖으니, 두 사람은 오로지 사과한다.

공명은 후주께 하직하는 절을 하고 다시 한중 땅으로 돌아가서, 이엄에게 격문을 보내어 곡식과 마초를 전처럼 대도록 지시하는 한편, 다시 군사를 일으켜 출발할 일을 상의한다.

양의가 말한다.

"지금까지 자주 군사를 일으켰기 때문에 모두가 피곤한 상태입니다. 또 군량이 계속 제대로 오지 않았으니, 이번에는 모든 군사를 두 반班으로 나누어 3개월씩 기한을 정하면 어떻겠습니까. 즉 군사가 20만 명이 있다면, 10만 명만 거느리고 기산으로 가서 머물되 3개월마다 10만명씩 서로 교대하자는 것입니다. 이렇듯 서로가 교대로 주둔하면 병력도 줄지 않으니, 이후에 천천히 나아가면 중원을 가히 도모할 수 있으리다."

"그 말이 바로 나의 뜻에 합당하다. 중원을 치는 것이 하루아침에 끝날 일이 아니니, 내 먼 안목으로 계책을 세우리라."

하고 공명은 드디어 대군을 두 반으로 나누어 명령을 내렸다.

"백일을 기한으로 삼고, 백일마다 서로 교대한다. 만일 기한을 어기거나 오지 않는 자는 군법으로 처리하리라."

건흥建興 9년 봄 2월에 공명은 다시 군사를 거느리고 떠나가서 위를 치니, 이때가 위나라 태화太和 5년이었다.

위주 조예는 공명이 또 중원으로 쳐들어온다는 보고를 받자, 급히 사마의를 소환하여 상의한다.

사마의가 아뢴다.

"이제 자단子丹(조진의 자)은 죽고 없으니, 바라건대 신이 혼자서 힘을 다하여 적군을 소탕하고 폐하께 보답하리다."

조예는 희색이 만면하여 잔치를 베풀어 사마의를 대접했다.

이튿날, 촉군의 진격이 급하다는 보고가 전방에서 왔다. 이에 조예는 사마의에게 출군하여 적군을 막으라 명령하고, 어가를 타고 친히 낙양성 바깥까지 나가서 사마의를 전송한다.

사마의는 위주에게 하직하고 바로 장안에 이르러 각 방면에서 온 군사들을 크게 모아, 촉군을 격파할 일을 상의한다.

장합이 원한다.

"제가 1군을 거느리고 가서 옹성과 미성 땅을 지키며, 촉군을 무찌르겠습니다."

사마의가 대답한다.

"우리 전방 군사들이 촉군을 대적하지 못하는데, 이제 또 군사를 앞뒤로 나누는 것은 이롭지 못하다. 차라리 군사를 상규上邽 땅에 두어 지키게 하고, 그 나머지는 다 기산으로 가야 하니 그대가 선봉을 맡아주

겠소?"

장합은 매우 기뻐한다.

"내 평소 충의의 마음을 품고 나라에 보답할 생각은 있었으나, 알아주는 사람이 없어 유감이더니, 이제 도독(사마의)이 중한 책임을 맡기는지라, 만 번 죽는 한이 있더라도 사양하지 않겠습니다."

사마의는 장합을 선봉으로 삼고 대군을 총지휘하며, 또 곽회에게 농서 일대의 모든 군郡을 지키게 했다. 그 밖의 모든 장수들은 각기 길을 나누어 나아가는데 전방의 파발꾼이 말을 달려와서 보고한다.

"공명이 대군을 거느리고 기산으로 오는데, 적의 선봉인 왕평과 장의는 진창 땅으로 나와서 검각을 통과, 산관을 경유하여 사곡을 바라보며 오는 중입니다."

사마의가 장합에게 말한다.

"이제 공명이 급히 오는 것은 반드시 농서 지방의 보리를 베어 군량을 삼으려는 수작이다. 그대는 가서 영채를 세우고 기산을 지켜라. 나는 곽회와 함께 천수天水 방면의 모든 고을을 둘러보고, 촉군이 보리를 베지 못하도록 하리라."

이에 장합은 군사 4만 명을 거느리고 가서 기산을 지키고, 사마의는 대군을 거느리고 농서 방면으로 떠났다.

한편, 공명도 군사를 거느리고 기산에 이르러 영채를 다 세우고, 위수 언덕에서 위군이 방비하는 것을 보고 장수들에게 말한다.

"저기에 반드시 사마의가 있을 것이다. 우리는 군량이 부족해서 여러 번 사람을 이엄에게 보내어 독촉했으나, 아직도 곡식이 오지 않는지라. 지금쯤 농서 방면에 보리가 한참 익었을 터이니, 내 비밀리에 군사를 거느리고 가서 베어오리라."

이에 공명은 왕평·장의·오반·오의 네 장수에게 기산의 영채를 맡

긴 뒤에, 친히 강유와 위연 등 장수들을 거느리고 나아가 노성鹵城 땅에 이르렀다.

노성 태수는 원래 공명의 선성을 들어서 너무나 잘 알고 있었기 때문에, 황망히 성문을 열고 나와 항복했다.

공명은 노성으로 들어가서 백성들을 위로하고 묻는다.

"지금 어느 곳의 보리가 잘 익었는가?"

태수가 고한다.

"농상 땅은 보리가 이미 익었습니다."

공명은 장익과 마충에게 노성을 지키도록 맡기고, 친히 장수들과 삼군을 거느리고 농상 땅을 바라보며 가는데, 염탐꾼이 돌아와서 보고한다.

"사마의가 군사를 거느리고 그곳에 와 있습니다."

공명이 놀란다.

"그 사람은 내가 보리를 베러 올 줄 미리 알았구나."

이에 공명은 목욕하고 옷을 갈아입은 후에, 똑같이 만든 사륜거 세 대를 내오게 하니 장식 하나도 다르지가 않았다. 그 사륜거들은 공명이 서촉에 있을 때 미리 만들어온 것이었다.

공명이 분부한다.

"강유는 군사 천 명을 거느리고 사륜거 한 대를 호위하여 북 치는 군사 5백 명과 함께 상규 땅 뒤에 매복하라. 마대는 왼쪽에 매복하고, 위연은 오른쪽에 매복하되, 역시 각기 군사 천 명씩 거느리고 사륜거 한 대씩을 호위하여 북 치는 군사 5백 명을 두라. 사륜거 한 대마다 24명씩 검은 옷을 입고 맨발로 서서 머리를 산발하고 칼을 들고 검은 바탕에 북두칠성을 수놓은 기를 들고, 일제히 사륜거를 밀며 나아가거라."

세 사람은 각기 계책을 받자, 군사를 거느리고 사륜거를 밀고 떠나갔다.

農上에서 나와 신으로 가장하는 제갈양. 왼쪽은 천봉신으로 분장한 관흥

공명은 또 군사 3만 명에게 각기 보리 벨 낫과 새끼줄을 준비하게 하고, 씩씩한 장정 24명을 뽑아 각기 검은 옷을 입히고, 머리를 풀고 칼을 들고 맨발로 사륜거를 호위하게 한 뒤에 친히 그 위에 단정히 앉자, 관흥을 천봉신天蓬神으로 분장하게 하여, 손에 칠성七星을 그린 검은 기를 들고서 사륜거 앞에 서도록 하고, 일제히 위군 영채를 향하여 나아간다.

위군 정탐꾼은 괴상한 차림을 한 일행이 오는 것을 보자 깜짝 놀라, 사람인지 귀신인지도 모르고, 급히 사마의에게 달려가서 보고한다.

사마의가 영채에서 나와 바라보니, 공명이 잠관簪冠을 쓰고 학창의를 입고 깃털 부채로 부채질하면서 사륜거 위에 단정히 앉았는데, 그 좌우로 24명이 머리를 풀고 칼을 든 채 호위하고 한 사람이 맨 앞에 서서 오니, 그 은은하기가 마치 천신天神이 오는 것 같았다.

사마의는

"저것 또한 공명이 변괴를 부림이로다."

하고, 드디어 기병 2천 명에게 분부한다.

"너희들은 속히 가서 수레와 사람들을 몽땅 다 잡아오너라."

명령을 받은 위군이 일제히 쫓아가니, 공명은 곧 사륜거를 돌리라 하고 아득히 촉의 진영 쪽으로 천천히 물러간다.

위군이 말을 달려 뒤쫓는데, 음습한 바람만 일어나고 싸늘한 안개만 모여들 뿐, 30리를 힘껏 달려도 도무지 잡히지가 않는다.

그들은 매우 놀라 말을 멈추며 서로 말한다.

"괴상한 일이다. 우리가 급히 30리를 뒤쫓았는데도, 그들은 앞에 있고 잡히지 않으니, 어찌할까!"

공명은 위군이 오지 않는 걸 보자, 다시 사륜거를 돌려 세우고 위군 쪽을 향하여 쉰다.

위군은 한동안 주저하다가 다시 말을 달려가니, 공명은 다시 사륜거를 돌려 천천히 간다. 위군은 다시 20리를 뒤쫓아갔으나 사륜거는 여전히 앞에 보이는데, 그 이상 거리가 좁혀지지 않는다. 그들은 그만 맥이 풀려 죽을상을 하고 있다.

공명은 다시 수레를 돌려 위군 쪽으로 다가가니, 위군이 또 쫓아오려 하는데, 그 뒤에서 사마의가 친히 1군을 거느리고 달려와서 명령한다.

"공명은 팔문둔갑술八門遁甲術을 잘하고 능히 육정육갑신六丁六甲神을 부리니, 이는 『육갑천서六甲天書』에 있는 축지법縮地法이라. 너희들은 뒤쫓아가지 말라."

모든 군사는 그제야 말을 돌리는데, 왼쪽에서 갑자기 북소리가 크게 진동하며, 한 무리의 군사가 쳐들어온다.

사마의는 급히 군사를 그쪽으로 돌려 막는데, 보라! 촉군 속에서 24

명이 머리를 풀고 칼을 들고 검은 옷에 맨발로 사륜거 한 대를 밀고 나오니, 그 사륜거 위에 공명이 단정히 앉아 잠관을 쓰고 학창의를 입고 손으로 깃털 부채를 부치고 있지 않는가.

사마의가 깜짝 놀란다.

"저기 사륜거 위에 앉아 있는 공명을 50리나 뒤쫓아와서도 잡지 못했는데, 여기에 공명이 또 나타났으니 웬일이냐? 괴상하도다!"

미처 말이 끝나기도 전에 오른쪽에서 또 북소리가 크게 진동하며 한 무리의 군사가 내달아오는데, 사륜거 위에 또 공명이 앉아 있고, 역시 그 좌우로 24명이 검은 옷 차림에 맨발로 머리를 산발하고 칼을 들고 호위하여 온다.

사마의는 크게 의심이 나서, 모든 장수들을 돌아보며 말한다.

"이는 신병神兵이로다!"

모든 위군은 크게 혼란하여 싸우려고도 하지 않고 제각기 달아나는데, 홀연 북소리가 크게 진동하면서 또 한 무리의 군사가 내달아오니, 보라! 또 한 대의 사륜거 위에 공명이 단정히 앉았고, 그 좌우 앞뒤를 옹호한 자들도 또한 전번 것과 똑같았다.

위군은 거듭 놀라며 벌벌 떤다. 사마의는 그들이 사람인지 귀신인지 또 촉군이 얼마나 많은지도 알 수 없어, 놀란 나머지 급히 군사를 거느리고 달아나 상규 땅으로 들어가서는 성문을 굳게 닫고 나오지 않았다.

이때 공명은 벌써 씩씩한 군사 3만 명에게 지시를 내린지라, 그들은 벌써 농상의 보리를 다 베어 햇볕에 말리려고 노성으로 운반해 돌아간 뒤였다.

한편 사마의는 상규성上巫城에 들어박혀 3일 동안 감히 나오지를 못하다가, 촉군이 물러갔다는 보고를 듣고서야 비로소 군사를 보내어 정탐했다.

정탐하러 간 군사가 길에서 방황하는 촉병 한 명을 사로잡아 돌아왔다.

사마의가 물으니 촉병이 대답한다.

"저는 보리를 베던 군사입니다. 말이 달아나서 길에서 방황하다가 붙들려 왔습니다."

"전번에 그 신병들은 다 어디서 왔느냐?"

"세 방면의 복병은 다 공명이 아니옵고, 실은 강유·마대·위연이 그처럼 분장한 것이니, 한 방면마다 군사 천 명이 사륜거를 호위하며 군사 5백 명이 북을 쳤던 것입니다. 그때 먼저 와서 유인하던 사륜거 위의 사람만이 진짜 공명이었습니다."

사마의가 하늘을 우러러 길게 탄식한다.

"공명은 과연 신출귀몰하는 재주가 있구나!"

그때 아랫사람이 들어와서 부도독 곽회가 왔다고 고한다.

사마의가 영접하고 인사를 마치자, 곽회가 청한다.

"들으니 지금 노성에서 많지 않은 촉군이 보리 타작을 하는 중이라 하니, 이 참에 습격합시다."

사마의가 지난 일을 자세히 말하니, 곽회가 웃는다.

"한때 속았을지라도 이젠 다 알았는데, 뭘 그리 꽁하시오. 내가 일지군을 거느리고 그 뒤를 공격하겠으니, 귀공도 일지군을 거느리고 그 앞을 공격하면 반드시 노성을 격파하고 공명을 사로잡을 수 있으리다."

사마의는 그러기로 하고, 드디어 군사를 두 대로 나누어 간다.

한편, 공명은 노성에 있으면서 군사들을 시켜 보리를 햇볕에 말리다가, 갑자기 장수들을 불러 명령한다.

"오늘 밤에 적군이 와서 반드시 이 성을 치리라. 내 생각건대 이곳 노성 동서쪽 보리밭 속에 가히 군사를 매복시킬 만하니, 누가 감히 나를

위해 가겠느냐?"

강유·위연·마충·마대 네 장수가 썩 나선다.

"바라건대 저희들이 가겠습니다."

공명이 크게 기뻐한다.

"강유와 위연은 각기 군사 2천 명씩을 거느리고 가서 동남쪽과 서북쪽 두 곳에 매복하고, 마대와 마충은 각기 군사 2천 명씩을 거느리고 가서 서남쪽과 동북쪽 두 곳에 매복하고 있다가, 포 소리가 들리거든 사방에서 일제히 달려 나와 적군을 무찌르라."

네 장수는 지시를 받자 각기 군사를 거느리고 떠났다. 공명도 친히 군사 백여 명을 거느리고 각기 화포를 가지고 성에서 나와, 보리밭에 매복하고 적군을 기다린다.

한편, 사마의는 군사를 거느리고 이윽고 노성 밑에 이르렀는데 이미 해가 저문지라, 모든 장수들에게,

"대낮에 공격하면 성안에서 모든 방비를 할 것인즉, 오늘 밤중을 이용해서 공격하라. 이곳은 성이 낮고 호가 얕으니, 곧 격파할 수 있을 것이다."

하고 드디어 성밖에 군사를 주둔시켰다.

이윽고 밤 1경 때쯤 해서 곽회가 또한 군사들을 거느리고 온지라, 군사를 한데 합친 뒤에 북을 한바탕 울리고, 즉시 노성을 사방으로 철통같이 에워싸니, 성 위에서 화살과 돌들이 빗발치듯 날아온다. 위군은 감히 나아가지를 못하는데, 느닷없이 난데없는 포 소리가 연달아 터진다. 이에 위군은 어느 곳 군사가 또 오나 하고 어리둥절해한다.

곽회가 군사들을 보리밭으로 보내어 살펴보게 하는데, 이때 사방에서 불빛이 하늘에 가득하고 함성이 크게 진동하더니, 네 방면에서 촉군이 일제히 쳐들어오는 동시에 노성의 사방 성문이 활짝 열리면서 성안

의 촉군이 달려 나와 안팎에서 협공하여 크게 시살하니, 위군이 무수히 죽어 자빠진다.

사마의는 패잔병을 거느리고 목숨을 걸고 분연히 싸워, 포위를 뚫고 산 위로 올라가서 겨우 숨을 돌렸다. 곽회도 또한 패잔병을 거느리고 겨우 산 뒤로 가서 숨었다.

공명은 노성으로 돌아가서 네 장수에게 성밖 네 모퉁이에 진영을 세우게 했다.

곽회가 사마의에게 고한다.

"촉군과 서로 대치한 지 오래로되 그들을 격퇴할 계책이 없고, 이번에 또 패하여 군사 3천여 명을 잃었으니, 속히 도모하지 않으면 우리는 물러가기도 어려울 것이오."

사마의가 묻는다.

"그럼 어떻게 하면 좋겠소?"

"격문을 보내어 옹주雍州와 양주涼州 군사를 오라 하여 힘을 합쳐서 적을 소탕하십시오. 바라건대 나는 군사를 거느리고 가서 검각 땅을 엄습하여 그들이 돌아갈 길을 끊겠소. 적이 군량과 마초를 운반해오지 못하게 되면, 이곳 촉군은 자연 당황하고 혼란할 테니, 그때에 공격하면 가히 적을 전멸시킬 수 있습니다."

사마의는 그 말대로 그날 밤으로 격문을 보내어 옹주와 양주 군사를 부르니, 대장 손예가 옹주와 양주 일대의 모든 고을 군사들을 거느리고 왔다. 이에 사마의는 먼저 떠나간 곽회를 돕도록, 또한 손예를 검각 땅으로 보냈다.

한편, 공명은 노성에 있으면서 서로 수비한 지 오래나 위군이 싸우러 나오지 않는지라, 마대와 강유를 성안으로 불러들여 명령한다.

"이제 위군이 산 험한 곳에 머물며 우리와 싸우려 하지 않는 것은, 첫째는 우리의 보리가 다 떨어져 양식이 없어지기를 기다림이요, 둘째는 검각 땅을 습격해서 우리의 곡식을 운반해오는 길을 끊으려 함이니, 너희들은 각기 군사 만 명씩을 거느리고 가서 험악한 요충지에 주둔하라. 위군은 우리가 이미 준비하고 있는 것을 보면 저절로 물러가리라."

마대와 강유는 군사를 거느리고 떠나갔다. 장사 양의가 장막에 들어와서 고한다.

"지난날 승상께서 모든 군사에게 백일마다 군사를 교대하겠다고 약속하셨는데, 이제 약속한 기한이 되어 한중 땅 군사들이 이미 떠나오는 중이라고 공문이 왔습니다. 그들이 오면 현재 군사 8만 명 중에서 4만 명만 교대시키십시오."

공명이 대답한다.

"이미 명령을 내렸으니, 약속한 대로 속히 시행하라."

이에 군사들은 각기 떠날 준비를 서두르는데, 어느 날 홀연히,

"손예가 옹주와 양주 군사 20만 명을 거느리고 왔고, 사마의는 몸소 그들 군사를 합쳐 거느리고 이곳 노성을 치러 옵니다."

하는 보고가 들어왔다.

이 말을 듣자 촉군은 모두 다 놀랐다.

양의가 들어와서 고한다.

"위군이 쳐들어온다 하니, 승상은 교대할 군사를 떠나 보내지 말고, 우선 적군을 격퇴하도록 하십시오. 이후에 새로운 군사가 오거든 그때에 교대하십시오."

"그렇지 않다. 내가 군사들과 장수들에게 내리는 명령은 오로지 신용으로써 근본을 삼고 있다. 이미 약속을 했는데, 어찌 신용을 잃을 수 있으리요. 떠나야 할 군사는 다 돌아갈 준비를 하라고 하여라. 그들의 부

모와 처자가 사립문에 기대고 서서 기다릴 테니, 내 이제 위급할지라도 결코 그들을 남겨두지 않으리라."

공명은 만기滿期가 된 군사들에게 그날로 떠나도록 영을 내렸다.

군사들은 그 명령을 전해 듣고 큰소리로 외친다.

"승상께서 이렇듯 많은 사람들에게 은혜를 베푸시니, 바라건대 우리는 돌아가지 않고 목숨을 걸고 싸워 위군을 크게 무찌름으로써 승상께 보답하리다."

공명이 말한다.

"너희들은 집으로 돌아가기로 되어 있는데, 어찌 이곳에 머물리요."

그들 군사들은 모두 나가서 싸우기를 바라고, 집으로 돌아가는 것을 원하지 않는다.

"너희들이 정 나와 함께 나가서 싸우겠다고 하니, 그럼 성밖 영채를 지키며 위군이 오기를 기다렸다가, 적들이 오거든 숨을 돌릴 여가도 주지 말고 급히 무찔러라. 이것이 편안히 힘을 길러 적이 피곤하기를 노린다는 전법이니라."

모든 군사들은 명령을 받자 각기 무기를 들고 기꺼이 성밖으로 나가서 진영을 벌이고 기다렸다.

한편 옹주와 양주 군사는 배나 급히 달려오고 나니, 사람과 말이 다 지칠 대로 지쳐서 장차 영채를 세우고 쉬려 하는데, 촉군이 일제히 습격해온다. 촉군은 군사마다 분발하며 장수마다 용맹하였다.

옹주와 양주 군사들은 대적할 수가 없어 급히 후퇴하니, 촉군은 더욱 힘을 분발하여 뒤쫓으며 마구 활을 쏘며 칼로 베어, 시체는 들에 가득하고 피는 흘러 도랑을 이루었다.

이에 공명은 성에서 나가 이긴 군사들을 거두고 성으로 들어와서 군사들을 위로하며 상을 주는데, 때마침 영평永平 땅 이엄에게서 서신이

왔다며 급함을 고한다.

공명이 크게 놀라 이엄의 서신을 떼어보니,

　　근자에 들으니, 동오의 손권이 사람을 낙양으로 보내어 북위와 손을 잡았고, 또 북위는 동오에게 우리 서촉을 치도록 지시했으나, 다행히도 동오는 아직 군사를 일으키지 않았다고 합니다. 이제 저는 동오의 태도를 정탐하겠으니, 엎드려 바라건대 승상은 조속히 대책을 강구하소서.

공명은 서신을 읽고, 매우 놀라는 동시에 의아하여 모든 장수들을 불러모았다.

"동오가 군사를 일으켜 우리 서촉을 침범한다면, 우리는 속히 돌아가야 한다. 기산 대채의 군사들에게 가서 서천으로 후퇴할 것을 전령하라. 내가 이곳 노성에 군사를 주둔하고 있는 한, 사마의는 감히 우리 군사를 뒤쫓지 못할 것이다."

이에 왕평·장의·오반·오의는 군사를 두 길로 나누어 거느리고, 천천히 서천으로 물러간다.

한편, 장합은 촉군이 물러가는 것을 보자 혹 계책에 걸려들까 겁이 나서 감히 추격하지는 못하고, 군사를 거느리고 와서 사마의에게 고한다.

"이제 촉군이 물러가니, 무슨 뜻인지 알 수가 없습니다."

사마의가 대답한다.

"공명은 속임수가 대단하니, 경솔히 행동하지 말고 굳게 지켜라. 그들은 양식이 다 떨어지면 저절로 물러갈 것인즉, 그때까지 기다려라."

대장大將 위평魏平이 나선다.

"촉군이 기산 대채를 뽑고 물러가니, 이 기회에 추격해야 하는데 도

독은 군사를 출동시키지 않고 서촉을 범처럼 무서워만 하니, 천하의 웃음거리가 되면 어쩌시렵니까."

그러나 사마의는 군이 고집하며 감히 출동하지 않았다.

한편, 공명은 기산의 군사가 다 돌아간 것을 알자, 그제야 마충과 양의를 장막으로 불러들여 은밀히 계책을 일러준다.

"그대들은 먼저 궁노수 만 명을 거느리고 검각 땅 목문도木門道에 가서 양쪽으로 매복하였다가, 만일 위군이 뒤쫓아오거든 내가 쏘는 포 소리를 신호로 알고, 미리 준비해뒀던 나무와 돌을 속히 굴려 내려 우선 그 길을 막고, 양편에서 일제히 활과 노를 쏘아라."

두 사람은 군사를 거느리고 떠나갔다.

공명은 또 위연과 관흥을 불러, 군사를 거느리고 가서 뒤를 끊도록 분부하고, 성 위 사방에다 정기를 두루 꽂고, 성안에 장작과 풀을 어지러이 쌓고, 불을 질러 공연한 연기를 올린 뒤에 대군을 모조리 거느리고 목문도로 떠나갔다.

한편 위영의 정탐꾼이 돌아와서 사마의에게 보고한다.

"촉군의 대대大隊는 이미 물러갔으나, 성안에 적군이 얼마나 남아 있는지는 모르겠습니다."

사마의가 친히 가서 보니, 노성 성 위에는 기가 두루 꽂혀 있고, 성안에서 연기가 오른다.

사마의가 웃는다.

"저건 빈 성이로다."

사람을 시켜 정탐하니 과연 노성은 비어 있었다.

사마의가 매우 기뻐한다.

"공명이 물러갔으니 누가 추격할 테냐?"

선봉 장합이 청한다.

"바라건대 내가 가겠소."

"그대는 성미가 조급하니, 가지 마시오."

"도독이 이번에 올 때 나를 선봉으로 삼더니, 오늘날 공을 세우려는데 도리어 나를 쓰지 않는 것은 무엇 때문이오?"

"촉군은 물러갔으나, 험한 곳에 반드시 복병을 두었을 것이니 십분 조심해야만 비로소 추격할 수 있음이라."

"나는 이미 짐작하고 있으니, 너무 염려 마시오."

"그대가 굳이 가려거든 부디 후회하지 않도록 하시오."

"대장부가 몸을 버리고 나라에 보답할 수 있다면, 만 번 죽어도 한이 없겠소."

"그대가 굳이 고집하니, 그럼 군사 5천 명을 거느리고 먼저 가되 위평에게 기병과 보병 2만 명을 주고, 뒤따라오면서 적의 복병을 막으라 하시오. 나도 군사 3천 명을 거느리고 뒤따라가서 후원하리다."

장합은 명령을 받자 군사를 거느리고 급히 뒤쫓아 30여 리쯤 갔을 때였다.

홀연 뒤에서 함성이 일어나더니 숲 속에서 한 떼의 군사가 뛰어나오는데, 선두의 장수가 칼을 비껴 들며 말을 멈추고 크게 외친다.

"역적의 장수는 군사를 거느리고 어디로 가느냐?"

장합이 돌아보니 바로 위연인지라, 분개하여 서로 싸운 지 10여 합에 이르렀을 때였다. 위연은 패한 체 달아나니, 장합이 또 30여 리를 뒤쫓아가다가 일단 말을 멈추고 돌아보는데, 전혀 복병이 없다. 장합은 다시 말에 채찍질하며 뒤쫓아가서 바로 산모퉁이를 지나가는데, 갑자기 함성이 크게 일어나며 한 떼의 군사가 쏟아져 나오니, 선두의 대장은 관흥이었다. 관흥이 칼을 비껴 들며 말을 멈추고 크게 외친다.

"장합은 꼼짝 말라! 내가 여기 있다."

장합이 말에 박차를 가하고 달려들어 싸운 지 수합에 관흥은 말 머리를 돌려 달아난다.

장합은 즉시 뒤쫓아가다가 한 빽빽한 숲 속에 이르자, 문득 의심이 나서 일단 군사를 시켜 사방을 정탐해보니 역시 적의 복병이 없다. 이에 안심하고 뒤쫓아가는데 뜻밖에도 앞에서 위연이 썩 나타난다.

또 싸운 지 10여 합에 위연이 패하여 달아난다. 장합은 더욱 분이 나서 뒤쫓는데, 이번에는 관흥이 또 앞에 나타나서 길을 막는다.

장합이 분을 못 이겨 말에 박차를 가하여 싸운 지 10여 합에, 촉군은 투구와 무기와 물건을 모조리 버려 길에 가득하니, 위군은 다 말에서 내려 줍기에 바쁘다.

이리하여 위연과 관흥이 교대로 나타나 싸우다가 달아나니, 장합은 용맹을 분발하여 뒤쫓는 중에 어느덧 해는 서쪽에 걸리고, 목문도 입구에 이르렀다. 그제야 달아나던 위연이 말을 돌려 세우며 큰소리로 욕한다.

"역적 장합아! 나는 별로 싸울 생각이 없는데, 네 놈이 끝까지 쫓아오니, 오냐! 내 이제 너와 사생결단을 내리라."

장합이 십분 분노하여 창을 다시 들고 말을 달려 바로 달려드니, 위연은 칼을 휘두르며 맞이하여 싸운 지 10합도 못 되어 크게 패하고, 투구와 갑옷을 다 벗어 던진 채 패잔병을 거느리고 목문도 안으로 도망친다.

약이 오른 장합은 패하여 달아나는 위연을 보자, 신이 나서 말에 채찍질하며 뒤쫓아가니 이때 사방이 어두워지기 시작하였다.

한 방 포 소리가 나더니, 산 위에서 불빛이 충천하며 큰 돌과 나무가 마구 굴러 내려와 길을 막아버린다.

장합은 크게 놀라,

"내가 적의 계책에 떨어졌구나!"

목문도에서 화살을 맞는 장합

하고 급히 말을 돌려 세우는데, 어느새 돌아갈 길마저 큰 돌과 나무들로 꽉 막혔고, 그 중간에 빈 땅이 있으나 양쪽이 다 깎아지른 절벽이었다.

장합은 나아갈 수도 물러설 수도 없는데, 홀연 방자榜子 소리가 한 번 울리더니, 그것을 신호로 양쪽에서 노와 화살이 빗발치듯 날아와, 장합과 부장 백여 명은 목문도에서 몰살을 당했다.

후세 사람이 이 일을 읊은 시가 있다.

매복한 궁노수가 만 개의 별을 날려
목문도 길의 씩씩한 군사들을 쏘았도다.
오늘날도 검각 땅을 지나가는 나그네들은
옛 군사(제갈양)의 이름을 말하는도다.

伏弩齊飛萬點星

木門道上射雄兵

至今劍閣行人過

猶說軍師舊日名

장합은 이미 죽었다. 뒤따라 위군이 이르러 보니 길이 막혀 있다. 그들은 장합이 적의 계책에 떨어진 것을 알자 말을 급히 돌려 물러가려 하는데, 그때 산 위에서 크게 외치는 소리가 들린다.

"제갈승상께서 여기 계시니, 너희들은 듣거라!"

모든 위군이 우러러보니, 공명이 불빛 속에 서서 손가락으로 가리키며 말한다.

"내 오늘 사냥에서 한 마리 말(사마의)을 쏘려다가 잘못하여 한 마리 노루(장합)를 쏘았으니, 너희들은 안심하고 돌아가서 사마의에게 보고하되 조만간에 반드시 내 손에 사로잡힐 것이라고 하여라."

위군은 돌아가서 사마의에게 경과를 자세히 보고했다.

사마의는 슬픔을 참지 못하여 하늘을 우러러,

"장합을 죽게 한 것은 나의 허물이로다."

탄식하고, 군사를 거두어 낙양으로 돌아갔다.

위주 조예는 장합이 죽었다는 말을 듣자 눈물을 닦으며 탄식하고, 그 시체를 수습하여 성대히 장사지내주라 분부했다.

한편, 공명은 한중 땅으로 들어왔는데, 장차 성도로 돌아가서 후주를 뵐 요량이었다.

그런데 이때 성도에서는 도호 이엄이 와서 망령된 말을 아뢴다.

"신은 이미 군량을 다 마련하고 장차 승상의 군사들에게 보낼 작정이

었는데, 어째서 승상이 갑자기 회군했는지 알 수가 없습니다."

후주는 그 말을 듣자, 즉시 상서 비의에게 한중으로 가서 공명에게 회군한 까닭을 물어오라 명령했다.

이에 비의는 한중 땅에 이르러 후주의 물으심을 전하니, 공명이 매우 놀란다.

"이엄이 내게 서신을 보내어 위급함을 고했는데, 그 내용은 동오가 장차 군사를 일으켜 서천을 칠 것이라고 한지라. 그래서 회군한 것이오."

"그러나 이엄은 군량을 마련했는데 승상이 무고히 회군했습니다, 하고 아뢰었기 때문에 그래서 천자께서 나를 보내어 물으시는 것이오."

공명은 잔뜩 분노하여 사람을 시켜 알아보니, 실은 이엄이 군량을 마련하지 못해서 죄책을 당할까 겁을 먹고 그런 터무니없는 서신을 보내어 공명을 돌아오게 한 다음, 도리어 천자에게 망령된 말을 아뢰어 자기 허물을 슬쩍 넘기려 한 것이었다.

기막힌 일이었다. 공명이 진노한다.

"자기 한 몸을 위해서 국가의 큰일을 중지시키다니, 이놈을 잡아오라 하여 참하리라."

비의가 말린다.

"승상은 선제(유비)께서 이엄에게도 뒷일을 부탁하셨던 것을 생각하고 용서하시오."

공명이 그 말을 좇자, 비의는 곧 표문을 써서 이 사실을 성도로 보고했다.

후주는 표문을 보고 발끈 성을 내며 무사에게,

"이엄을 끌어내어 참하라."

하고 명령을 내렸다.

참군 장완이 앞으로 나서서 아뢴다.

"이엄은 선제께서 친히 뒷일을 부탁하신 신하이니, 바라건대 너그러이 용서하소서."

이 말에 후주는 명령을 거두고, 그 대신 이엄을 삭탈관직하여 서민으로 내몰아 자동군梓潼郡에 가서 살게 했다.

공명은 성도로 돌아와서 이엄의 아들 이풍李豊을 장사長史로 등용하고, 마초와 군량을 쌓게 하여 진을 벌이는 법과 무예를 강론하고, 동시에 군사들을 아끼며,

"3년 후에야 싸우러 갈 것이다."

하고 선포하니, 양천(서천과 동천)의 백성과 군사들은 다 그 은덕을 칭송했다.

세월은 흐르는 물과 같아서 어느덧 3년이 지났다.

건흥 12년(234) 봄 2월이었다. 공명은 조정에 들어가서 아뢴다.

"신은 군사를 아낀 지 3년이 경과하는 동안에 마초와 군량과 무기를 충분히 준비하였습니다. 군사들과 말들이 다 씩씩하니, 이만하면 위를 칠 수 있습니다. 이번에 출정하여 간특한 역적을 소탕하고 중원을 회복하지 못하면, 신은 맹세코 폐하를 뵈러 돌아오지 않겠습니다."

후주가 묻는다.

"이제 천하는 셋으로 나뉘어 솥발 같은 형세를 이루었소. 동오도 북위도 쳐들어오지 않는데, 상부相父는 왜 편안히 태평을 누리려 하지 않으시오?"

공명이 대답한다.

"신은 선제께서 알아주신 은혜를 입어, 자나깨나 위를 칠 일을 잊은 적이 없습니다. 힘과 충성을 다하여 폐하를 위해 중원을 회복하고, 한나라 황실을 다시 일으키는 것이 신의 소원이옵니다."

반열 가운데서 한 사람이 썩 나서며 말한다.

"승상은 군사를 일으켜서는 안 됩니다."

사람들이 보니, 그는 바로 초주初周였다.

제갈무후는 힘을 다해 오직 국가만을 근심하는데

태사는 때를 알고 하늘을 논한다.

武侯盡桶惟憂國

太史知機又論天

초주가 무슨 말을 할까.

제102회

사마의는 위수에서 촉군과 싸우고
제갈양은 목우와 유마를 만들다

초주는 태사太史의 벼슬에 있으면서 자못 천문에 정통했다. 그는 공명이 출정하려는 것을 보고, 후주에게 아뢴다.

"신은 사천대司天臺(천문대)를 맡아보기 때문에, 길흉에 관한 일이 있으면 아뢰지 않을 수 없습니다. 근자에 수만 마리 새가 남쪽에서 날아와 한수漢水에 빠져 죽었으니 이것이 상서롭지 못한 징조입니다. 신이 또 밤에 천문을 보니 규성奎星(28수의 하나)은 태백太白(금성)의 영역에 걸려 있고, 그 왕성한 기운이 북쪽에 있으니 북쪽 위를 치는 것이 불리합니다. 그뿐만 아니라 성도 백성이면 모두 밤에 잣나무[柏]가 우는 소리를 들었습니다. 이러한 여러 가지 불길한 징조가 나타났으니, 승상은 삼가 지키기나 할 것이지, 함부로 출전해서는 안 됩니다."

공명은 조용히,

"나는 선제의 막중한 부탁을 받고 힘을 다하여 역적을 치려는데, 어찌 허망한 징조 따위로 국가의 큰일을 폐할 수 있겠느냐."

하고 마침내 유사有司에게 명하여 소열묘昭烈廟(유비를 모신 종묘)에 소

· 염소 · 돼지 등 제물을 차리게 한 뒤에 가서 절하고 울며 고한다.

"신 제갈양은 다섯 번이나 기산에 나아갔으되, 아직 한치 땅도 얻지 못했으니 그 죄가 가볍지 않습니다. 이제 신은 다시 모든 군사를 거느리고 또 기산으로 가서, 맹세코 힘을 다하며 생각을 다하고 한나라 역적을 쳐서 전멸시키고 중원을 되찾기까지 진충 보국하되, 죽기 전에는 그만두지 않겠습니다."

제사를 마치자 공명은 후주에게 하직하고, 밤낮을 가리지 않고 한중으로 돌아가서 모든 장수들을 모으고 출정할 일을 상의하는데, 때마침 관흥이 병으로 죽었다는 보고가 들이닥쳤다.

뜻밖의 소식에 공명은 방성통곡하고 기절했다가 한참 만에야 깨어나니, 모든 장수들이 거듭거듭 고정하시라며 위로한다.

공명이 탄식한다.

"아깝다! 하늘이 충의 있는 사람에게 수壽를 주지 않았도다. 내 출정도 하기 전에 또 한 명의 뛰어난 대장을 잃었구나!"

후세 사람이 이 일을 탄식한 시가 있다.

　　누구나 나면 죽게 마련이거니
　　하루살이나 마찬가지로 허무하도다.
　　충효의 업적을 남겼으면
　　하필 소나무처럼 오래 산들 무엇 하리요.
　　生死人常理
　　坏祀一樣空
　　但存忠孝節
　　何必壽喬松

공명은 촉군 34만 명을 거느리고 다섯 길로 나누어 나아가면서, 강유와 위연을 선봉으로 삼아 먼저 기산으로 보내고, 이회李恢에게 먼저 군량과 마초를 운반하여 사곡도斜谷道 입구에서 대령하도록 명령했다.

한편, 위나라는 지난해에 마파摩坡의 우물에서 푸른 용이 나왔기 때문에, 연호를 청룡靑龍 원년이라 고쳤으니, 이때는 청룡 2년(234) 봄 2월이었다.

가까이 모시는 신하가 아뢴다.

"변방의 관리가 급히 보고한 바에 의하면, 촉군 30여만 명이 다섯 길로 나뉘어 다시 기산으로 나왔다고 합니다."

위주 조예는 크게 놀라, 급히 사마의를 불러오라 하여 말한다.

"서촉이 3년 동안을 침범하지 않더니, 이제 제갈양이 또다시 기산으로 나왔다고 하는지라. 어찌하면 좋겠는가?"

사마의가 아뢴다.

"신이 요즘 밤에 천문을 보니, 우리 중원은 기운이 왕성하고, 규성이 태백성을 범했으니 서천이 이롭지 못하건만, 이제 공명은 스스로 자기 재주만 믿고 하늘을 거역하는 행동을 개시했은즉, 스스로 망하려 드는 짓입니다. 신은 폐하의 큰 복을 힘입어 이번에 가서 적을 격파하리니, 바라건대 네 사람을 데리고 가게 해주소서."

"경이 말하는 그 네 사람이란 누구요?"

"하후연에게 아들이 넷 있으니, 장자의 이름은 패覇요 자字를 중권仲權이라 하고, 차자의 이름은 위威요 자를 계권季權이라 하고, 셋째의 이름은 혜惠요 자를 아권雅權이라 하고, 넷째의 이름은 화和요 자를 의권義權이라 합니다. 하후패와 하후위는 활 쏘고 말을 모는 솜씨가 능숙하고, 하후혜와 하후화는 병법에 정통합니다. 그들 네 사람은 죽은 부친의 원

수 갚기를 갈망하니, 신은 이번에 하후패와 하후위를 선봉으로 삼고, 하후혜와 하후화를 행군사마行軍司馬로 삼아 함께 도우며 촉군을 물리치겠습니다."

조예가 묻는다.

"지난날에 부마駙馬인 하후무夏侯楙는 싸움에 나갔다가 실수하여 허다한 군사만 잃고, 짐을 대할 면목이 없어 지금까지 돌아오지 않고 있으니, 그들 네 사람도 하후무 같은 자들이 아니냐?"

"그들 네 사람은 하후무와 비교할 그런 인물들이 아닙니다."

조예는 그 청을 윤허하여 곧 사마의를 대도독으로 삼고, 모든 장수들을 쓰는 것도 다 일임하여 각처의 군사를 총지휘하게 했다.

이에 사마의는 하직하고 조정에서 나와 성을 나가는데, 조예가 그를 다시 불러들여 친히 조서를 써서 하사한다.

경은 위수 가에 이르거든 마땅히 보루를 튼튼히 하여 굳게 지키고 함부로 싸우지 말라. 촉군이 뜻대로 안 되면 반드시 후퇴하는 체하고 우리 군사를 유인할 테니, 경은 함부로 뒤쫓지 말라. 다만 적군이 양식이 떨어져서 스스로 달아날 때를 기다려 그 기회에 공격하면 쉽게 이길 수 있고, 또한 군사들도 큰 고생을 면할 수 있으리니, 이보다 좋은 계책은 없느니라.

사마의는 머리를 조아리며 조서를 받고 그날로 떠나, 장안에 이르러 각처의 군사 40만 명을 모으고 일제히 출발하여 마침내 위수 가에 영채를 세우고, 또 군사 5만 명을 시켜 위수 위에다 부교浮橋를 아홉 개나 세우고, 선봉 하후패와 하후위를 위수 건너편 언덕으로 보내어 진영을 세워 지키게 하였다. 또 큰 영채의 뒤 동쪽 벌판에 성을 쌓고, 뜻밖의 사태

에도 대비하도록 했다.

　이후에 모든 장수들과 함께 상의하는데, 마침 곽회와 손예가 왔다고 한다. 사마의가 두 사람을 영접하여 인사가 끝나자, 곽회가 말한다.

　"이제 촉군이 기산에 와 있으니, 그들이 위수를 건너 고원을 경유하여 북쪽 산으로 뻗어가서, 농서 방면의 길을 끊으면 큰일입니다."

　사마의가 대답한다.

　"그 말씀이 옳소. 두 분은 농서의 군사를 거느리고 북쪽 벌판에 가서 영채를 세우고, 구령을 깊이 파고 보루를 높이 쌓고 함부로 출동하지 마시오. 다만 적군의 식량이 떨어지기를 기다렸다가 그때에 공격하시오."

　이에 곽회와 손예는 명령을 받자 군사를 거느리고 영채를 세우러 떠나갔다.

　한편, 공명은 다시 기산으로 나와 다섯 개의 대채를 전후 좌우 중간으로 세우고, 사곡 땅에서부터 검각 땅에 이르기까지 연달아 14개의 대채를 늘어세우고, 군사를 나누어 각각 주둔시켜 장구한 계책을 세우는 동시에 날마다 사람을 시켜 순찰하게 했다.

　어느 날, 정탐꾼이 돌아와서 보고한다.

　"곽회와 손예가 농서의 군사를 거느리고 북쪽 벌판에 영채를 세웠습니다."

　공명은 모든 장수들에게 말한다.

　"위군이 북쪽 벌판에 영채를 세운 것은, 내가 그 길을 빼앗고 농서로 통하는 길을 끊을까 봐 겁이 났기 때문이다. 나는 이제 북쪽 벌판을 치는 체하며 반대로 가만히 위수 언덕을 취할 테니, 군사들을 시켜 뗏목 백여 척을 만들어, 그 위에 풀을 가득 싣고 물에 익숙한 자 5천 명을 태워라. 내가 새벽 인시寅時에 북쪽 벌판을 치면, 사마의는 반드시 군사를

거느리고 구원하러 올 것이다. 사마의가 약간 패하거든, 우리 후군은 먼저 위수 저쪽 언덕으로 건너가라. 이후에 우리 전군은 뗏목을 타되 위수 저쪽 언덕으로 올라갈 생각은 말고, 강물을 따라 내려가서 적의 부교에 불을 질러 태워버리고 적의 뒤를 공격하여라. 그때 나는 1군을 거느리고 가서, 적의 전방 영채의 영문轅門을 정면으로 쳐들어가겠으니, 우리가 위수 남쪽만 차지한다면 진격하는 데 어려울 것이 없다."

모든 장수들은 명령대로 각기 떠나갔다.

위의 정탐꾼은 촉군의 동향을 탐지하자 급히 돌아가서 사마의에게 보고했다.

사마의는 모든 장수들을 불러들인 후에,

"공명의 그러한 배치는 반드시 계책을 쓰려는 수작이다. 그는 북쪽 벌판을 치는 것처럼 지시하고, 실은 물길을 따라와서 부교를 태우고, 우리의 뒤를 혼란케 하는 동시에 우리의 앞을 공격할 것이다."

하고 즉시 하후패와 하후위에게 사람을 보내어,

"만일 북쪽 벌판에서 함성이 일어나거든, 곧 군사를 거느리고 위수 남쪽 산에 가서 매복하되 촉군이 오거든 나가서 쳐라."

명령한다. 또 장호와 악침에게,

"그대들은 궁노수 2천 명을 거느리고, 부교가 있는 위수 북쪽 언덕에 매복하라. 만일 촉군이 뗏목을 타고 물결을 따라오거든, 일제히 활을 쏘아 다리 가까이 범접하지 못하도록 하라."

하고 또 곽회와 손예에게 사람을 보내어,

"공명이 북쪽 벌판으로 가까이 와서는 몰래 물을 건널 것이니, 그대들은 새로 영채를 세운 만큼 군사가 많지 않은지라, 그러니 모두 다 도중에 매복하고 있으라. 촉군이 오후에 물을 건너오면, 반드시 황혼 무렵에 공격해올 것인즉, 그대들은 패한 척 달아나라. 그러면 촉군이 반드시

뒤쫓아올 것이니, 그대들은 매복시켜둔 군사들로 하여금 일제히 적에게 집중 사격하게 하라. 나는 수륙 두 방면으로 구원 갈 테니, 만일 촉군이 오거든 나의 지휘대로 공격하라."

하고 명령했다.

각처에 명령을 내린 후, 사마의는 사마사司馬師와 사마소司馬昭 두 아들에게 군사를 주어 전방 영채를 돕도록 떠나 보내고, 친히 1군을 거느리고 북쪽 벌판을 구원하러 출발했다.

한편, 공명은 위연과 마대에게 군사를 거느리고 위수를 건너가서 북쪽 벌판을 치게 하고, 오반과 오의에게 뗏목을 타고 군사를 거느리고 가서 부교를 태워버리게 했다. 왕평과 장의를 전대前隊로, 강유와 마충을 중대로, 요화와 장익을 후대로, 군사를 세 방면으로 나누어 보내어 위수의 위군 본채를 치게 했다.

이날 오시에 촉군은 다 대채를 떠나 위수를 건너고, 진영을 벌이며 천천히 나아간다.

한편, 위연과 마대가 북쪽 벌판 가까이 이르렀을 때는 황혼이었다. 손예는 촉군이 오는 것을 보자 즉시 영채를 버리고 달아난다.

위연은 적군이 미리 알고 무슨 계책을 쓰고 있다는 것을 간파하자 군사들을 급히 후퇴시키는데, 아니나다를까 사방에서 함성이 진동하더니 왼쪽에서는 사마의가, 오른쪽에서는 곽회의 군사가 두 방면으로 쳐들어온다.

위연과 마대는 힘을 분발하여 덤벼드는 위군을 무찌르며 빠져 나왔으나, 촉군은 반수 이상이 위수 물에 떨어져 죽고, 그 나머지 군사는 달아날 길을 잃어 한참을 방황하는데, 마침 다행히도 오의의 군사가 쳐들어와서 패잔병들을 구출하여 언덕으로 옮기고, 진영을 세웠다.

한편, 오반은 군사들을 반으로 나누어 거느리고 물결을 따라와서 부

위수에서 위군과 싸우는 촉군

교에 불을 지르려다가, 미리 숨어서 기다리고 있던 장호와 악침의 군사들이 언덕 위에서 어지러이 마구 쏘아대는 화살에 맞아 물에 떨어져 죽고, 그 나머지 군사들은 물에 뛰어들어 헤엄을 쳐서 달아나니, 뗏목마저 다 위군에게 빼앗겼다.

이때 왕평과 장의는 우군이 북쪽 벌판에서 패한 줄도 모르고 말을 달려 바로 위군 본채로 가니, 이미 때는 밤 2경이었다.

문득 사방에서 함성이 일어나거늘, 왕평이 장의에게 말한다.

"마대와 위연의 군사가 북쪽 벌판을 공격하여 이겼는지 졌는지도 모르겠소. 위수 남쪽의 위군 본채는 지금 우리 눈앞에 있는데, 어째서 위군이 한 명도 보이지 않을까요? 사마의는 우리가 올 것을 알고, 미리 만반의 준비를 한 모양이오. 그러니 부교에서 불이 일어나거든, 그때에 진

격합시다."

이에 왕평과 장의는 일단 군사를 멈추는데, 느닷없이 뒤에서 기병 한 명이 달려와서 고한다.

"승상께서 급히 돌아오라는 분부십니다. 북쪽 벌판을 치러 간 군사와 부교를 불지르러 간 군사들이 다 패했습니다."

왕평과 장의는 크게 놀라서 급히 후퇴하는데, 그제야 뒤에서 위군이 쏟아져 나오고, 한 방 포 소리가 나자 일제히 뒤쫓아오며 불빛이 충천한다.

드디어 왕평과 장의는 군사를 거느리고 위군을 맞이하여 한바탕 싸움을 벌이다가, 힘을 분발하여 시살하면서 빠져 달아나니 촉군은 태반이 죽거나 상했다.

공명은 기산 대채에 돌아와서 패잔병을 수습하니, 이번 싸움에 죽은 자만도 만여 명이었다. 마음속으로 근심하고 고민하는데, 홀연 비의가 성도에서 왔다.

공명이 비의와 인사를 마치고 묻는다.

"내가 서신을 한 통 써서 줄 테니, 귀공은 수고롭지만 동오에 가서 전하겠소?"

비의가 대답한다.

"승상의 명령인데 어찌 사양하겠습니까."

공명은 즉시 서신을 써주고 비의를 떠나 보냈다.

비의는 동오의 건업 땅에 이르러, 오주 손권을 뵙고 공명의 서신을 바쳤다.

손권이 뜯어보니,

한나라 황실이 불행하여 기강을 잃음에 역적 조曹가들이 대위大

位를 빼앗고 세력을 편 후로 오늘에 이르렀습니다. 제갈양은 소열황제昭烈皇帝(유비)로부터 중임을 맡았은즉, 어찌 힘을 다하고 충성을 다하지 않겠습니까. 이제 대군이 기산에 모였으니, 미친 역적들이 장차 위수에서 망하리이다. 엎드려 바라건대 폐하는 우리와 동맹한 대의명분을 생각하사 장수들에게 명령을 내려 북쪽을 쳐서 함께 중원을 평정하고, 천하를 반씩 나누도록 하소서. 서신으로 뜻을 다 말할 수는 없습니다. 다만 승낙하시기를 천만 바라나이다.

손권은 서신을 읽고 나자 크게 흐뭇해하며, 비의에게 말한다.

"짐은 오래 전부터 군사를 일으키고 싶었으나, 공명과 합의를 보지 못해서 이러고 있던 참이오. 이제 서신이 왔으니, 짐은 곧 친히 소문巢門 땅으로 쳐들어가서 신성新城을 취하고, 육손陸遜과 제갈근諸葛瑾 등에게는 강하江夏와 면구沔口에 군사를 주둔시켜 양양襄陽을 치라 하고, 손소孫韶와 장승張承 등에게는 광릉廣陵과 회양准陽 등을 치도록 명령하겠소. 이렇듯 세 방면으로 일제히 진군하기 위해서 즉시 군사 30만 명을 일으키겠소."

비의는 절하고 감사한다.

"진실로 그렇게만 해주시면, 중원은 머지않아 저절로 망하리이다."

손권은 잔치를 차려 비의를 대접하며 술을 마시다가 묻는다.

"승상은 누구를 선봉으로 삼아 적을 격파해왔소?"

"늘 위연이 앞장서서 싸웠습니다."

손권이 웃는다.

"그 사람은 용기는 있으나 마음이 바르지 않으니, 만일 공명만 없다면 하루아침에 반드시 불행한 일을 일으킬 것이오. 그런데 공명이 어째서 그걸 모를까요?"

"폐하의 말씀이 지당하오니, 신은 이번에 돌아가면 공명에게 귀띔하겠나이다."

비의는 마침내 손권에게 하직하는 절을 드리고 길을 떠나 기산으로 돌아가서, 공명에게 오주 손권이 크게 군사 30만 명을 일으켜 친히 정벌하되 세 방면으로 진격하겠다던 말을 보고했다.

공명이 묻는다.

"오주 손권은 그 밖에 다른 말이 없습디까?"

비의는 오주 손권이 위연에 관해서 하던 말을 고했다.

공명이 탄식한다.

"손권은 참으로 총명한 주인이오. 나도 위연의 사람됨을 모르는 바는 아니나, 그 용맹이 아까워서 일부러 쓰고 있을 뿐이오."

"승상은 속히 위연을 조처하십시오."

"내게도 생각이 있소."

이에 비의는 공명에게 하직하고 성도로 돌아갔다.

공명이 모든 장수들과 함께 장차 진격할 일을 상의하는데, 수하 사람이 들어와서 고한다.

"위의 장수 한 명이 투항해왔습니다."

공명이 불러들여 물으니, 위의 장수는 대답한다.

"저는 위나라 편장군 정문鄭文이라는 사람이올시다. 근자에 진낭秦朗과 함께 군사를 거느리고 사마의의 명령을 거행했는데, 뜻밖에도 사마의는 성미가 편협해서 진낭만 전장군으로 승급시키고 저는 한낱 지푸라기처럼 보는지라, 그래서 불평을 품고 투항해왔으니, 바라건대 승상은 이 몸을 거두어주소서."

말이 미처 끝나기도 전에 한 사람이 들어와서 고한다.

"진낭이 군사를 거느리고 지금 영채 밖에 와서 정문과 단독으로 싸우

겠다고 야단입니다."

공명은 정문에게 묻는다.

"진낭과 너 둘 중 어느쪽이 무예가 센가?"

"제가 나가면 그놈을 당장에 죽일 수 있습니다."

"네가 나가서 진낭을 죽이면, 나는 의심하지 않겠다."

정문은 흔연히 말을 달려 영채 밖으로 나가 진낭과 싸우는데, 공명도 친히 영채에서 나와서 본다.

진낭이 창을 꼬느어 잡고 큰소리로 저주한다.

"우리를 배반한 도둑놈아! 나의 말을 훔쳐 타고 이런 데에 와 있느냐! 속히 내 말을 내놔라!"

진낭이 말을 마치자마자 바로 달려드는데, 정문은 말에 박차를 가하고 칼을 춤추며 맞이하여 싸운 지 단 1합에 진낭을 참하여 말 아래로 거꾸러뜨리니, 위군은 각기 달아난다.

정문이 진낭의 목을 베어 들고 영채로 들어온다. 공명은 이미 장막으로 돌아와 좌정하고 정문을 불러들이자 벌컥 화를 내면서 좌우 무사들에게 호령한다.

"저놈을 끌어내어 참하여라."

정문이 고한다.

"저는 아무 죄가 없습니다."

"내가 진낭을 모르는 줄 아느냐! 네가 참한 자는 진낭이 아니다. 어찌 감히 나를 속이려 드느냐."

정문이 절하며 고한다.

"사실을 말씀 드리면, 그는 진낭의 동생 진명秦明이었습니다."

공명이 웃는다.

"사마의가 너에게 거짓 항복을 하고 우리 진영에 들어와서 일을 꾸미

게 했는데, 그래 네가 어찌 나를 속일 수 있으리요. 만일 실토하지 않으면 반드시 너를 참하리라.”

정문은 머리를 숙이더니 거짓 항복한 일을 실토하고, 목숨만 살려달라고 애걸한다.

공명이 말한다.

“네가 살고 싶거든, 서신 한 통을 써 보내 사마의가 몸소 와서 우리 영채를 치게끔 하여라. 그러면 너를 살려줄 것이요, 만일 사마의를 사로잡게만 되면, 이는 다 너의 공로이니 내 마땅히 너를 소중히 쓰도록 하마.”

정문은 시키는 대로 서신 한 통을 써서 공명에게 바치고 감금을 당했다.

번건이 묻는다.

“승상은 그자가 거짓 항복해온 것을 어찌 아셨습니까?”

“사마의는 사람을 경솔히 쓰지 않나니, 만일 진낭이 전장군이라면 그만큼 무술도 출중할 것이다. 그런데 정문과 싸워 단 1합에 칼을 맞고 죽었으니, 그런 따위가 어찌 진낭일 리 있겠느냐. 그러므로 속임수라는 것을 알았노라.”

모두가 공명에게 절하고 감복한다.

이에 공명은 말 잘하는 군사 한 명을 골라 그 귀에다 대고 이러이러히 하라 분부한다.

그 군사는 서신을 가지고 바로 위군 영채로 가서 사마의를 뵙겠다고 청했다.

사마의가 불러들여 그 군사가 바치는 서신을 뜯어보고 묻는다.

“너는 누구냐?”

군사가 대답한다.

“저는 원래 중원 출신으로 촉 땅에 유락流落한 사람이며, 정문과는 고

향이 같아서 어릴 적부터 친구였습니다. 이번에 공명은 정문이 진낭을 죽인 공로를 인정하고 선봉으로 삼았습니다. 그래서 정문은 특별히 그 서신을 도독께 전하도록 저에게 부탁하고, 내일 밤에 불을 올려 신호할 터이니, 바라건대 도독은 대군을 모조리 거느리고 와서 촉군의 영채를 습격하시라고 하였습니다. 물론 정문이 촉군 영채 안에서 호응할 것입니다."

사마의는 꼬치꼬치 캐묻고, 거듭거듭 서신을 살펴보는데 과연 사실이라. 그 군사에게 술과 음식을 대접하며 분부한다.

"오늘 밤 2경을 기하여 내 친히 가서 적의 영채를 습격하리니, 만일 큰일을 성공하기만 하면 너에게 높은 지위를 주마."

군사는 사마의에게 절하고 떠나, 본채로 돌아가서 공명에게 보고했다. 이에 공명은 칼을 짚고 북두성北斗星의 자위를 따라 걸으면서 기도하고 축원하기를 마치자, 왕평과 장의를 불러 이러이러히 하도록 분부한다. 또 마충과 마대를 불러 이러이러히 하라 분부하고, 또 위연을 불러 이러이러히 하라 분부하고, 친히 수십 명을 거느리고 높은 산 위에 앉아 모든 군사를 총지휘한다.

한편, 사마의는 정문의 서신을 받았기 때문에, 두 아들과 대군을 거느리고 촉군 영채를 치고자 떠나려 하는데, 큰아들 사마사가 간한다.

"아버님은 그런 서신 한 장을 믿고 위험한 곳으로 들어가시려 합니까. 만일에 무슨 일이라도 일어난다면 어찌하시렵니까. 그러니 따로 장수를 먼저 보내고, 아버님은 뒤따라가시면서 후원하는 것이 옳습니다."

사마의는 큰아들의 간하는 말을 좇아, 드디어 진낭에게 군사 만 명을 주어 촉군 영채를 치도록 먼저 보내고, 친히 군사를 거느리고 후원하러 떠났다.

이날 밤 초경에는 바람이 맑고 달이 밝더니, 2경 때부터 홀연 음산한 구름이 사방에서 모여들고 검은 기운이 하늘에 가득 퍼져, 서로 대하여도 얼굴을 알아볼 수 없을 정도였다.

사마의가 크게 기뻐한다.

"하늘이 나의 성공을 도우시는도다."

이에 위군은 다 함매啣枚하고 말에 자갈을 물리고 길을 달려 크게 나아간다.

이때 진낭은 군사 만 명을 거느리고 먼저 당도하여 바로 촉군의 영채로 쳐들어갔다.

보니 촉군이 한 명도 없다. 진낭은 적의 계책에 빠진 것을 알고 후퇴하라 황망히 외치는데, 사방에서 횃불이 일제히 나타나면서 함성이 땅을 진동하더니, 왼쪽에서는 왕평과 장의가, 오른쪽에서는 마대와 마충이 동시에 달려든다.

진낭은 결사적으로 싸우나 능히 탈출하지 못하는데, 뒤에서 오던 사마의는 촉군의 영채에 불빛이 충천하는 것을 보고 함성이 계속 일어나는 것을 듣자, 어느쪽이 이기고 지는지를 알 수 없어 다만 군사를 휘몰아 불빛 속을 바라보며 쳐들어간다. 홀연 새로이 함성이 일어나며 북소리와 징소리가 하늘을 뒤흔들고 화포 소리가 땅을 진동하더니, 왼쪽에서 위연이 오른쪽에서 강유가 군사를 거느리고 달려 나와 마구 쳐죽인다. 위군은 크게 패하여 열 명 중에 8, 9명이 죽거나 상하고 사방으로 흩어져 달아난다.

이때 진낭이 거느린 위군 만 명은 촉군에게 포위당하여, 메뚜기 떼처럼 날아오는 화살에 맞아 진낭은 죽고, 사마의는 패잔병을 거느리고 달아나 자기 본채로 돌아갔다.

이윽고 3경이 되자 하늘은 다시 맑고 달빛이 휘영청 밝았다.

공명은 산 위에서 징을 울려 군사를 거두니, 원래 2경 때부터 일어난 음산한 구름과 검은 기운은 공명이 둔갑법遁甲法을 쓴 때문이요, 나중에 군사를 다 거두자 하늘이 다시 맑고 달빛이 밝아진 것은 공명이 육정육갑신六丁六甲神을 휘몰아 구름을 쓸어버린 때문이었다.

이에 공명은 승리하고 영채로 돌아와서 명령을 내려 정문을 참하고, 다시 위수 남쪽을 칠 일을 의논했다.

이리하여 촉군은 날마다 나아가 싸움을 걸었으나, 위군은 일절 나오지를 않았다.

공명은 친히 조그만 수레를 타고 기산 앞으로 나아가서, 위수 동쪽과 서쪽 지리를 두루 답사하다가 한 산골짜기 어귀에 당도했다.

그 산골짜기의 형국은 마치 호로병葫蘆瓶 속과 같아서 그 안은 사람 천여 명을 수용할 만하다. 다시 두 산이 합쳐져 한 골짜기를 이루었는데, 사람 4, 5백 명은 넉넉히 수용할 만하고, 그 뒤의 두 산은 두 팔로 둥글게 끌어안듯해서 겨우 사람 한 명이나 말 한 마리가 통과할 수 있었다.

지형을 살펴보고 공명은 맘속으로 크게 기뻐서, 안내자에게 묻는다.

"이곳 이름이 뭐더냐?"

안내자가 대답한다.

"이곳 이름은 상방곡上方谷인데, 또는 호로곡葫蘆谷이라고도 합니다."

공명은 장막으로 돌아와서 비장 두예杜叡와 호충胡忠 두 사람을 불러 비밀리에 계책을 일러주고, 또 이번에 군사를 따라온 목공들 천여 명을 불러모아,

"이제부터 호로곡에 들어가서 목우木牛와 유마流馬를 만들어라."

분부하고, 또 마대에게 군사 5백 명을 주어 호로곡 어귀를 지키도록 보내면서 분부한다.

"목공들을 일절 밖으로 내보내지 말고, 다른 사람은 일절 안으로 들여보내지 말라. 내가 간혹 가서 친히 살펴보리라. 사마의를 사로잡을 수 있는 계책이 바로 이번 일에 매였으니, 결코 이 일이 바깥으로 새지 않게 하여라."

마대는 명령을 받고 떠나갔다.

두예와 호충 두 사람은 호로곡 안에 있으면서 목공들을 감독하여 설계대로 목우와 유마를 제조하는데, 공명은 매일 와서 확인하고 지시했다.

어느 날 장사 양의가 들어와서 고한다.

"지금 군량미가 다 검각 땅에 있고, 인부와 소달구지 마차만으로는 운반하기가 불편하니 어찌하리까?"

공명이 웃는다.

"나는 이미 운반할 계책을 세운 지 오래다. 전번에 쌓아뒀던 목재와 서천에서 사온 큰 나무로 목공들을 시켜 목우와 유마를 만드는 중이니, 군량미를 운반해오는 데 매우 편리하리라. 그 나무로 만든 소와 말들은 먹지도 않고 물도 마시지 않으니 밤낮을 가리지 않고 계속 운반할 수 있을 것이다."

모두가 놀란다.

"예부터 나무로 만든 말과 소가 저절로 움직인다는 말은 들어보지 못했습니다. 승상은 어떤 묘한 법으로써 그런 기이한 물건을 만드시나이까?"

공명이 대답한다.

"목공들을 시켜 만드는 중이며 아직 끝나지는 않았으나, 내 이제 목우와 유마를 만드는 척尺·촌寸·방方·원圓과 길이와 넓이와 폭을 그려서 보일 테니, 너희들은 자세히 알아두어라."

제갈양의 명령에 따라 목우와 유마를 만드는 목공들

모두가 크게 반긴다.

공명이 곧 종이 위에 써서 보이니, 모든 장수들이 둘러서서 본다.

나무로 소를 만드는 법은 이러하다.

　배는 방형方形이고, 정강이는 둥글고, 한 배에 다리가 넷이고, 머리는 턱 속에 넣고, 혀는 배에 붙인다. 많이 실으면 걸음이 더디고, 혼자서 가면 수십 리, 떼를 지어 가면 30리를 갈 수 있다. 굽은 것은 소 머리며, 한 쌍이 되는 것은 소 발이며, 빗긴 것은 소 머리며, 구르는 것은 소 다리며, 덮은 것은 소 등이며, 모난 것은 소 배며, 드리워진 것은 소 혀며, 굽은 것은 소 갈빗대며, 새긴 것은 소 이빨이며, 선 것은 소 뿔이며, 가느다란 것은 소 굴레며, 비끄러맨 것은 소 고들

개[唾軸]로 삼는다. 소는 두 개의 멍에를 이끈다. 사람이 6척尺을 가는 동안에 소는 4척을 가나니, 사람은 크게 피로하지 않고, 소는 음식을 먹지 않는다.

또 나무로 말을 만드는 법은 이러하다.

늑골의 길이는 3척 5촌, 넓이는 3촌, 두께는 2촌 5푼이니 좌우가 다 같다. 앞축軸의 구멍은 머리에서 4촌, 직경이 2촌이고, 앞다리의 구멍은 머리에서 4촌 5푼, 길이가 1촌 5푼, 넓이가 1촌이며, 앞에 가로지른 나무[絹]의 구멍은 앞다리 구멍에서 3촌 7푼, 구멍의 길이는 2촌, 넓이는 1촌이다. 뒷축의 구멍은 앞에 가로지른 나무의 구멍에서 1척 5촌, 그 크기는 앞축과 똑같고, 뒷다리의 구멍은 뒷다리에서 2촌 2푼, 뒤에 가로지른 나무 구멍은 4촌 5푼이다. 앞에 가로지른 나무 길이는 1척 8촌, 넓이 2촌, 두께 1촌 5푼이며, 뒤에 가로지른 나무 길이도 이와 같다. 판자로 만든 네모꼴 통이 두 개니, 두께는 8푼, 길이는 2척 7촌, 높이는 1척 6촌 5푼, 넓이는 1척 6촌이니, 통 하나마다 쌀 2곡斛 3두斗를 담을 수 있다. 위의 가로지른 나무 구멍은 늑골에서 아래로 7촌이고 앞뒤가 같다. 위에 가로지른 나무 구멍은 아래에 가로지른 나무 구멍에서 1척 3촌, 구멍 길이는 1촌 5푼, 넓이는 7푼, 여덟 구멍이 다 같다. 앞뒤 네 다리는 넓이 2촌, 두께 1촌 5푼, 형태는 코끼리와 비슷하고, 말린 가죽[鞔]은 길이가 4촌, 직경이 4촌 3푼, 구멍의 직경은 세 개의 다리에 해당하니, 가로지른 나무의 길이는 2척 1촌, 넓이는 1촌 5푼, 두께는 1촌 4푼이다.

모든 장수들은 제조법을 한번 보자 다 엎드려,

"승상은 참으로 신인이십니다."

하고 절했다.

며칠 뒤, 나무로 만든 말과 소들이 다 완성되자, 완연히 살아 있는 동물과 마찬가지였다.

소와 말들은 산을 오르고 고개를 내려가는 것이 자유자재하니, 군사들은 그것을 보고 기뻐하지 않는 자가 없었다.

공명의 분부를 받은 우장군右將軍 고상은 군사 천 명을 거느리고 나무로 만든 말과 소들을 몰아, 검각 땅에서 기산 대채 사이를 왕래하며, 곡식과 마초를 운반하여 촉군에게 공급했다.

후세 사람이 이 일을 찬탄한 시가 있다.

험하기로 유명한 검각 땅에 만든 말이 달리고
순탄치 못한 사곡 땅에 만든 소를 몰도다.
후세에서도 만일 이러한 법을 쓴다면
수송하는 장수가 부하들을 근심시킬 것 있으리요.

劍閣險峻驅流馬

斜谷崎嶇駕木牛

後世若能行此法

輸將安得使人愁

한편, 사마의는 근심에 싸여 있는데, 마침 정탐꾼이 돌아와서 고한다.

"촉군은 나무로 만든 소와 말들을 몰아 곡식과 마초를 운반해오는데, 사람은 피로하지 않고 소와 말들은 먹지를 않습니다."

사마의는 크게 놀라,

"내가 굳게 지키기만 하고 나가지 않는 것은 그들이 곡식을 제대로 운반해오지 못해서 저절로 거꾸러지기를 기다린 것인데, 이제 그런 방법을 쓴다니 필시 장구한 계책을 세우고 물러갈 뜻이 없는 게로구나. 이 일을 어찌하면 좋을까!"

하고 급히 장호와 악침 두 장수를 불러서 분부한다.

"너희들 두 사람은 각기 군사 5백 명씩을 거느리고 사곡의 좁은 길로 나가서, 촉군이 나무로 만든 말과 소를 몰고 오는 것을 기다렸다가 일단 다 통과시킨 뒤에 일제히 무찌르되, 더도 말고 댓 마리만 빼앗아 돌아오너라."

두 사람은 명령을 받자 각기 군사 5백 명을 촉군으로 가장시켜 거느리고, 밤에 작은 길로 몰래 빠져 나가 사곡 골짜기에 매복했다.

과연 고상이 군사를 거느리고 나무로 만든 소와 말들을 몰고 와서 일단 지나가자, 위군은 길 양쪽에서 일제히 북을 치며 쏟아져 나가 무찌른다. 촉군은 미처 손도 쓰지 못하고 몇 마리를 버리고 달아나니, 장호와 악침은 기뻐하며 나무로 만든 말과 소를 몰고 본채로 돌아왔다.

사마의가 보니, 그 나무로 만든 말과 소는 나아가고 물러서는 것이 자유자재하여, 과연 살아 있는 동물과 마찬가지였다.

"공명이 이런 법을 쓴다면 난들 알아서 못 쓸 것이 뭔가."

사마의는 크게 고무되어, 즉시 솜씨 좋은 목공 백여 명을 시켜 분해하고, 각 부분의 척촌尺寸과 장단長短 그리고 부피를 따라 그대로 만들게 하니, 반달이 못 되어 2천여 필이 만들어졌다.

그 말과 소는 공명이 만든 것과 꼭 같아서 능히 달린다.

사마의는 마침내 진원장군鎭遠將軍 잠위岑威에게 군사 천 명을 주고 나무로 만든 소와 말을 몰아 농서의 곡식과 마초를 운반해오느라고 끊임없이 왕래하니, 위군 영채의 장수들과 군사들은 기뻐하지 않는 자가

없었다.

　한편, 고상은 돌아가서 공명을 뵙고, 위군에게 나무로 만든 말과 소 5, 6필을 빼앗겼다고 고했다.

　공명이 웃는다.

　"나는 그들이 빼앗아가기를 바라고 있었다. 몇 마리를 빼앗긴 대신, 머지않아 우리는 많은 물자를 얻게 될 것이다."

　모든 장수들이 묻는다.

　"승상은 어째서 그렇게 생각하십니까?"

　공명은 대답한다.

　"사마의가 나무로 만든 말과 소를 보기만 하면 반드시 그것과 똑같이 만들 것이니, 그때에 내가 계책을 쓰리라."

　며칠이 지나자 정탐꾼이 돌아와서 보고하는데, 위군이 또한 말과 소를 만들어 농서의 곡식과 마초를 운반해온다는 것이었다.

　공명은 웃으며,

　"나의 생각에서 벗어나지 않는구나."

하고 곧 왕평을 불러 분부한다.

　"너는 군사 천 명을 위군으로 변장시켜 거느리고 한밤중에 몰래 북쪽 벌판으로 가서, 순량군巡糧軍이라 속이고 적의 수송 부대 속에 섞여 들어가서 곡식을 지키는 위군을 다 죽이거나 흩어버리고, 나무로 만든 그 말과 소를 몰아 다시 북쪽 벌판 쪽으로 돌아오너라. 그러면 그곳의 위군이 반드시 뒤쫓아올 것이고, 그때 네가 나무로 만든 말과 소들의 입 속 혀를 비틀어버리면 움직이지 않을 것이니, 그냥 버려두고 달아나거라. 위군이 뒤쫓아와서 이끌어도 움직이지 않고 떠메고 갈 수도 없을 때에 우리 군사가 당도할 것이니, 너는 다시 돌아와서 마소의 혀를 비틀어 제자리에 바로 놓고 곧장 몰고 가면, 위군이 매우 이상하게 생각할 것

이다."

왕평은 계책을 받자 군사를 거느리고 떠나갔다.

공명이 또 장의를 불러 분부한다.

"너는 군사 5백 명을 거느리고 다 육정육갑신병六丁六甲神兵으로 분장하되, 귀신 머리에 짐승 몸으로 꾸미고, 다섯 빛깔을 얼굴에 칠하여 가지가지 괴상한 모양을 만들고, 한 손에 수놓은 기를 잡고 또 한 손에는 칼을 들고, 몸에 호로葫蘆를 달되, 그 속에 불을 붙이면 연기가 날 물건을 넣고, 산 곁에 매복하고 있다가 나무로 만든 말과 소들이 오거든 연기와 불을 일으키고 일제히 달려나가 마소를 몰고 가거라. 위군이 보고는 신인지 귀신인지 의심이 나서 감히 뒤쫓아오지 못하리라."

장의는 계책을 받자 군사를 거느리고 떠나갔다.

공명은 또 위연과 강유를 불러 분부한다.

"너희들 두 사람은 함께 군사 만 명을 거느리고 북쪽 벌판 적의 영채 어귀까지 가서, 나무로 만든 말과 소가 오는 것을 맞이하고 싸움을 막아라."

공명은 또 요화와 장익을 불러 분부한다.

"너희들 두 사람은 군사 5천 명을 거느리고 가서 사마의가 오는 길을 끊어라."

공명은 또 마충과 마대를 불러 분부한다.

"너희들 두 사람은 군사 2천 명을 거느리고 위수 남쪽 언덕으로 가서 싸움을 걸어라."

이에 여섯 장수는 각기 명령대로 떠나갔다.

한편, 위나라 장수 잠위는 군사를 거느리고 나무로 만든 말과 소를 몰고 곡식을 잔뜩 싣고 오는데, 정탐꾼이 달려와서 고한다.

"이 앞에 군량을 순찰하는 군사들이 있습니다."

장위가 척후병을 보내어 알아본즉, 틀림없는 자기편 군사들이라고 한다. 이에 안심하고 나아가 양쪽 군사가 서로 만났을 때였다.

갑자기 함성이 크게 진동하며 그 군사들 속에서 뜻밖에도 촉군들이 뛰어나오며 크게 외친다.

"촉나라 대장 왕평이 여기 있으니 꼼짝 말라!"

위군은 당황하여 미처 손쓸 사이도 없이 촉군에게 태반이나 죽음을 당한다. 잠위가 패잔병을 거느리고 촉군에게 대항하다가 왕평의 칼을 맞고 죽어 자빠지자, 나머지 위군들은 다 무너져 달아난다.

왕평은 군사를 거느리고 위군이 나무로 만든 말과 소를 몰고 돌아가는데, 한편 위군 패잔병들은 북쪽 벌판 영채로 달려가서 이 급한 사실을 보고했다.

곽회는 운반해오던 군량미를 빼앗겼다는 보고를 듣고, 황망히 군사를 거느리고 되찾으러 달려가보니, 왕평이 나무로 만든 말과 소들의 혀를 비틀어 길바닥에 버려둔 채 한편 싸우며 한편 달아난다.

곽회는 촉군을 뒤쫓지 말라 하고 되찾은 말과 소를 몰고 가려 하는데, 모든 군사가 아무리 몰아도 꼼짝을 않는다.

까닭을 몰라 의심이 잔뜩 난 곽회는 어쩔 줄을 모르는데, 홀연 북소리와 징소리가 하늘을 뒤흔들며 함성이 사방에서 일어나더니, 두 방면으로부터 촉군이 마구 쳐들어온다. 보라, 앞장선 장수는 다름 아닌 위연과 강유였다.

그제야 왕평도 군사를 거느리고 되돌아와 세 방면에서 일제히 협공하니, 곽회는 대패하여 달아난다.

왕평은 군사들을 시켜 말과 소들의 혀를 다시 비틀어 제자리에 바로 놓고 일제히 몰고 달려가니, 달아나던 곽회가 이 광경을 바라보고 다시 군사를 돌려 뒤쫓으려 한다. 이때 산 뒤에서 홀연 검은 연기가 일어나며

1대의 괴상한 모양을 한 신병神兵들이 쏟아져 나와 낱낱이 손마다 칼과 기를 들고 소와 말들을 호위하며 바람처럼 사라진다.

곽회가 소스라치게 놀란다.

"저건 분명 신이 저들을 도움이로다."

위군은 바라만 봐도 기가 질려 감히 뒤쫓지 못한다.

한편 사마의는 북쪽 벌판의 군사가 패했다는 보고를 듣자, 급히 군사를 거느리고 구원하러 오는데, 도중에서 난데없는 포 소리가 나더니 험악한 두 방면으로부터 촉군이 쏟아져 나온다. 함성은 땅을 진동하고, 높이 든 기에는 '한장漢將 장익·요화'라고 크게 씌어 있었다.

사마의는 크게 놀라고, 위군은 기겁을 하여 쥐구멍을 찾듯 달아나니,

    길에서 신장을 만나 곡식을 빼앗기고
    몸은 기병을 만나 목숨마저 위태롭다.
    路逢神將糧遭劫
    身遇奇兵命又危

사마의는 어떻게 대적할 것인가.

제103회

사마의는 상방곡에서 곤경에 빠지고
제갈양은 오장원에서 별에 기도하다

사마의司馬懿는 장익張翼과 요화廖化에게 패하여, 혼자서 숲을 바라보고 달아난다.

장익은 뒤에 오는 군사들을 거두어 머물고 요화만이 뒤쫓으며 바짝 다가가니, 사마의는 황망히 나무를 빙글빙글 돌면서 몸을 피한다.

요화가 내리친 칼이 그만 나무에 들이박혔다. 다시 뽑아 들었을 때 사마의는 이미 숲 밖으로 달아나고 있었다. 요화는 다시 뒤쫓아갔으나, 그새 사마의는 어디로 내뺐는지 보이지 않고, 숲 동쪽에 황금 투구 하나가 떨어져 있었다. 요화는 그 투구를 주워 들고 곧장 동쪽으로 뒤쫓아간다. 그러나 원래 사마의는 황금 투구를 숲 동쪽에 버리고, 그쪽과는 반대로 서쪽을 향하여 달아났던 것이다.

요화는 한 마장 가량 뒤쫓았으나 결국 사마의를 발견하지 못하고 산골짜기를 달려 나오다가 우연히 강유姜維를 만나, 함께 영채로 돌아와서 공명孔明에게 보고했다.

잠시 뒤에는 장의張嶷가 나무로 만든 소와 말들을 몰고 영채로 와서

172

바치니, 빼앗은 곡식이 만여 석이었다.

공명은 황금 투구를 바치는 요화를 첫째 공로자로 기록하니, 위연魏延이 불평을 품고 원망한다. 그러나 공명은 알고도 모르는 체했다.

한편, 사마의는 자기 영채로 돌아가서 매우 고민하는데, 홀연 칙사가 조서를 받들고 당도했다.

칙사가 칙명을 전한다.

"동오東吳가 세 방면으로부터 침범해 들어왔기 때문에, 짐은 장군들에게 적을 막도록 명령했다. 그러니 그대들은 굳게 지키기만 하되 싸우지 말라."

사마의는 칙명을 받자, 참호를 깊이 파고 보루를 높이 쌓아 굳게 지킬 뿐 나가지 않았다.

한편 조예曹睿는 손권이 군사를 세 방면으로 나누어 쳐들어온다는 보고를 듣고 역시 군사를 일으켜 세 방면으로 대항하니, 유소劉劭는 군사를 거느리고 강하江夏 땅을 구원하며, 전예田豫는 군사를 거느리고 양양襄陽 땅을 구원하고, 조예는 친히 만총滿寵과 함께 대군을 거느리고 합비合肥 땅을 구원하기로 했다.

이에 만총이 먼저 1군을 거느리고 소호巢湖 땅 어귀에 이르러 동쪽 언덕을 바라보니, 적의 전함은 무수한데 정기가 매우 정연하고 엄숙했다.

만총은 중군中軍 진영으로 들어가서, 위주魏主 조예에게 아뢴다.

"오나라 사람이 필시 우리를 가벼이 보고 멀리 왔으니, 아직 별다른 방비가 없을 것입니다. 그러니 오늘 밤에 그 수채水寨를 습격하면 반드시 대승할 수 있습니다."

위주 조예가 대답한다.

"그대 말이 바로 짐의 뜻과 같도다. 장수 장구張球는 화약을 준비한 군사 5천 명을 거느리고 호수 입구에서부터 공격하고, 만총은 군사 5천 명

을 거느리고 동쪽 언덕에서부터 공격하라."

그날 밤 2경 때였다. 장구와 만총은 각기 군사를 거느리고 몰래 호수 입구로 나아가, 수채 가까이 이르자 일제히 함성을 지르며 쳐들어가서 마구 무찌르니, 오군은 당황하고 혼란하여 싸우지도 않고 달아난다. 위군이 사방에서 지른 불에 전함, 곡식, 마초, 무기가 타오르니 그 수효는 헤아릴 수 없을 정도로 많았다.

이에 제갈근諸葛瑾은 패잔병을 거느리고 면구沔口 땅으로 달아나니, 위군은 대승을 거두고 돌아갔다.

이튿날, 이 사실은 파발꾼에 의해 육손陸遜에게 보고됐다.

육손이 모든 장수들을 모으고 의논한다.

"내 마땅히 주상(손권)께 표문表文을 올려, 신성新城 땅 포위를 풀고 그 대신 적군이 돌아갈 길을 끊으시도록 아뢰리라. 그런 후에 내가 모든 군사를 거느리고 적군의 정면을 공격하면, 적군은 앞뒤로 협공당할 것이요, 우리는 북을 한 번 울리고도 완전히 이길 수 있다."

모든 장수들은 육손의 계책에 찬동했다.

육손은 표문을 써서 한 장교에게 주고, 몰래 신성으로 떠나 보냈다. 그런데 그 장교는 가다가 나룻가에서, 뜻밖에도 매복하고 있던 위군에게 붙들려 위주 조예에게로 끌려갔다.

조예는 군사들이 그 장교의 몸에서 찾아낸 육손의 표문을 읽고서,

"동오의 육손은 비범한 계책을 쓸 줄 아는 인물이로구나."

탄식한 후에 그 동오의 장교를 감금하게 하고, 유소에게 손권의 후군을 막도록 분부했다.

한편, 제갈근은 싸움에 대패한데다가 날씨가 몹시 더워서 많은 군사와 말이 병이 난지라, 이에 서신 한 통을 써서 육손에게 보내 군사를 거두어 귀국하자고 제의했다.

육손이 제갈근의 서신을 읽고 심부름 온 자에게 말한다.

"나는 상장군上將軍이 된 몸이다. 나에게도 생각하는 바가 있으니, 그런 줄 알라고 돌아가서 여쭈어라."

심부름 갔던 자가 돌아가서 보고하자, 제갈근은 묻는다.

"육손 장군은 뭘 하던가?"

"육손 장군은 모든 군사를 독촉하여 영채 밖에서 팥과 콩을 심고, 자신은 장수들과 함께 원문轅門에서 장난 삼아 활을 쏘고 있더이다."

제갈근은 몹시 놀라, 몸소 육손의 영채로 가서 육손을 만나보고 묻는다.

"이제 위나라 조예가 친히 와서 적군의 형세가 매우 크니, 도독都督은 어떻게 그들을 막을 작정이오?"

육손이 대답한다.

"내 이미 사람을 시켜 주상께 표문을 보냈는데, 그 사람이 가다가 그만 적군에 붙들려 모든 기밀이 누설되었소. 이젠 싸워도 이익이 없고 물러가느니만 못하기에, 다시 사람을 시켜 주상께 표문을 보내고 천천히 후퇴하기로 약속하였소."

"도독이 그런 생각을 했다면 속히 후퇴하지 않고 왜 능장을 부리시오?"

"우리 군사는 되도록 천천히 물러가야 하오. 만일 급작스레 물러가면 위군이 기회로 알고 반드시 추격해올 것이니, 그러면 싸움에 패하고 마오. 귀공은 먼저 전함을 거느리고 적군에게 대항하는 체하시오. 나는 군사를 모조리 거느리고 양양 땅으로 나아가면서 진격하는 체하겠소. 그런 뒤에 천천히 강동江東으로 물러가야만, 위군이 감히 뒤쫓아오지 못할 것이오."

제갈근은 육손과 작별하자 본영으로 돌아가, 그 계책대로 전함들을 정돈하고 은연중에 돌아갈 준비를 했다.

육손은 군사를 정돈하고 기세를 올리며 양양 땅으로 나아가니, 첩자는 즉각 위주 조예에게 돌아가서 보고한다.

"오군이 쳐들어옵니다. 방비하도록 서두르십시오."

이 말을 듣자, 모든 장수들은 가서 싸우겠다고 나선다.

위주 조예는 본시 육손의 비범한 능력을 잘 알기 때문에 장수들에게 타이른다.

"육손은 꾀가 대단한 사람이다. 우리를 유인하려는 수작이니, 경솔히 행동하지 마라."

이에 장수들은 싸울 뜻을 그만두었다.

며칠이 지났다. 정탐꾼이 돌아와서 보고한다.

"동오의 세 방면 군사들은 다 물러갔습니다."

위주 조예는 그 말이 믿기지가 않아서, 다시 사람을 보내어 알아보게 했더니, 그자가 돌아와서 과연 오군이 다 물러갔다고 한다.

조예가 탄식한다.

"육손의 군사 쓰는 솜씨는 측량할 수가 없어 손자와 오자만 못하지 않으니, 내 동오를 평정하기가 어렵겠구나!"

조예는 드디어 모든 장수들에게 칙명을 내려 각기 요긴한 곳을 지키게 하고, 친히 대군을 거느리고 합비 땅에 주둔하면서 새로운 변화가 있기를 기다렸다.

한편, 공명은 기산祁山에서 오래 주둔할 계책을 세우고, 군사들로 하여금 위나라 백성들과 함께 밭을 갈고 씨를 뿌리게 해서, 촉군은 그 수확의 3분의 1을 차지하고 위나라 백성들에게는 3분의 2를 주었으므로, 위나라 백성들은 다 안심하고 기꺼이 농사를 지었다.

한편, 사마사司馬師는 장막에 들어가서 부친인 사마의에게 고한다.

"촉군은 우리의 허다한 곡식을 도중에서 빼앗아갔고, 이제 또 촉군이 우리 백성들과 서로 섞여 위수渭水 가에서 밭농사를 지으며 장구히 있을 계책을 꾸미고 있으니, 이는 참으로 국가의 큰 우환입니다. 그런데 아버님은 왜 공명과 일대 결전을 벌여 승부를 짓지 않습니까?"

사마의가 대답한다.

"나는 폐하로부터 굳게 지키라는 칙명을 받았으니 경솔히 출동해서는 안 된다."

아버지와 아들이 의논하는데, 때마침 수하 장교가 들어와서 고한다.

"위연이 전번에 도독께서 버린 황금 투구를 쓰고서 마구 욕질을 하며 싸움을 걸고 있습니다."

장수들은 모두 분노하여 나가 싸우겠다고 청하는데, 사마의가 웃는다.

"성인이 말씀하시기를, '조그만 일을 참지 못하면 큰일을 그르친다' 고 하셨으니, 우리는 굳게 지키는 것이 상책이다."

장수들은 명령에 따르고 싸우러 나가지 않으니, 위연은 한동안 백방으로 욕설을 퍼붓다가 돌아가버렸다.

공명은 사마의가 끝내 나오지 않는 것을 알고, 마대馬岱를 불러,

"그대는 상방곡上方谷에 목책木栅을 둘러치고, 영채 안에 참호를 깊이 파서, 마른 장작과 화약을 많이 쌓아라. 주위의 산 위에는 장작과 풀로 가짜 오막살이집을 잇달아 짓고, 안팎으로 지뢰地雷를 묻은 뒤에 기다려라."

분부하고, 귀에다 입을 대고 다시 비밀리에 지시한다.

"호로곡葫蘆谷 뒷길을 끊고 산골짜기 어귀에 군사를 몰래 매복시키고 있다가, 만일 사마의가 뒤쫓아오거든 산골짜기로 들어가도록 내버려두고 지뢰와 장작에 일제히 불을 질러라. 그리고 군사들을 시켜 낮에는 산골짜기 어귀에 북두칠성을 그린 기를 올리고, 밤에는 그 대신 산 위에

일곱 개의 등불을 밝혀 신호하여라."

이에 마대는 계책을 받자 군사를 거느리고 떠나갔다.

공명은 또 위연을 불러 분부한다.

"너는 군사 5백 명을 거느리고 위군의 영채에 가서 싸움을 걸어 어떻게 해서든지 사마의가 싸우러 나오도록 끌어내되, 결코 이길 생각은 말고 패한 체 달아나면 반드시 뒤쫓아올 것이니, 너는 북두칠성의 기가 보이는 곳으로 들어가거라. 만일 그때가 밤이거든 일곱 개의 등불이 밝혀 있는 곳으로 달아나, 어떻게든 사마의를 호로곡 안으로 끌어들여라. 그러면 내게 사마의를 사로잡을 계책이 서 있다."

위연은 계책을 받자 군사를 거느리고 말을 달려 떠나갔다.

공명은 또 고상高翔을 불러 분부한다.

"너는 나무로 만든 말과 소를 2, 30마리씩 한 떼로 삼거나 혹은 4, 50마리씩 한 떼로 삼아, 곡식을 싣고 산속 길을 왔다갔다하여라. 만일 위군이 와서 납치해가기만 하면, 이는 다 너의 공로다."

고상은 명령을 받자 나무로 만든 소와 말들을 몰고 떠나갔다.

공명은 기산에서 새로운 밭을 만들기 위해서라고 하면서 군사를 일일이 각처로 보내며 비밀리에 분부한다.

"위군이 싸우러 오거든 패하는 체하고, 만일 사마의가 직접 오거든 즉시 힘을 합쳐 위수 남쪽을 공격하여라. 즉 사마의가 돌아갈 길을 끊어라."

공명은 모든 배치를 끝내자, 친히 1군을 거느리고 상방곡 가까이 가서 영채를 세웠다.

한편, 하후혜夏侯惠와 하후화夏侯和 두 사람은 영채로 들어가서 사마의에게 고한다.

"이제 촉군이 사방으로 흩어져 새로운 밭을 개간하고, 각처에 영채를

세워 장구히 있을 계책을 마련하니, 만일 이때에 그들을 무찔러버리지 않고 오래도록 내버려두면, 깊이 뿌리를 박아 나중엔 처치하기 곤란합니다."

사마의가 대답한다.

"그것 또한 공명의 계책이니 경솔히 행동하지 말라."

두 사람이 말한다.

"도독께서 이렇듯 의심이 많으시면, 침략해온 적을 언제 무찌르겠습니까. 우리 형제 두 사람은 죽기를 각오하고 한번 싸워 나라의 은혜에 보답하겠습니다."

"너희들이 정 그렇다면 각기 나뉘어 가서 싸워라."

사마의는 하후혜와 하후화 두 사람에게 각기 군사 5천 명씩을 주어 떠나 보내고 소식을 기다렸다.

한편, 하후혜와 하후화 두 사람은 두 방면으로 나뉘어 각기 가다가, 문득 보니 촉군이 나무로 만든 말과 소들을 몰고 온다. 두 사람이 일제히 쳐들어가서 무찌르자, 촉군은 크게 패하여 달아난다. 나무로 만든 말과 소는 몽땅 위군에게 빼앗겨 사마의의 영채로 끌려갔다.

이튿날, 위군은 또 촉군 50여 명과 마소 50여 필을 사로잡아 대채로 끌고 왔다.

사마의가 붙들려온 포로를 심문하니, 촉병이 고한다.

"공명은 도독께서 굳게 지키기만 하고 싸우러 나오지 않는 것을 알고, 모든 군사에게 사방으로 흩어져서 밭을 개간하라 하면서 장기 계획을 세웠습니다. 그런데 이렇듯 붙들려올 줄은 몰랐습니다."

사마의는 장수에게 명령하여 촉병을 모두 돌려보냈다.

하후화가 묻는다.

"적군을 왜 죽이지 않고 돌려보냈습니까?"

"졸개들을 죽인들 무슨 이익이 있으리요. 차라리 그들의 본채로 돌려보내어, 우리 위나라 장수의 인자한 마음씨를 선전시켜 그들의 사기를 꺾느니만 못하니, 이는 여몽呂蒙이 형주荊州를 취하던(제75회 참조) 때의 수법이다."

사마의는 마침내 명령을 내린다.

"이후에 촉병을 사로잡아오거든 잘 타일러서 돌려보내라. 적을 잡아온 장수에게는 전과 다름없이 많은 상을 주리라."

모든 장수들은 영을 듣고 떠나갔다.

한편 공명은 고상을 시켜 곡식을 운반하는 척 가장하고, 나무로 만든 말과 소들을 몰아 상방곡 안을 왕래하였다. 이에 위나라 장수 하후혜 등은 불시에 습격하여 불과 반달 동안에 계속 승리를 거두었다.

사마의는 촉군이 계속 패하는 것을 보고 은근히 기뻐하는데, 어느 날 또 촉군 수십 명이 사로잡혀왔다.

사마의는 포로들을 장막 아래로 불러들이고 묻는다.

"공명은 지금 어디 있느냐?"

포로들이 고한다.

"제갈승상은 기산에 있지 않습니다. 현재 상방곡 서쪽 10리 되는 곳에 영채를 세우고 편안히 머물면서, 군사를 시켜 매일 상방곡으로 곡식을 옮겨 쌓는 중입니다."

사마의는 자세히 캐묻고, 포로들을 석방하여 돌려보낸 뒤에 모든 장수들을 불러 분부한다.

"공명은 지금 기산에 있지 않고 상방곡 영채에 있으니, 너희들은 내일 일제히 힘을 합쳐 기산 대채를 공격하고 점령하여라. 나도 군사를 거느리고 가서 후원하리라."

모든 장수들은 명령을 받고, 각기 출전할 준비를 서두르는데 사마사

가 묻는다.

"아버님께서는 왜 정면으로 상방곡을 치지 않고, 그 뒤(기산)를 치려 하십니까?"

사마의가 대답한다.

"기산은 바로 촉군의 본거지다. 우리 군사가 공격하면 적의 모든 영채에서 구원하러 몰려올 것이니, 그때에 내가 도리어 상방곡을 공격하여 그들의 곡식과 마초를 다 불질러 태우면, 적군은 앞뒤가 끊겨 반드시 크게 패하리라."

사마사는 부친의 계책에 감복하고 절했다. 이에 사마의는 즉시 군사를 일으켜 떠나 보내고, 장호張虎와 악침樂綝에게 각기 군사 5천 명을 주어 그 뒤를 후원하게 했다.

한편, 공명은 기산 위에 있으면서 바라보니, 위군이 4, 5천 명씩 일행이 되기도 하고, 혹은 1, 2천 명씩 일행이 되어 대오도 짓지 않고 분분히 앞뒤를 돌아보며 오고 있었다.

공명은 위군이 기산 대채를 점령하러 오는 것을 알고 모든 장수들에게 비밀리에 명령을 내린다.

"만일 사마의가 친히 오거든 너희들은 즉시 가서 위군의 영채를 공격하고, 위수 남쪽 언덕을 모조리 빼앗아라."

모든 장수들은 제각기 명령을 받았다.

한편, 위군이 기산 대채로 몰려오자, 촉군은 사방에서 일제히 함성을 지르며 몰려와 막는 척한다.

사마의는 촉군이 모두 기산 대채를 구원하러 간 것을 보고, 즉시 두 아들과 함께 중군을 호위하던 군사들을 거느리고 상방곡으로 쳐들어간다.

이때 상방곡 어귀에 있던 위연은 사마의가 오기를 기다리다가, 마침내 1대의 위군이 쳐들어오는 것을 보고 말을 달려 앞으로 나아가서 보

니, 바로 사마의가 오고 있었다.

위연은 큰소리로,

"사마의는 꼼짝 말고 게 섰거라!"

꾸짖고 칼을 춤추며 서로 맞이하니, 사마의는 창을 꼬느어 들고 접전한 지 불과 3합에 위연이 말 머리를 돌려 달아난다.

사마의가 바짝 뒤쫓아가니, 위연은 칠성기七星旗가 있는 곳만 바라보며 달아난다. 사마의는 상대가 위연 한 사람뿐인데다가 또 촉군이 많지 않은 것을 보자 안심하고 뒤쫓아간다. 사마사를 왼쪽에, 사마소司馬昭를 오른쪽에 거느리고, 자기는 중간에서 일제히 쳐들어가니, 위연은 군사 5백 명을 거느리고 산골짜기 안으로 도망쳐 들어간다.

사마의는 산골짜기 어귀까지 뒤쫓아가서 사람을 골짜기 안으로 들여보내어 정탐하니, 그 사람이 돌아와서 보고한다.

"골짜기 안에는 적의 복병이 없고, 산 위에는 모두가 초가집뿐이었습니다."

사마의는 머리를 끄덕이며,

"음, 그 초가집이란 바로 곡식을 쌓아둔 곳이리라."

하고 대거 군사를 몰아 몽땅 산골짜기 안으로 들어가고 보니, 초가집들 위에는 다 마른 장작이 덮였고, 위연은 그새 어디로 달아났는지 보이지도 않았다.

사마의는 의심이 나서 두 아들에게 묻는다.

"만일 적군이 있어 이 산골짜기 출구를 막아버린다면 어찌할까!"

그 말이 끝나기도 전이었다. 함성이 천지를 진동하면서 산 위에서 무수한 횃불이 떨어져 내려 출구를 태우고 끊어버리니 위군은 도망쳐 나갈 길이 없었다. 산 위에서 불붙은 화살이 빗발치듯 쏟아지더니, 일제히 지뢰에 불이 붙고, 이어서 초가집들 위의 마른 장작에 모두 번져 화염은

상방곡에서 곤경에 빠진 사마의 삼부자. 왼쪽은 위연

하늘을 찌르고 삽시에 불바다로 변한다.

　사마의는 기겁을 하고 어찌할 바를 몰라 말에서 뛰어내리고, 두 아들을 얼싸안은 채 크게 운다.

　"우리 부자 세 사람이 다 이곳에서 죽는구나!"

　서로 얼싸안고 통곡하는데, 홀연 광풍이 크게 일어나며 검은 기운이 하늘에 가득 퍼지더니, 천지를 찢어발기는 듯한 우렛소리가 나면서, 소나기가 억수로 퍼붓는다. 골짜기에 가득한 불이 다 꺼지면서 지뢰는 터지지 않고 모든 화기가 아무 소용도 없게 되었다.

　사마의는 너무나 감격해서,

　"이때에 탈출하지 않고 다시 어느 때를 기다리리요."

하고 즉시 군사를 거느리고 나와서 힘을 분발하여 촉군을 무찌르는데,

장호와 악침이 각기 군사를 거느리고 달려와서 구원한다.

마대는 군사의 수효가 적어서 감히 추격하지 못하니, 사마의 삼부자와 장호와 악침은 군사를 한데 합치고 함께 위수 남쪽 대채로 달아난다.

그러나 뉘 알았으리요. 위수 남쪽 대채는 이미 촉군에게 빼앗겼고, 곽회와 손예가 바로 부교 위에서 촉군과 한참 접전 중이었다.

이때에 사마의 등이 군사를 거느리고 와서 무찌르니 그제야 촉군은 물러갔다. 사마의는 하는 수 없이 부교를 불질러 태워버리고, 위수 북쪽 언덕에 영채를 세우고 머물렀다.

한편, 기산의 촉군 영채를 공격하던 위군은 사마의가 대패했다는 사실과 위수 남쪽 영채를 빼앗겼다는 기별을 듣자, 당황하고 혼란하여 급히 후퇴하는데 사방에서 촉군이 쫓아오며 무찌르니, 위군은 크게 패하여 열 명 중 8, 9명은 부상당하고 죽은 자들은 헤아릴 수도 없었다. 그 나머지만 겨우 위수 북쪽으로 달아났다.

공명은 산 위에서 위연이 사마의를 산골짜기로 유인하여 들어가고, 삽시에 불빛이 크게 일어나는 것을 바라보자 마음속으로 매우 기뻐하며, 이번에는 사마의가 죽었구나 생각하는데, 뜻밖에도 하늘에서 큰비가 쏟아지는 바람에 지뢰가 폭발하지 않았다. 파발꾼이 달려와서 보고한다.

"사마의 부자가 다 도망쳐버렸습니다."

"일을 꾸미는 것은 사람이지만, 일을 성공시키는 것은 하늘의 뜻이라. 사람이 억지로 한다고 되는 것은 아니구나!"

공명은 오랫동안 탄식했다.

후세 사람이 이 일을 탄식한 시가 있다.

산골짜기에 바람은 미쳐 날뛰고 모진 불은 휘몰아치는데

뉘 알았으리요, 푸른 하늘에서 급한 비가 쏟아질 줄이야.

제갈무후의 묘한 계책이 성공했더라면

천하의 강산이 어찌 진나라 소유가 되었으리요.

谷口風狂烈焰飄

何期驟雨降靑儉

武侯妙計如能就

安得山河屬晋朝

한편, 사마의는 위수 북쪽 영채에 있으면서 명령을 내린다.

"이번에 위수 남쪽의 영채들을 잃었으니, 다시 나가서 싸우자고 말하는 장수가 있으면 참하리라."

모든 장수들은 명령을 듣고 각기 지킬 뿐 나가지 않았다.

곽회가 들어와서 고한다.

"요즘 공명이 군사를 거느리고 사방을 순찰하니, 필시 적당한 땅을 정하여 영채를 세울 모양입니다."

사마의는 머리를 끄덕이며,

"공명이 만일 무공武功 땅으로 나아가 산을 의지하고 동쪽에 자리를 잡으면 우리가 다 위험하지만, 만일 위수 남쪽으로 나아가 서쪽 오장원五丈原에 머문다면 걱정할 것이 없다."

하고 사람을 보내어 정탐하게 했더니, 수일 후 돌아와서 보고한다.

"과연 공명은 오장원에 주둔했습니다."

사마의는 손을 이마에 대며 명령한다.

"이는 우리 대위大魏 황제의 큰 복이시로다. 모든 장수는 굳게 지키기만 하되 결코 나가서 싸우지 말라. 이대로 오래가면 촉군 중에서 반드시 변이 일어나리라."

한편 공명은 몸소 1군을 거느리고 오장원에 주둔한 후로, 누차 장수를 시켜 싸움을 걸었으나 위군은 끝내 나오지 않는다. 이에 공명은 부녀자가 상중喪中에 쓰는 똬리와 상복을 큰 함 속에 넣고, 서신 한 통을 써서 함께 위군 영채로 보냈다.

위나라의 모든 장수들은 감히 이 일을 덮어둘 수도 없어, 사자를 사마의에게 데리고 갔다.

사마의가 모든 장수들이 보는 앞에서 함을 열어보니, 부녀자의 상복과 똬리와 서신 한 통이 들어 있었다. 그 서신을 뜯어보니,

중달仲達(사마의의 자)은 소위 대장이 되어 중원의 군사를 통솔하고도, 무기를 들고 싸워 승부를 지을 생각은 하지 않고 굴 속과 흙 속에 들어박혀 칼과 화살을 피하기만 하니, 부녀자와 다를 것이 무엇이리요. 이제 사람을 시켜 부녀자의 상복과 똬리를 보내노니, 그래도 나와서 싸우지 못하겠거든 두 번 절하고 이 물건을 공손히 받으라. 그래도 부끄러워할 줄 아는 마음이 남아 남자의 기상이 있거든, 속히 답장하고 쳐들어오너라.

사마의는 서신을 보고 매우 불쾌했으나, 거짓 웃음을 지으며,

"공명이 나를 부녀자로 본단 말인가."

하면서 물건을 받고, 사자를 잘 대접하도록 분부하며 묻는다.

"공명은 요즘 침식寢食이 어떠하며, 혹 맡아보는 일이 번거롭지나 않더냐?"

사자가 대답한다.

"우리 승상께서는 새벽 일찍 일어나시고 밤늦게야 주무시며, 곤장 20대 이상 치는 형벌에 대해서는 친히 살피시고, 잡수시는 음식은 하루 몇

홉에 지나지 않습니다."

사마의는 모든 장수들을 돌아보며 말한다.

"공명이 먹는 것은 적고 일은 많으니, 어찌 오래가겠는가!"

사자는 하직하고 오장원으로 돌아와서 공명에게 보고한다.

"사마의는 부녀자의 상복과 똬리를 받고 서신을 읽었으나 조금도 노하지 않았습니다. 다만 '승상의 침식이 어떠하며 일이 번거롭지 않느냐'고 물을 뿐 군사에 관해서는 일절 언급하지 않기에, 제가 이러이러히 대답했더니, 그가 말하기를 '먹는 것은 적고 일은 많으니, 어찌 오래가겠느냐'고 하더이다."

공명이 탄식한다.

"그가 나를 잘 아는도다."

주부主簿 양옹楊顒이 말한다.

"제가 보기에 승상께서는 늘 장부帳簿와 문서까지 친히 보시는데, 그렇게까지 하실 필요는 없다고 생각합니다. 대저 일을 다스리는 데는 법통이 있으며 윗사람과 아랫사람이 할 일이 따로 있어 서로 간섭하지 않는 법입니다. 비유하자면 집안을 다스리는 데도 법도가 있으니, 노복奴僕은 농사를 짓고 노비奴婢는 부엌일을 해야만 집안이 충실하고 부족한 점이 없어, 그 집 주인은 유유자적할 수 있습니다. 그런데 주인이 몸소 모든 일을 다 간섭한다면, 몸은 쇠약하고 정신은 피곤하여 마침내 한 가지도 이루지 못하고 맙니다. 이는 주인의 지혜가 비복들만 못하다는 것이 아니고, 집안 주인으로서의 도리를 잃었기 때문입니다. 그러므로 옛사람은 가만히 앉아서 도리를 논하는 이를 삼공三公(신하로서의 최고 직위)이라 하고, 일어나서 실지로 행동하는 이를 사대부士大夫라 했습니다. 옛날에 병길丙吉[1]은 소가 허덕이는 것은 근심하되 길바닥에 쓰러져 죽은 사람에 대해서는 묻지도 않았고, 진평陳平[2]은 국고 출납의 숫자

를 몰라서 '그런 일은 각기 맡아서 보는 자가 있습니다' 하고 아뢰었답니다. 그러하거늘 이제 승상께서는 사소한 일까지 친히 다스리고 종일 땀을 흘리시니, 어찌 피곤하지 않겠습니까. 사마의의 말이 지당합니다."

공명이 운다.

"내가 어찌 그걸 모르리요. 선제(유비)께선 외로운 아드님을 나에게 부탁하시고 세상을 떠나신 것이다. 그 무거운 책임이 있기 때문에, 그저 딴사람들이 나처럼 힘껏 일하지 않을까 걱정이노라."

다른 사람들도 다 따라서 울었다.

이때부터 공명은 스스로 정신이 편하지 않은 것을 깨달았다. 그래서 모든 장수들도 감히 진격하지 않고 있었다.

한편, 위나라 장수들은 공명이 부녀자의 똬리와 상복을 보냄으로써 사마의를 모욕했으나, 사마의는 그걸 받고도 싸우려 하지 않는지라 분노하여 장중帳中으로 갔다.

"우리는 큰 나라의 유명한 장수들입니다. 촉 땅 사람에게 이런 모욕을 받고 어찌 가만히 있겠습니까. 청컨대 즉시 출전하여 자웅을 결정짓도록 하십시오."

사마의가 대답한다.

"난들 이런 모독을 당하고서 어찌 출전할 생각이 없겠느냐. 그러나 어찌하리요. 굳게 지키고 움직이지 말라는 천자의 분부가 있었는지라,

---

1 병길은 전한前漢의 의제宜帝 때 승상이다. 어느 봄날 지방을 순시하는데, 길에 사람이 죽어 있어도 아무 말을 않더니, 소가 헐레벌떡거리는 것을 보고는 매우 걱정했다. 따르던 사람이 그 이유를 물은즉, 병길은 "아직 날씨가 덥지도 않은데, 소가 헐떡이는 것은 이상하다. 날씨가 불순해서 농사에 지장이 있을까 걱정이구나. 이것은 승상인 나의 직분이기 때문에 주의하지 않으면 안 된다"고 대답했다.

2 진평은 한 고조의 건국 공신이다. 그가 좌승상으로 있을 때 천자가 국고 출납에 대해 물었다. 진평은 "그런 일은 각기 담당자가 있으니 그들에게 물으십시오. 적어도 재상이란 자는 위로는 천자를 돕고, 아래로는 만물을 정돈하고, 밖으로는 오랑캐와 제후들을 무마하고, 안으로는 모든 공경 대부들이 그 직분을 감당할 수 있도록 보살필 뿐입니다" 하고 대답했다.

이제 경솔히 나가면 이는 임금의 명령을 어기는 일이다."

그래도 모든 장수들의 분노와 불평은 수그러들지 않는다.

사마의가 계속 말한다.

"너희들이 굳이 싸우겠다면, 내가 천자께 이 뜻을 아뢰고 허락받은 후에 함께 적군을 치러 가면 어떻겠느냐?"

모든 장수들이 좋다고 찬동했다. 이에 사마의는 사자를 시켜 표문을 합비 땅 어영御營으로 보냈다.

위주 조예가 사마의의 표문을 받아 뜯어보니,

　　신이 재주는 모자라고 책임은 무거운데, 엎드려 폐하의 뜻을 받들어 싸우지 않고 굳게 지키면서 촉군이 저절로 망하기를 기다리나, 어찌하오리까. 이번에 제갈양이 여자의 상복과 똬리를 보내어 신을 부녀자로 취급하고 갖은 치욕을 가해왔습니다. 신은 삼가 폐하께 먼저 아뢴 후에 죽기를 각오하고 일대 결전을 벌임으로써 조정의 은혜에 보답하고, 우리 삼군이 당한 수모를 설욕하리다. 신은 분노를 참을 수가 없기로 아뢰는 바입니다.

조예는 표문을 다 읽고, 모든 관원들에게 묻는다.

"사마의가 지금까지 굳게 지키며 출전하지 않더니, 이제 갑자기 표문을 보내어 싸우겠다고 청하니 이 무슨 연고인가?"

위위衛尉 신비辛毗가 대답한다.

"사마의는 싸울 생각이 없지만, 제갈양에게 모욕을 당한 것을 본 모든 장수들이 분노하는 바람에 특히 표문을 올리고, 다시 칙명을 기다려 모든 장수들의 날뛰는 마음을 막으려는 속셈일 것입니다."

조예는 머리를 끄덕이고, 신비에게 절節(신표)을 주며 떠나 보냈다.

"경은 위수 북쪽 영채에 가서, 절대로 출전하지 말라고 전하여라."

이리하여 신비가 일선에 이르자, 사마의는 영접하고 장막으로 안내했다. 신비가 칙명을 전한다.

"만일 다시 싸우자고 우기는 자가 있으면, 이는 칙명을 어기는 자니라."

그제야 모든 장수들은 하는 수 없이 칙명에 복종했다.

사마의는 신비에게,

"내 마음을 알아주는 이는 귀공이로다."

속삭이고, 천자께서 신비를 보내어 출전하지 말라고 한 일을 군중에 널리 퍼뜨렸다.

촉나라 장수들도 이 소문을 듣게 되어 즉시 공명에게 보고했다.

공명이 웃는다.

"이는 사마의가 삼군을 진정시키기 위한 수단이니라."

강유가 묻는다.

"승상은 그걸 어찌 아십니까?"

"사마의가 싸울 생각이 없으면서도 싸우겠다고 청한 것은, 모든 군사들에게 씩씩한 기상을 보이기 위한 것이다. 그대는 듣지 못했는가. '장수가 외지에 나가 있으면, 임금의 명령도 거부할 수 있다'고 했는데, 더구나 천리 밖에서 싸움을 허락해달라고 청하는 자가 어디 있겠는가. 이는 사마의가 장수들의 분노를 조예의 뜻으로써 막고, 이제 소문을 퍼뜨리는 것은 우리 군사들의 마음을 게으르게 하려는 속셈이다."

이렇게 논하는데, 마침,

"성도成都에서 비의費禕가 왔습니다."

하고 아랫사람이 고한다.

공명이 불러들이고 온 뜻을 물으니, 비의는 대답한다.

"위주 조예는 동오의 군사가 세 방면으로부터 쳐들어온다는 보고를

받자, 이에 친히 대군을 거느리고 합비 땅에 이르러, 만총 · 전예 · 유소를 시켜 세 방면으로 군사를 나누어 막게 했는데, 만총이 계책을 써서 동오 군사의 군량미와 마초와 무기를 모조리 불태워버렸습니다. 동오 군사 중에 병에 걸린 자가 많은지라, 육손은 오왕 손권에게 표문을 보내어 위군을 앞뒤에서 협공할 작정이었는데, 뜻밖에도 그 표문을 가지고 가던 자가 도중에서 위군에게 붙들리는 바람에 기밀이 탄로나고 말았습니다. 그래서 동오의 군사는 아무 공로도 세우지 못하고 그냥 물러갔소이다."

너무나 뜻밖의 소식이었다. 공명은 길게 탄식하다가, 그만 땅바닥에 쓰러져 기절했다. 장수들이 급히 부축하였으나, 공명은 반 식경 후에야 비로소 깨어났다.

공명이 탄식한다.

"내 정신이 혼란하니 옛 병이 재발한 모양이다. 아마 얼마 살지 못할까 걱정이로다."

그날 밤이었다. 공명은 겨우 일어나 장막을 나서서 하늘을 우러러 천문을 보더니, 십분 놀라고 당황하며 장막으로 들어와서 강유에게 말한다.

"내 목숨이 조석朝夕간에 임박했다."

강유가 묻는다.

"승상은 어찌하여 그런 말씀을 하십니까?"

"내가 천문을 보니, 삼태성三台星 중에 객성客星(전에 없던 다른 별)이 나타나 그 빛이 배나 밝고, 그 대신 주성主星(주인 격인 별)은 희미하고 좌우에서 돕는 별들도 빛이 희미한지라. 하늘의 천문이 이러하니 나의 목숨을 가히 알지로다."

"천문이 비록 그럴지라도, 승상은 왜 기도를 드려 만회하지 않나이까?"

"내 기도를 드려 재난을 제거하는 법을 알지만, 하늘의 뜻이 어떠한지 모르겠노라. 너는 무장한 군사 49명을 거느리고 각기 검은 기를 들고 검은 옷을 입고 장막 밖을 에워싸고 호위하여라. 나는 장막 안에서 북두北斗(별 이름)에 기도를 드릴 터이니, 만일 7일 동안 주인 격인 등불이 꺼지지 않으면 나는 10여 년(원문에는 일기一紀라고 했으니 일기는 12년이다)을 더 살 수 있고, 꺼지면 반드시 죽는다. 그러니 일 없는 사람을 일절 들여보내지 말고, 모든 용품은 두 동자 아이만 시켜서 들여보내라."

강유는 명령대로 시행하니, 이때가 바로 8월 중추中秋였다. 이날 밤에 은하수는 반짝이고 옥 같은 이슬은 내리니, 모든 정기는 움직이지 않고 순찰 도는 딱딱이 소리도 들리지 않았다.

강유는 군사 49명을 거느리고 장막 밖에서 호위하는데, 공명은 장막 안에서 향화香花로 제물祭物을 차리고, 땅 위에는 일곱 개의 큰 등을, 밖으로는 49개의 조그만 등을 배치하고, 그 안에 본명등本命燈(목숨을 건 주요 등불) 하나를 안치하고 절하며 축원한다.

"양亮(제갈양)은 난세에 태어나 산수山水 사이에서 늙고자 했으나, 소열황제昭烈皇帝(유비)께서 세 번이나 찾아오신 은혜를 입고, 어린 주인을 부탁하시는 무거운 책임을 맡은지라. 감히 견마犬馬의 수고로움을 다하지 않을 수 없어 맹세코 국가의 역적을 치려 했더니, 뜻밖에도 장성將星이 떨어지려 하고 이승의 목숨이 장차 끝나려고 하기에, 삼가 흰 비단에 짧은 글을 적어 하늘에 고하나이다. 엎드려 바라건대 인자하신 하늘은 굽어살피시고 정상을 들으사, 굽어살피시어 신의 목숨을 연장하여 위로는 임금의 은혜에 보답하고 아래로는 도탄에 빠진 백성들을 구제하고, 능히 천하를 바로잡아 한나라를 영원하게 하소서. 망령되이 목숨이 아까워서 비는 것이 아니고, 실로 어쩔 수 없는 실정에서 고하나이다."

막사 안에서 북두칠성에 제사지내는 공명. 왼쪽 끝은 위연

　공명은 축원을 마치자 다시 절하고, 아침까지 엎드려 기도했다. 이튿
날 공명은 병든 몸을 부축받고 모든 일을 다스리는데, 계속 피를 토한
다. 그러면서도 낮에는 작전에 관한 계책을 의논하고, 밤이면 강勍(별자
리 이름)을 밟고 두斗(별자리 이름) 위를 걸으며 하늘에 기도를 드렸다.
　한편, 사마의는 영채 안에 들어박혀 굳게 지키기만 하다가, 어느 날
밤에 홀연 천문을 우러러보고 매우 기뻐하면서 하후패夏侯霸에게 말
한다.
　"내 천문을 보니, 장성이 위치를 잃었은즉 공명이 틀림없이 병들었도
다. 반드시 머지않아 죽을 것이다. 너는 군사 천 명을 거느리고 오장원
으로 가서 정탐하여라. 촉군이 들떠 있으면서도 싸우러 나오지 않으면
이는 공명이 병든 증거이니, 내 이 기회에 공격하리라."

하후패는 군사를 거느리고 떠나갔다.

한편, 공명은 장중에서 기도를 드린 지 여섯 번째 밤을 맞이하면서 본명등의 불빛이 몹시 밝은 것을 보고, 마음속으로 매우 기뻐했다.

강유가 장막 안에 들어가서 보니, 공명은 머리를 풀고 칼을 짚고 강을 밟고 두 위를 걸어 조심스레 장성을 소생시키는데, 갑자기 영채 밖에서 함성이 일어난다.

강유는 사람을 보내어 웬일인가 알아보고자 장막을 나가려는데, 위연이 장막 안으로 황급히 뛰어들면서 고한다.

"위군이 쳐들어왔습니다!"

위연은 큰 몸을 주체할 겨를도 없이 그만 본명등을 밟고 말았다. 순간 불이 꺼졌다.

공명이 칼을 버리며 탄식한다.

"죽고 사는 것은 천명이라. 빈다고 되는 일이 아니다."

위연은 너무나 황공해서 꼬꾸라지듯 땅바닥에 꿇어 엎드려 어찌할 바를 모른다.

강유는 분노를 참을 수 없어 칼을 뽑아 위연을 죽이려 하니,

만사는 사람 뜻대로 되지 않으니
마음만으로는 목숨을 연장하기 어렵다.
萬事不由人做主
一心難與命爭衡

위연의 목숨은 어찌 될 것인가.

제104회

큰 별이 떨어지자 제갈양은 하늘로 돌아가고
사마의는 나무로 만든 상像을 보고 기겁하다

강유는 위연이 본명등을 밟아 꺼뜨린 것을 보자, 분노하여 칼을 빼어 들고 죽이려 한다.

공명이 말린다.

"이는 내 목숨이 다한 것이다. 문장文長(위연의 자)의 허물이 아니다."

강유는 칼을 도로 칼집에 꽂았다. 공명은 몇 번 피를 토하더니, 침상에 누워 위연에게 말한다.

"이는 사마의가 내가 병든 줄 알고, 그래서 일부러 사람을 시켜 정탐하러 보낸 것이다. 너는 급히 나가서 그들을 무찔러라."

위연은 명령을 받고 장막을 나와, 말에 올라 군사를 거느리고 위군을 무찌르러 영채에서 달려나간다.

그러나 하후패는 위연이 나오는 것을 보자, 황망히 군사를 거두어 달아난다. 위연은 위군을 한 20여 리 가량 뒤쫓다가, 비로소 돌아왔다. 이에 공명은 위연을 자기 본채로 돌아가서 지키도록 떠나 보냈다.

강유는 바로 공명의 병상이 있는 곳으로 들어가서, 병세를 물었다.

공명이 대답한다.

"나는 충성과 힘을 다하여 중원을 회복하고 한나라 황실을 다시 일으키려 했으나, 하늘의 뜻이 이러하니 어찌하리요. 나의 죽음은 조석간에 임박했다. 내가 평생 배운 것을 이미 24편篇 10만 4천백12자로 저술했으니, 그 내용은 팔무八務 · 칠계七戒 · 육공六恐 · 팔구八懼의 법이라. 모든 장수들을 두루 보니, 줄 만한 사람이 없어 오직 너에게 전하노니 결코 소홀히 하지 말라."

강유는 울면서 절하고, 그 저서를 받았다.

공명이 계속 말한다.

"나에게 연노법連弩法이 있으나 아직 한 번도 그 법을 쓰지 않았으니, 자세히 듣거라. 화살 길이는 8촌이요, 한 노弩(오늘날 총처럼 쏘는 무기)가 한 번에 열 발發을 쏠 수 있는지라. 여기 그 만드는 설계도가 있으니, 너는 그 법대로 만들어서 사용하도록 하라."

강유는 또한 절하고 받았다.

공명이 계속 말한다.

"촉 땅으로 들어가는 모든 도로에 대해 지나치게 염려할 것은 없다. 다만 음평 땅을 소홀히 하지 말라. 그곳이 비록 험준하지만, 오래 지난 뒤에 반드시 적에게 빼앗길 때가 있을 것이다."

공명은 마대를 장막 안으로 불러들여, 그 귀에다 무슨 계책을 비밀리에 일러주고 나서 부탁한다.

"내가 죽은 뒤에, 너는 그 계책대로만 시행하여라."

마대는 계책을 받고 나갔다.

조금 뒤에 양의楊儀가 들어오자, 공명은 병상 가까이 불러 비단주머니 한 개를 주며 은밀히 부탁한다.

"내가 죽으면 위연이 반드시 배반하리니, 그 배반하는 때를 기다려

너는 대진할 때에 이 비단주머니를 열어보아라. 그러면 스스로 위연을 칼로 베어 죽일 사람이 있을 것이다."

공명은 일단 부탁을 마치자, 갑자기 혼수 상태에 빠졌다가 저녁 늦게야 비로소 깨어나, 표문을 후주後主께 바치도록 사자를 급히 떠나 보냈다.

사자는 날마다 밤낮을 가리지 않고 급히 달려 성도에 당도했다.

후주는 이 소식을 듣자 깜짝 놀라서 상서尚書 이복李福에게 분부한다.

"급히 일선에 가서 공명을 문병하되, 겸하여 뒷일을 묻고 오너라."

이에 이복은 명령을 받아 날마나 밤낮없이 말을 달려 오장원으로 가서, 공명을 뵙고 후주의 명령을 전하며 병세를 물었다.

공명이 눈물을 흘리며 대답한다.

"나는 불행히도 도중에서 죽게 되어 국가의 큰일을 버려두니, 천하에 죄를 지었거니와 내 죽은 뒤일지라도 귀공들은 마땅히 충성을 다하여 주인을 돕되, 국가의 옛 제도를 함부로 뜯어고치지 말고, 내가 생전에 쓰던 사람들을 경솔히 갈아치우지 말라. 나의 병법은 강유에게 다 전했으니, 그가 능히 나의 뜻을 계승하여 나라를 위해 힘쓸 것이다. 나의 목숨이 조석간에 달려 있으니, 마땅히 표문을 남겨 천자께 아뢰리라."

이복은 이 말을 듣자 총총히 하직하고, 성도를 향하여 떠나갔다.

공명은 굳이 병든 몸을 일으켜 좌우의 부축을 받아 조그만 수레를 타고서 영채를 나가 모든 진영을 두루 살펴보는데, 가을 바람이 얼굴을 스치자 뼈에 사무치도록 추워서 길게 탄식한다.

"내 다시는 진영 앞에 나서서 역적을 토벌하지 못하겠구나. 유유한 푸른 하늘이여! 어찌하여 한계가 있느냐!"

공명은 한동안 탄식하다가, 장막으로 돌아와서부터 병세가 더욱 악화됐다.

이에 공명은 양의를 불러들여 분부한다.

"마대·왕평·요화·장의·장익 등은 다 충성과 의리가 대단한 장수들이며 또 많은 전투 경험이 있어서, 앞으로도 그들의 노력에 의지해야 하니, 매사를 맡겨라. 내 죽은 후에도 모든 일을 다 지난날의 옛 법대로 행하며, 천천히 군사를 후퇴시키되 결코 조급히 서두르지 말라. 너는 지략이 깊으니 더 이상 부탁할 것이 없고, 강백약姜伯約(백약은 강유의 자字이다)은 지혜와 용기를 다 겸비했으니 가히 뒤의 적군을 끊을 것이다."

양의는 울면서 절하고 분부를 받았다.

공명은 문방사보文房四寶(붓·벼루·먹·종이)를 가지고 오라 하여, 병상에 누운 채 마지막 표문을 쓰니,

엎드려 듣건대, 생사는 한계가 있어 이치에서 벗어나기 어려운지라. 죽음이 임박함에 한 말씀 아뢰고자 하나이다. 신 양은 어리석은 천성으로 어지러운 시대를 만나 큰 책임을 맡고, 승상의 직분을 오로지하며 군사를 일으켜 북쪽을 치다가, 성공하기도 전에 병이 골수에 들어 목숨이 조석간에 달렸으니, 폐하를 끝까지 섬기지 못할 줄이야 어찌 알았겠습니까. 한恨이 무궁합니다. 엎드려 바라건대, 폐하께서는 마음을 맑게 하시고 욕심을 누르고 자신을 간약簡約하게 하사, 백성을 사랑하여 선제先帝(유비)의 남기신 뜻에 효도하시고 어진 은혜를 천하에 펴서 숨은 인재를 찾아 등용하시되 간사한 무리를 물리치고 풍속을 바로잡으소서. 신은 원래 집안에 뽕나무 8백 그루와 토박한 밭 50마지기가 있어, 자손들이 먹고 입기에 넉넉한지라. 신이 바깥에 있을 때는 몸에 필요한 물건은 다 관官의 것을 썼기 때문에, 따로 생계를 다스리지 않았습니다. 그래서 신은 죽으나 안으로 다른 재산을 모아둔 것이 없고 밖으로도 남길 재산이 없으니, 이는 폐하를 저버리지 않기 위함이었습니다.

죽기 전 유언을 남기는 공명

　공명은 쓰기를 마치자, 또 양의에게 부탁한다.

　"내 죽은 뒤에 초상을 알리지 말라. 큰 감龕을 만들어 그 속에 나의 시
체를 앉히고, 쌀 일곱 낱을 내 입에 넣고, 내 다리 밑에 등잔 하나를 밝혀
라. 그리고 전처럼 군중을 안정시키되, 결코 곡哭하지 말라. 그러면 나의
영혼이 나의 장성을 떨어지지 않게 할 것이다. 사마의는 나의 장성이 하
늘에서 떨어지지 않는 것을 보면, 필시 놀라고 의심할 것이다. 이후에
뒤쪽 영채의 군사들부터 먼저 떠나 보내고 계속 한 영채씩 천천히 후퇴
하여라. 만일 사마의가 추격해오거든 너는 즉시 진영을 벌여 기와 북 치
는 군사들을 돌려 세우고 적군이 이르기를 기다려, 내가 지난날 장만해
둔 나의 목상木像을 수레 위에 앉히고 앞으로 밀고 나가되, 좌우로 모든
장수들과 군사를 늘어세워라. 사마의가 보기만 하면 반드시 놀라서 달

아나리라."

양의는 분부를 일일이 다 받았다.

이날 밤 공명은 장수들에게 자기 몸을 부축시켜 밖으로 나가 하늘의 북두를 우러러보다가, 아득한 별 하나를 손으로 가리킨다.

"저것이 바로 나의 별이다."

모두가 보니, 그 별은 빛이 희미하고 금세 떨어질 듯이 흔들린다.

공명이 칼을 들어 그 별을 가리키며 입으로 주문을 외고 나서, 급히 장막으로 돌아갔을 때는 이미 정신을 잃고 있었다.

모든 장수들은 어쩔 줄을 모르며 당황하는데, 홀연 상서 이복이 되돌아와서, 공명이 정신을 잃고 말을 못하는 것을 보자 큰소리로 울며 말한다.

"내가 국가의 큰일을 그르쳤도다."

잠시 뒤에 공명이 다시 깨어나 주위를 둘러보다가, 이복이 침상 앞에 서 있는 것을 보고 말한다.

"나는 그대가 되돌아온 뜻을 아노라."

이복이 사죄한다.

"저는 천자로부터 승상이 돌아가시면 누구에게 이 큰일을 맡겨야 할지 알아오라는 칙명을 받았건만, 요전에는 너무나 다급하여 그만 잊고 여쭙지 못했기 때문에, 가다가 도중에서 되돌아왔습니다."

공명이 말한다.

"내 죽은 뒤에 큰일은 장완蔣琬에게 맡기는 것이 좋으리라."

이복이 계속 묻는다.

"장완의 뒤는 누가 계승해야겠습니까?"

"비의가 계승하는 것이 좋을 것이다."

이복이 또 묻는다.

"비의 뒤는 누가 마땅히 계승해야겠습니까?"

"……"

공명은 대답이 없다. 모든 장수들이 가까이 가서 보니 이미 숨져 있었다. 때는 건흥建興 12년(234) 가을 8월 23일이요, 공명의 나이 54세였다.

후세 당唐나라 때 시인 두공부杜工部(두보杜甫)는 시를 지어 찬탄했으니,

장성이 어젯밤 전영에 떨어졌으니
선생이 이날 세상을 떠나셨다는 부고로다.
장막에는 다시 명령 소리 들리지 않으니
누가 인대에 다시 혁혁한 공훈을 나타내랴.
문하에는 3천 제자만 헛되이 남았으니
가슴속의 10만 군사를 저버렸구나.
좋구나, 녹음 우거진 맑은 대낮을 보아라.
하건만 오늘에 이르도록 다시는 노랫소리를 영접할 수 없도다.

長星昨夜墜前營
訃報先生此日傾
虎帳不聞施號令
麟臺誰復著勳名
空餘門下三千客
辜負胸中十萬兵
好看綠陰清晝裡
於今無復岐歌聲

당나라 때 시인 백낙천白樂天(백거이白居易)도 시를 지었다.

선생은 자취를 감추어 산 숲에 누웠으니

어진 주인이 세 번씩이나 찾아올 줄이야 어찌 알았으리요.

물고기(유비)는 남양 땅에 이르러 비로소 물을 얻었으며

용(유비)은 하늘 밖을 나니 문득 장맛비가 오도다.

유비는 외로운 아들을 맡기고 이미 은근한 예를 다했으니

선생은 나라에 보답하되 충의의 마음을 다 기울였도다.

전후 출사표가 남아 전하니

누구나 한번 읽으면 눈물이 옷깃을 적시는도다.

先生晦跡臥山林

三顧那逢賢主尋

魚到南陽方得水

龍飛天外便爲霖

託孤旣盡慇懃禮

報國還傾忠義心

前後出師遺表在

令人一覽淚沾襟

　지난날 촉의 장수교위長水校尉 요입廖立은 스스로 자기 재주를 공명의 바로 다음이라 자부하며, 한가한 자기 직위에 대해서 불평하고 원망하고 비방하다가, 공명에게 쫓겨나 서인庶人(백성)이 되어 문산汶山 땅에 가 있었다.

　요입은 공명이 죽었다는 소식을 듣고 울었다.

　"나는 끝내 백성 신분을 면하지 못하겠구나."

　이엄李嚴도 공명이 죽었다는 소식을 듣고 방성통곡하다가, 그만 병이 나서 죽었다. 이엄은 공명이 자기를 다시 불러서 일을 맡기고, 지난날의

잘못을 속죄하도록 기회를 줄 줄로 믿었는데, 공명이 죽었으니 아무도 다시는 자기를 써주지 않을 것을 알고 슬퍼한 때문이었다.

　후세 사람 원미지元微之(원진元槇)는 시를 지어 공명을 찬탄했다.

　　　난을 다스리며 위태한 주인을 부축하다가

　　　은근히 외로운 아드님(후주)을 맡았도다.

　　　선생의 영특한 재주는 옛 관자管子와 악의樂毅(유명한 경세가

　　　經世家)보다 뛰어났으며

　　　묘한 작전은 옛 손자와 오자보다 월등했도다.

　　　늠름한 출사표요

　　　당당한 팔진도라.

　　　선생처럼 높은 덕을 온전히 한 분은

　　　고금에 없었으므로 찬탄하노라.

　　　撥亂扶危主

　　　慇懃受託孤

　　　英才過管樂

　　　妙策勝孫吳

　　　凜凜出師表

　　　堂堂八陣圖

　　　如公全盛德

　　　應嘆古今無

　이날 밤에는 하늘도 수심에 잠기고 땅도 참담하고 달도 빛을 잃었다. 공명은 엄연히 하늘로 돌아간 것이다.

　강유와 양의는 공명의 유언에 의해서 감히 곡하지 않고, 예법대로 염

殮하여 감 속에 안치하고, 심복 장수와 군사 3백 명을 시켜 지키고, 비밀리에 위연에게 영을 내려 후방을 끊으라 하고, 각 곳 영채를 하나씩 하나씩 후퇴시켰다.

한편, 사마의는 밤에 천문을 보는데, 하나의 큰 별이 붉은빛에 모[角]가 져서 동북쪽으로부터 서남쪽으로 흘러가 촉군 영채 안으로 떨어지더니, 두세 번 튀어오르면서 은은한 소리가 난다.

사마의는 기뻐서 어쩔 줄을 모른다.

"공명이 죽었도다!"

사마의는 즉시 대군을 일으켜 추격하도록 영을 내리고, 친히 영채 문을 나오다가 문득 의심이 나서,

'공명은 육정육갑신을 잘 부리니, 오래도록 내가 싸우러 나오지 않는 것을 보고 일부러 술법을 써서 죽은 체하고, 나를 끌어내려는 술책이 아닐까? 이제 그들을 추격하다가는 반드시 공명의 계책에 빠지리라.'

생각하고, 드디어 말을 돌려 영채 안으로 다시 들어가서 나오지 않는다. 그 대신 하후패에게 기병 수십 명을 주고, 몰래 오장원의 산골에 가서 정탐하도록 떠나 보냈다.

한편, 위연은 밤에 본채에서 자다가, 문득 자기 머리에 뿔이 두 개가 나는 꿈을 꾸었다. 깨어나서 생각하니 이상한 꿈인지라, 여러 가지로 의심이 난다.

이튿날, 행군사마行軍司馬 조직趙直이 왔다.

위연은 조직을 불러들이고 묻는다.

"내 머리에 뿔이 두 개 나는 꿈을 꾸었은즉, 그대는 주역周易의 이치에 매우 밝으니, 수고롭지만 길흉을 판단해주오."

조직은 한참 동안 생각하다가 대답한다.

"이는 아주 길한 징조요. 기린도 머리에 뿔이 있고 푸른 용도 머리에 뿔이 있으니, 그 꿈은 변화하여 높이 날아오를 조짐이오."

위연은 매우 기뻐한다.

"귀공의 말대로 내가 높게 된다면 마땅히 보답하리다."

조직은 작별하고 몇 마장쯤 가다가, 마침 오는 상서 비의와 만났다.

비의가 묻는다.

"어디서 오시는 길이오?"

조직이 대답한다.

"마침 위연의 영채에 갔더니, 머리에 뿔이 나는 꿈을 꾸었다면서 나에게 길흉을 묻습디다. 그 꿈은 좋은 징조가 아니지만, 바른말을 하면 덤벼들까 두려워서 기린과 푸른 용에도 뿔이 있다고 둘러댔소이다."

"그대는 그 꿈이 어째서 좋은 징조가 아니라고 믿소?"

"뿔[角]이란 글자는 칼 도刀 밑에 쓸 용用 자를 붙인 것입니다. 이제 머리 위에 칼이 있으니 이만저만 흉한 꿈이 아닙니다."

비의가 당부한다.

"그대는 절대 아무에게도 이 일을 말하지 마시오."

조직은 응낙하고 떠나갔다. 비의는 그길로 위연의 영채에 가서, 좌우 사람들을 내보내고 고한다.

"어젯밤 3경에 승상께서 세상을 떠나셨소. 임종 때 거듭거듭 부탁하시기를, 장군으로 하여금 뒤를 끊어 사마의를 대적하게 한 후에 천천히 후퇴하되, 결코 초상을 알리지 말라 하셨소. 내가 병부兵符를 가지고 왔으니 즉시 군사를 일으키시오."

위연이 묻는다.

"그럼 누가 승상을 대신해서 큰일을 맡았소?"

"승상은 큰일을 일단 양의에게 맡겼고, 군사를 쓰는 비법은 강유에게

다 전하셨소. 이 병부는 바로 양의가 보낸 것이오."

"승상은 죽었으나 나는 현재 여기에 이렇게 있소. 양의의 벼슬은 한낱 장사長史에 불과한데, 그가 그 큰 책임을 어찌 맡는단 말이오. 양의는 영구靈柩를 모시고 서천으로 돌아가서 장사나 지내는 것이 마땅하오. 나는 몸소 대군을 거느리고 사마의를 공격하여, 힘써 성공하겠소. 승상한 사람 때문에 국가의 큰일을 폐지할 수는 없소."

"승상께서 유언하신 명령이니, 잠시 후퇴할지언정 어겨서는 안 되오."

위연이 노한다.

"승상이 일찍이 내 계책대로만 했어도 벌써 장안을 장악한 지가 오래됐을 것이오. 지금 나의 벼슬은 전장군前將軍 정서대장군征西大將軍 남정후南鄭侯인데, 어찌 장사 벼슬 따위에 있는 양의의 명령을 받고 뒤를 끊을 수 있으리요."

"장군의 말이 비록 옳으나, 그렇다고 경솔히 행동하여 적군의 비웃음을 사지는 마시오. 내가 곧 양의에게 가서 이해利害를 따져 타이르고, 그의 군사를 장군에게 다 양도하도록 하면 어떻겠소."

위연은 그렇다면 속히 갔다 오라며 머리를 끄덕였다.

비의는 영채를 나오자, 급히 대채로 가서 양의를 만나보고 위연이 하던 말을 전했다.

양의가 말한다.

"승상은 임종하실 때 '위연이 반드시 딴 뜻을 품을 것이라'고 나에게 은밀히 일러주셨거니와, 이번에 내가 병부를 보낸 것도 실은 그의 속마음을 떠보기 위해서였소. 이제 승상의 유언이 바로 들어맞았으니 나는 강유에게 뒤를 끊도록 하겠소."

이에 양의는 군사를 거느리고 공명의 영구를 모시고 먼저 떠나고, 강유에게 뒤를 끊도록 맡겨서 공명의 유언대로 천천히 후퇴한다.

한편, 위연은 영채에서 암만 기다려도 비의가 돌아오지 않는지라, 의심이 나서 마대에게 기병 10여 명을 주고 가서 염탐하도록 보냈다.

이윽고 마대가 돌아와서 보고한다.

"후군은 강유가 총지휘하고, 전군은 태반이나 산골짜기로 들어가서 후퇴해버렸습니다."

위연은 분개하여,

"썩은 선비 놈이 어찌 감히 나를 속이는가! 내 반드시 그 놈을 죽이리라."

저주하고, 마대를 돌아보며 묻는다.

"귀공은 나를 돕지 않겠소?"

마대가 대답한다.

"나도 또한 양의에게 원한이 있소이다. 바라건대 장군을 도와 공격하겠소."

위연은 매우 좋아하며 즉시 영채를 뽑아 본부 군사를 거느리고 남쪽을 향하여 떠나갔다.

한편, 하후패가 군사를 거느리고 오장원에 이르러 보니, 사람이 한 명도 없다. 그는 급히 돌아가서 사마의에게 보고한다.

"촉군은 이미 다 후퇴하였습니다."

사마의가 발을 구른다.

"공명이 틀림없이 죽었도다. 속히 추격하라!"

하후패가 말한다.

"도독은 경솔히 추격하지 마시고, 편장을 먼저 보내보십시오."

"아니다. 이번에는 내가 가야 한다."

사마의는 두 아들과 함께 군사를 거느리고 일제히 오장원으로 가, 함성을 지르고 기를 휘두르며 촉군 영채로 쳐들어가서 보니 과연 한 사람

도 없었다.

사마의가 두 아들에게 분부한다.

"너희들은 뒤에서 모든 군사를 재촉하여 급히 쫓아오너라. 나는 군사를 거느리고 먼저 가겠다."

이에 사마사와 사마소는 뒤에 남아 모든 군사를 재촉하고, 사마의는 친히 군사를 거느리고 먼저 떠나 어느 산 기슭에까지 뒤쫓아가서 바라보니, 돌아가는 촉군이 과히 멀지 않았다.

이에 힘을 분발하여 한참을 뒤쫓아가는데, 갑자기 산 뒤에서 한 방 포소리가 일어나며 함성이 크게 진동한다. 보라, 촉군이 다 기를 돌려 세우고 북을 치며 나무 그늘 속에서 쏟아져 나오는데, 중군의 큰 기에는 한 줄로 '한 승상 무향후 제갈양漢丞相武鄕侯諸葛亮'이라고 크게 씌어 있었다.

사마의가 대경 실색하여 눈을 똑바로 뜨고 바라보니, 촉군 중에서 장수 수십 명이 일제히 사륜거를 호위하고 나오는데, 그 수레 위에는 공명이 윤건을 쓰고 깃털 부채를 들고 학창의를 입고 검은 띠를 두르고 단정히 앉아 있었다.

사마의는 정신이 아찔해서,

"공명이 아직도 살아 있는데, 내 경솔히 위태로운 곳으로 들어와 그의 계책에 빠졌구나!"

하고 급히 말을 돌려 달아나는데 뒤에서 강유가 크게 외친다.

"역적의 장수는 달아나지 말라. 너는 이미 승상의 계책에 걸렸다!"

이 말을 듣자, 위군은 혼비백산하여 갑옷과 투구와 칼과 창을 버리고 서로 앞을 다투어 달아나니, 그 바람에 서로 짓밟고 밟혀 죽은 자만도 무수했다.

사마의가 50여 리를(그 당시 이수里數와 도량度量은 오늘날과 다르

忙奔仲達摸頭連問有和無

死諸葛走生仲達

端坐孔明覷面難今生共死

공명의 목상에 놀라 도망을 치는 사마의. 오른쪽 위는 강유

다) 달아났을 때, 뒤에서 위나라 장수 두 사람이 겨우 뒤쫓아와서 사마의의 말고삐와 재갈을 움켜잡고 외친다.

"도독은 진정하십시오."

사마의가 머리를 만지며 묻는다.

"내 머리가 있나 보아라."

두 장수가 대답한다.

"도독은 겁내지 마소서. 촉군이 멀리 가버렸습니다."

사마의는 한동안 헐레벌떡거리다가 정신을 차리고, 눈을 부릅떠 자세히 보니 두 장수는 하후패와 하후혜였다.

이에 사마의는 말고삐를 늦추고 두 장수와 함께 천천히 사잇길을 찾아 본채로 도망쳐 돌아가서, 모든 장수들에게 군사를 나누어주고 사방

으로 흩어 보내어 망을 보게 했다.

이틀이 지난 뒤에 고을 백성들이 와서 고한다.

"촉군은 산골짜기로 들어가서 물러갈 때 곡성이 진동했으며, 군사들 중에는 흰 기를 든 자가 있었으니 공명이 죽은 것이 분명합니다. 강유만이 남아서 기병 천 명을 거느리고 뒤를 끊었던 것입니다. 전날 사륜거 위에 앉았던 공명은 실은 나무로 만든 목상이었습니다."

사마의가 탄식한다.

"나는 공명이 살아 있는 줄만 알았지, 죽은 것을 몰랐도다."

이리하여 촉 땅 사람들 사이에는 '죽은 제갈양이 살아 있는 사마의를 달아나게 했다'는 하나의 속담이 생겨났다.

후세 사람이 이 일을 탄식한 시가 있다.

　　장성이 한밤중에 하늘 중심으로 떨어졌건만
　　사마의는 달아나면서도 제갈양이 살아 있나 의심했도다.
　　관 바깥 백성들은 오늘에 이르도록 비웃는구나.
　　'내 머리가 있나 없나 보라'고 한 그 말을.
　　長星半夜落天樞
　　奔走還疑亮未䥐
　　關外至今人冷笑
　　頭箕猶問有和無

사마의가 공명이 죽은 것을 확인하고 다시 군사를 거느리고 뒤쫓아가 적안파赤岸坡에 이르렀을 때, 촉군은 이미 멀리 가버리고 보이지 않았다.

이에 사마의는 다시 돌아와서 모든 장수들을 돌아보며,

"공명이 이미 죽었으니, 우리는 베개를 높이 베고 시름을 잊겠구나."

하고, 드디어 회군하다가 공명이 영채를 세웠던 터를 지나가면서 살펴보니 전후 좌우로 추호도 빈틈이 없었다.

사마의가 탄식한다.

"공명은 참으로 천하의 기이한 인재였도다."

사마의는 군사를 거느리고 장안으로 돌아가 모든 장수들을 모든 요충지로 보내어 각기 지키게 하고, 자신은 천자를 뵈러 낙양으로 갔다.

한편, 양의와 강유는 진세陣勢를 벌이며 천천히 물러가다가, 잔각 길(棧閣道. 계곡이 굽어보이는 절벽에 기둥을 세우고 나무로 얽어서 만든 길) 입구에 이르렀다. 비로소 그들은 상복으로 갈아입고 초상을 알리고 번創(조기弔旗)을 걸고 통곡하니, 촉군 중에는 가슴을 치고 몸부림치며 울다가 죽은 자들도 있었다.

촉군의 전대가 바로 잔각 길로 들어서려는데, 홀연 전방에서 불빛이 하늘을 찌르고 함성이 진동하며 한 떼의 군사가 나타나더니 길을 가로막는다.

모든 장수들은 깜짝 놀라서 이 사실을 양의에게 보고하니,

이미 위나라 모든 장수들은 가버렸는데
촉 땅에서 난데없는 군사가 나타나다니 웬일이냐.
已見魏營諸將去
不知蜀地甚兵來

나타난 군사는 어느쪽 군사일까?

제105회

무후는 미리 비단주머니에 계책을 숨겨두고
위주는 승로반을 꺾어서 차지하다

양의는 전방에 알 수 없는 군사가 나타나 앞을 막는다는 보고를 듣자, 급히 사람을 시켜 정탐했다.

그 정탐꾼이 돌아와서 고한다.

"위연이 잔도棧道(절벽과 절벽 사이에 걸쳐놓은 다리)를 불태워버리고 군사를 거느리고 앞을 막고 있습니다."

양의가 깜짝 놀란다.

"승상이 생전에 '그자가 반드시 배반할 것이라'고 말씀하시더니, 오늘날에 이러할 줄이야 뉘 알았으리요. 이제 우리가 돌아갈 길을 끊었으니, 어찌하면 좋을까?"

비의가 말한다.

"그자는 필시 천자께 우리가 반역했다고 거짓말을 아뢴 후에 잔도를 불살라버리고, 우리가 돌아갈 길을 막는 것이니, 우리도 또한 천자께 위연이 반역한 사실을 아뢴 후에 도모해야 하오."

강유가 말한다.

"이 사이에 작은 길이 있으니, 이름은 차산海山이라. 비록 험하고 위태로운 산길이지만, 잔도 뒤로 빠질 수 있소."

이에 표문을 지어 천자께 보내는 동시에 군사들은 차산을 바라보고 작은 길로 나아간다.

한편, 성도의 후주는 입맛도 없고 밤이면 잠을 편히 자지 못하고 불안해하다가, 어느 날 밤에 꿈을 꾸는데 성도의 금병산錦屛山이 무너지는지라. 깜짝 놀라 깨어 아침이 될 때까지 앉았다가, 문무 백관들이 입조하자, 꿈의 길흉을 물었다.

초주初周가 대답한다.

"신이 어젯밤에 우러러 천문을 보니, 붉은빛에 모가 난 별 하나가 동북쪽에서 서남쪽으로 떨어졌습니다. 이는 승상에게 아주 흉한 징조니, 폐하가 산이 무너지는 꿈을 꾸신 것도 바로 같은 징조올시다."

후주는 더욱 놀라며 겁내는데, 시신侍臣이 들어와서 아뢴다.

"이복이 돌아왔습니다."

후주가 급히 불러들여 물으니, 이복은 머리를 조아리고 울면서,

"승상이 세상을 떠났습니다."

아뢰고, 승상이 임종할 때의 유언을 자세히 고한다.

후주는 그 말을 듣자,

"하늘이 나를 망침이로다!"

하고 방성통곡하다가 용상 위에 쓰러진다.

가까이 모시는 신하들은 후주를 부축하여 후궁後宮으로 들어갔다.

오태후吳太后도 이 소식을 듣자 또한 방성통곡하여 마지않고, 모든 문무 백관도 슬피 통곡하며, 백성들도 다 울었다.

그 후로 후주는 날마다 상심하여 조회도 열지 못하는데, 마침내 위연의 표문이 들이닥쳤다. 그 표문은 양의가 반역했다는 내용이었다.

모든 신하는 소스라치게 놀라 궁으로 들어가서 후주에게 아뢰는데, 이때 오태후도 곁에 있었다.

후주는 신하들이 아뢰는 말을 듣고 너무 놀라 가까이 있는 신하에게 위연의 표문을 읽도록 명한다.

정서대장군征西大將軍 남정후南鄭侯 신臣 위연은 진실로 황공하와 머리를 조아리며 아뢰나이다. 양의는 병권을 잡은 이래로 군사를 거느리고 반역하여, 승상의 영구를 납치하고, 적군을 끌어들이고 경계를 침범하려 하기에 신이 먼저 잔도를 불질러 태워버리고, 군사를 거느리고 막고 있으며, 삼가 이 사실을 아뢰는 바입니다.

후주가 다 듣고서 묻는다.

"위연은 용맹한 장수라. 양의의 군사쯤은 족히 막을 수 있을 텐데, 어째서 잔도를 불질렀을까."

오태후가 대답한다.

"일찍이 선제(유비)께서 말씀하시기를, '공명은 위연의 머리 뒤에 튀어나온 뼈가 반역할 상相이라 하고 매양 참할 생각이나, 그 용기가 아까워서 잠시 살려두고 부린다' 하셨소. 이제 위연이 보고한 양의 등의 반역을 그대로 믿어선 안 되오. 양의는 바로 문사文士며, 승상이 장사長史의 벼슬을 시킨 것만 보아도 필시 믿고 쓸 만한 인물일 것이오. 오늘날 한 쪽 말만 듣는다면 양의 등은 반드시 위로 투항해갈 것이니, 이 일을 깊이 생각하여 의논하되 가벼이 결정하지 마시오."

여러 신하들은 이 일을 두고 한참 상의하는데, 때마침 양의가 보낸 급한 표문이 들이닥쳤다.

가까이 모시는 신하가 표문을 뜯어 읽으니,

장사長史 수군장군綏軍將軍 양의는 진실로 황공하와 머리를 조아리며 삼가 표문을 올리나이다. 승상은 임종 때 큰일을 신에게 맡기되, '예전 제도를 잘 지키고, 감히 변경하지 말라' 하고, '위연으로 하여금 뒤를 끊게 하며 강유에게 그 다음을 대비시키라' 했는데, 이제 위연은 승상의 유언에 복종하지 않고 스스로 본부 군사를 거느리고 먼저 한중 땅으로 들어와서 불을 질러 잔도를 끊었으며, 승상의 영거靈車를 납치하려 불측한 짓을 도모하고 있습니다. 창졸간에 변이 일어났으므로, 삼가 표문을 황급히 올리나이다.

오태후가 듣고 묻는다.

"경들의 소견은 어떠하시오?"

장완이 아뢴다.

"신의 어리석은 소견으로는, 양의가 비록 성미가 과격하고 도량은 좁으나 군량미와 마초를 잘 관리하기로 유명하고, 또 작전에 관해서는 승상과 함께 대세를 분별한 일이 많았습니다. 이번에 승상이 임종 때 그에게 큰일을 맡겼으니 결코 배반할 리가 없습니다. 그러나 위연은 평소 자기 공로만 믿고 워낙 오만하기 때문에 모든 사람이 굽실거리지만, 양의는 워낙 꿋꿋해서 위연이 늘 마땅찮게 생각하다가, 이번에 양의가 모든 군사를 총지휘하게 되자, 위연은 불만을 품고, 그래서 잔도를 불살라버리고 그 돌아오는 길을 끊은 후에 또 폐하께 표문으로 거짓말을 아뢰고 모함한 것입니다. 신은 집안 식구를 담보로 삼고 양의를 보증합니다만, 위연에 대해서는 보증할 수가 없습니다."

동윤董允이 또한 아뢴다.

"위연은 스스로 자기 공로만 믿고 늘 불평을 품어 원망하는 말을 했지만, 지난날에 배반하지 못한 것은 승상을 두려워했기 때문입니다. 이

번에 승상이 세상을 떠났으므로, 이 기회에 반란한 것은 마땅히 있을 법한 일입니다. 그러나 양의는 재주가 민첩하며 판단하는 힘이 있어 승상이 신임하던 인물이니, 결코 배반할 리가 없습니다."

후주가 묻는다.

"위연이 과연 배반했다면, 장차 무슨 계책을 써서 막아야 할까?"

장완이 아뢴다.

"승상은 본시부터 위연을 의심했으니, 필시 이에 대한 계책을 양의에게 일러주었을 것입니다. 양의가 믿는 것이 있기에 산골짜기로 후퇴하여 들어갔을 것이니, 위연은 반드시 그 계책에 걸려들 것입니다. 폐하는 너무 염려 마소서."

조금 지나자 위연의 표문이 또 오고 양의가 배반했다고 고한다. 후주가 그 표문을 친히 보는데, 양의의 표문이 또 오고 위연이 배반했다고 아뢴다.

두 사람의 표문이 연달아 이르러 각기 자기 주장이 옳다고 우기는데, 마침 비의가 돌아왔다. 후주가 불러들이니, 비의는 위연이 배반한 사실을 자세히 아뢴다.

실정을 다 듣자, 후주가 분부한다.

"그렇다면 동윤은 가서 짐의 칙명을 전하고, 위연에게 귀순하도록 좋은 말로 권하여라."

이에 동윤은 칙명을 받고 떠나갔다.

한편, 위연은 잔도를 불태워버린 다음 군사를 남쪽 산골짜기에 주둔시키고, 좁은 입구를 차지하여 스스로 만족해하는데, 뜻밖에도 양의와 강유는 밤중에 군사를 거느리고 남쪽 골짜기 뒤로 빠져 나왔다.

양의는 한중 땅을 잃게 될까 걱정이 되어서, 일단 하평何平을 선봉으

216

로 삼아 군사 3천 명을 주어 먼저 보내고, 강유 등과 함께 군사를 거느리고 공명의 영구를 모시고 곧장 한중 땅으로 향했다.

한편, 하평은 군사를 거느리고 바로 남쪽 골짜기 뒤에 이르러, 일제히 북을 치며 함성을 지른다.

망보던 군사가 나는 듯이 돌아가 위연에게 보고한다.

"양의의 선봉 하평이 군사를 거느리고 차산 사잇길로 돌아와서 싸움을 겁니다."

위연은 화를 내며, 급히 투구와 갑옷을 입고는 말에 올라 칼을 빼 들고 군사를 거느리고 와서 서로 둥글게 진영을 세운 후에 대치했다.

하평이 말을 달려 나오며 큰소리로 저주한다.

"배반한 도둑 위연은 어디 있느냐!"

위연이 또한 저주한다.

"너는 양의의 반역을 돕는 주제에, 어찌 감히 나를 꾸짖느냐!"

"승상이 세상을 떠나시고, 아직 시체도 썩기 전에 네 어찌 감히 배반했느냐!"

하평은 말채찍을 들어 위연의 수하에 있는 서천 출신 군사들을 가리키며 다시 외친다.

"너희들 군사는 다 서천 땅 출신이다. 고향에는 부모·처자·형제·친구들이 있으며, 또 승상이 살아 계시던 때에 한 번도 너희들을 박하게 대접한 일이 없으니, 지금이라도 역적을 돕지 말고 각기 고향 집으로 돌아가서 상이 내리기를 기다려라."

이 말을 듣자, 군사들은 크게 함성을 올리며 거의 반이나 흩어져 가버린다. 위연은 분이 치밀어 올라 칼을 휘두르며 말을 달려 들어가니, 하평은 창을 꼬느어 잡고 맞이하여 싸운 지 불과 수합에 패한 체하고 달아난다.

위연이 뒤쫓아가는데, 군사들이 일제히 활을 쏘아댄다. 위연은 하는 수 없이 말을 돌려 돌아오니, 그 사이에 군사들은 뿔뿔이 흩어져 달아난다. 위연은 더욱 진노하여 말에 박차를 가하며 뒤쫓아가서 군사 몇 명을 쳐죽였으나, 달아나는 군사들을 막을 수는 없었다.

그런데 마대가 거느린 군사 3백 명은 추호도 움직이지 않고 남아 있었다.

위연은 마대에게,

"귀공은 진심으로 나를 도우니, 성공한 후에 결코 저버리지 않으리다."

하고, 마침내 마대와 함께 하평을 추격한다. 이에 하평은 군사를 거느리고 나는 듯이 달아나버렸다.

위연은 남은 군사들을 거두어 모으고, 마대와 의논한다.

"우리가 위나라로 투항해가면 어떻겠소?"

마대가 대답한다.

"장군은 참으로 지혜가 모자랍니다그려. 대장부라면 어째서 스스로 천하를 손아귀에 넣지 않고 남에게 가서 무릎을 꿇는단 말이오. 내가 보건대 장군은 지혜와 용기를 겸비했으니, 서천과 동천의 그 누가 감히 반항하겠소. 나는 맹세코 장군과 함께 먼저 한중 땅부터 차지한 후에 서천을 치겠소."

위연은 반색이 되어, 마침내 마대와 함께 군사를 거느리고 바로 남정南鄭 땅을 공격하러 나아간다.

한편, 강유가 남정성南鄭城 위에서 바라보니, 위연과 마대가 무기들을 빛내며 위엄을 드날리면서 바람처럼 내달아오는지라 급히 명령을 내려 조교를 들어올렸다.

위연과 마대 두 사람이 '속히 항복하라!'고 크게 외친다.

강유는 사람을 시켜 양의를 오라 하여 서로 상의한다.

"위연은 용맹한데다가 마대까지 돕고 있으니, 그들의 군사는 많지 않지만, 어떤 계책을 써야 물리칠 수 있겠소?"

양의가 대답한다.

"승상이 임종 때 비단주머니 하나를 나에게 주시며 부탁하시기를, '만일 위연이 반역하거든, 진영 앞에서 서로 대적하게 될 때 이 비단주머니를 끌러보아라. 그러면 위연을 죽일 수 있는 계책이 있으리라' 하셨소. 그러니 지금이 끌러볼 때라고 생각하오."

드디어 비단주머니를 끌러보니 속에서 봉투가 나오는데, 거기에는 '위연과 서로 싸우기 위해 대치했을 때, 말 위에서 뜯어보라'고 적혀 있었다.

강유는 매우 좋아하며,

"승상께서 이 정도로 말씀하셨으니, 이젠 자신이 섰소. 내가 먼저 군사를 거느리고 성밖에 나가서 진영을 펼 테니, 귀공도 곧 뒤따라 나오시오."

하고 군사 3천 명을 거느리고 성문을 열고 일제히 달려나갔다. 강유는 북소리를 크게 울리며 진영을 펴고, 창을 짚고 문기 아래 말을 세우고 큰소리로 꾸짖는다.

"역적 위연아! 승상께서 한 번도 너를 박대한 일이 없었는데, 오늘날 어째서 배반했느냐!"

위연은 칼을 비껴 들고 말을 멈추며 대답한다.

"백약伯約(강유의 자)아, 네가 간섭할 일이 아니니 속히 양의를 나오라 하여라."

이때 양의가 문기 뒤에서 비단주머니 속 봉투를 내어 뜯어보니 이러이러히 하라는 지시였다.

양의는 즉시 말을 달려 나가 진영 앞에 말을 세우고, 손가락으로 위연

을 가리키며 웃으며 말한다.

"승상께서 생전에 네가 언젠가는 반드시 반역할 것을 아시고 나에게 방비하라 하시더니, 이제 과연 그 말씀이 맞았도다. 네가 말 위에서 '누가 감히 나를 죽이겠느냐' 하고 세 번 외칠 수 있느냐? 그럴 수 있다면 너는 참으로 남아 대장부니, 나는 두말 않고 한중 땅의 모든 성지城地를 너에게 넘겨주리라."

위연은 크게 껄껄 웃으며,

"필부匹夫 양의는 자세히 듣거라! 공명이 살아 있을 때는 내가 약간 두려웠지만, 그가 이제 죽고 없으니 천하에 누가 감히 나를 대적하리요. 세 번이라고 하지 마라. 3만 번이라도 그것쯤 외치는 것이 무슨 어려울 것 있으리요."

하고 마침내 칼을 드리우고 말고삐를 늦추며 말 위에서 크게 외친다.

"누가 감히 나를 죽이겠느냐!"

그 첫 번째 외치는 소리가 끝나기도 전이었다. 바로 뒤에서 한 사람이 소리를 버럭 지르며,

"오냐, 내가 너를 죽이리라!"

하고 손에서 칼이 한 번 번쩍하자, 이미 위연의 목은 말 아래로 떨어져 데굴데굴 구른다. 모두가 깜짝 놀라 보니 위연을 참한 사람은 바로 마대였다.

원래 공명은 임종 때 마대에게 비밀리에 계책을 일러주되, '위연이 그렇게 소리를 지를 때 그 기회에 참하라'고 지시했던 것이다.

이날 양의는 비단주머니 속에서 나온 계책을 읽자, 이미 마대가 위연의 밑에 있는 뜻을 비로소 알았고, 그래서 지시대로 했더니 과연 위연을 죽일 수 있었던 것이다.

후세 사람이 찬탄한 시가 있다.

計出西川錦字暗藏匣口劍

孔明遺前斬魏延

變生南鄭鋼刀輕殪亂臣頭

제갈양이 일러준 계책에 따라 위연을 참하는 마대. 왼쪽부터 마대, 위연

제갈공명은 미리 위연을 짐작하고
뒷날 서천에서 배반할 것을 알았도다.
비단주머니 속에 담긴 계책을 그 누가 알랴.
이제 보니 성공이 바로 말 앞에 있었구나.

諸葛先機識魏延

已知日後反西川

錦囊遺計人難料

却見成功在馬前

이리하여 동윤이 남정 땅에 이르기도 전에 마대는 이미 위연을 한칼에 참하고, 강유와 군사를 한데 합쳤다. 양의는 표문을 급히 성도로 보

내어 후주에게 보고했다.

후주는 표문을 읽고서,

"이제 위연의 죄는 다스렸지만, 그가 지난날에 세운 공로를 생각하지 않을 수 없다."

하고 널[棺]을 하사하여, 장사지내주도록 분부했다.

양의 등이 공명의 영구를 모시고 성도에 이르자, 후주는 문무 백관을 거느리고 모두 상복 차림으로 성 바깥 20리까지 나와서 영접한다.

후주는 방성통곡하고, 위로는 공경 대부로부터 아래로는 숲 속의 백성들에 이르기까지 남녀노소가 통곡하지 않는 사람이 없었다. 구슬픈 울음 소리가 땅을 진동한다. 후주가 영구를 부축하도록 명하고, 성안으로 들어가서 승상부에 안치하니, 공명의 아들 제갈첨諸葛瞻이 상주로서 지킨다.

후주가 조정으로 돌아가니, 양의는 스스로 자기 몸을 결박하고 사죄한다.

후주는 가까운 신하를 시켜 양의의 결박을 풀어준 뒤,

"경이 승상의 유언대로 하지 않았던들, 영구가 언제 돌아오고 또 어떻게 위연을 참할 수 있었으리요. 이번에 큰일을 무사히 넘긴 것은 다 경의 힘이로다."

하고 양의를 중군사中軍師로 승격시킨다.

"또 마대는 위연을 참한 공로가 크다."

후주는 위연의 벼슬을 그대로 마대에게 주었다.

양의가 공명이 남긴 표문을 바치니, 후주는 읽고서 크게 통곡하며 좋은 땅을 골라 편안히 장사를 모시도록 하라고 분부하는데, 비의가 아뢴다.

"승상은 임종 때 유언하기를, '나를 정군산定軍山에 장사지내되, 담을

두르지 말고 벽돌과 석물石物을 쓰지 말라. 또한 제물도 일절 쓰지 말라'
하셨습니다."

후주는 그 유언을 따르기로 했다. 그 해 10월 중에서 길일을 고르고,
후주는 친히 영구를 따라 정군산까지 가서 장사지내고, 조서를 내려 제
사를 지내면서 충무후忠武侯라는 시호를 내렸다. 그리고 면양沔陽 땅에
사당을 세우고, 춘하추동으로 제사를 드리도록 명했다.

후세의 당나라 때 대시인 두공부(두보)가 제갈공명을 읊은 시가 있다.

승상의 사당을 어느 곳에서 찾을까
금관성(성도) 밖은 잣나무만 우거졌구나.
댓돌에 비친 푸른 풀은 스스로 봄빛인데
나뭇잎들 사이에 노란 꾀꼬리는 공연히 소리만 곱도다.
유비는 세 번씩이나 빈번히 찾아가 천하를 계획했고
공명은 임금을 2대나 세우고 앞날을 연 늙은 충신이었도다.
싸움에 나아가 이기기도 전에 몸이 먼저 죽었으니
길이 영웅으로 하여금 눈물만 옷깃을 적시었구나.

丞相祠堂何處尋

錦官城外柏森森

映階碧草自春色

隔葉黃隱空好音

三顧頻煩天下計

兩朝開濟老臣心

出師未捷身先死

長使英雄淚滿襟

두공부가 지은 시가 한 수 더 있으니,

제갈공명의 큰 이름은 우주에 드리워졌으니
대표적인 신하로서 그 초상肖像은 엄숙하여 맑고 높도다.
천하가 셋으로 나뉘자 그 하나를 차지하고서 계책을 짰으니
만고의 구름 하늘에 짝이 없는 날개였도다.
어깨를 견줄 만한 인물은 옛 대정치가인 이윤伊尹과 주周나라
를 세운 여상呂尙(강태공) 정도이고
지휘하여 결정을 짓기로는 옛 유명한 소하蕭何와 조참曹參도
뒤따르지 못하리라.
운수는 옮아가고 한나라는 끝내 회복하기 어려워
큰 뜻은 섰으나 몸이 군무에 시달리다가 쓰러졌도다.

諸葛大名垂宇宙
宗臣遺像肅清高
三分割據紆籌策
萬古雲儉一羽毛
伯仲之間見伊呂
指揮若定失蕭曹
運移漢祚終難復
志決身殲軍務勞

후주가 성도성 안으로 돌아오자, 홀연 가까이 모시는 신하가 아뢴다.
"변방의 보고에 의하면 동오의 장수 전종全綜이 군사 수만 명을 거느
리고 파구巴丘의 경계에 집결했다 하니, 그 뜻을 모르겠습니다."
후주가 놀란다.

"승상이 세상을 떠난 지 얼마 안 되는데, 동오가 동맹을 저버리고 우리 경계를 침범하려 하니, 이를 어찌할까?"

장완이 아뢴다.

"신이 왕평과 장의를 시켜 군사 수만 명을 거느리고 가서 영안永安 땅에 주둔하고 뜻밖의 침입이 있을 경우에 방비하게 하리니, 폐하는 사자를 동오로 보내어 승상의 별세를 알리는 동시에 그들의 동정을 살피게 하소서."

후주가 말한다.

"반드시 말 잘하는 선비를 사신으로 보내야 할 것이다."

한 사람이 썩 나서며 청한다.

"바라건대 신이 가겠나이다."

모든 사람이 보니, 그는 바로 남양군南陽郡 안중安衆 땅 출신으로, 성명은 종예宗預이고 자는 덕염德艶이니, 현재 벼슬은 참군우중랑장參軍右中郞將이었다.

후주는 매우 흡족해하며 종예에게 즉시 동오로 가서 제갈공명의 상사喪事를 알리고, 겸하여 그들의 허실을 탐지하고 오도록 명령했다.

이에 종예는 성도를 떠나 바로 금릉金陵으로 가서 오주吳主 손권孫權을 배알하고 보니, 좌우 사람들이 다 상복을 입고 있다.

손권이 노한 표정을 지으며 묻는다.

"우리 오나라와 촉나라는 이미 한집안이 됐거늘, 경의 주인은 어찌하여 백제白帝 땅에 군사를 더 많이 주둔시켰느냐?"

종예가 답변한다.

"동쪽(동오)이 파구 땅에 군사를 집결시켰으니, 우리 서쪽(서촉西蜀)도 백제 땅에 군사를 증강하고 지키는 것이 마땅한 사세입니다. 이런 일은 서로 따질 문제가 아닌 줄로 아옵니다."

손권이 웃으며,

"경은 등지鄧芝 못지않은 인물이로다." 등지는 유비가 세상을 떠난 뒤 오나라에 사신으로 가서 오촉 동맹을 맺었던 사람이다. 제86회 참조.

하고 계속 말한다.

"짐은 제갈승상이 하늘로 돌아갔다는 소식을 듣고 울지 않은 날이 없으며, 모든 관원들에게 상복을 입도록 했다. 짐은 위가 상중인 촉을 기회로 알고 치지나 않을까 염려하여, 그래서 파구 땅에 군사 만 명을 더 보내어 지키게 했다. 만일의 경우에 경의 주인을 돕기 위함이니 결코 딴 뜻은 없노라."

종예가 절하고 머리를 조아리며 감사하니, 손권은 다시 말을 계속 잇는다.

"짐이 이미 동맹한 사이인데, 어찌 의리를 저버릴 리 있으리요."

종예가 아뢴다.

"우리 천자께서 이번에 승상이 세상을 떠나셨으므로, 특히 신에게 명하사 상사喪事를 전하라 하셨습니다."

손권은 황금 장식을 한 화살 한 대를 내오라 하여, 그것을 친히 꺾고 맹세한다.

"짐이 지난날의 동맹을 저버린다면, 짐의 자손은 대가 끊어지고 망하리라."

그리고 나서 향과 비단과 부의賻儀를 가지고 서천에 가서 제사를 지내고 오도록 신하에게 명령한다. 종예는 오주 손권에게 하직하는 절을 하고, 오나라 사신과 함께 성도로 돌아간다.

성도에 돌아온 종예는 즉시 궁으로 들어가서 후주를 뵙고 다녀온 경과를 아뢴다.

"오나라 주인은 승상이 세상을 떠난 데 대해 또한 친히 울고, 모든 신

하에게 상복을 입혔습니다. 그리고 파구 땅에 군사를 집결시킨 것은 혹 위가 이번 기회에 쳐들어오지나 않을까 염려하고 대비한 것이지 딴 뜻은 없다며, 친히 화살을 꺾고 동맹을 배반하지 않겠노라 맹세하였습니다."

후주는 크게 안심하며 종예에게 많은 상을 주고, 오나라 사신을 극진히 대접하여 돌려보냈다.

마침내 후주는 공명의 유언대로 장완을 승상으로 삼는 동시에 대장군 녹상서사錄尙書事로 승진시키고, 비의를 상서령尙書令으로 삼아 함께 승상 일을 돕도록 했다. 오의吳懿를 거기장군車騎將軍으로 삼아 한중 땅을 관할하게 하고, 강유를 보한장군輔漢將軍 평양후平襄侯로 삼아 모든 곳의 군사를 통솔하게 하는 동시에 오의와 함께 한중 땅에 주둔하면서 위군의 침입을 막게 했다. 그 밖의 장수들은 각기 지난날의 직분대로 두었다.

양의는 자신이 벼슬을 지낸 경력이 장완보다 선배인데도 장완보다 지위가 낮고, 더구나 지난날에 자기가 세운 공로를 자부하는 터에 아무런 승진도 상도 없는지라, 비의에게 원망하는 말을 한다.

"지난날 승상이 세상을 떠났을 때 내가 모든 군사를 거느리고 위나라로 투항해갔더라면, 오늘날 나는 이처럼 적막하지는 않을 것이오."

그러나 비의는 양의의 이 말을 남몰래 후주에게 고해바쳤다.

후주는 진노하여 양의를 옥에 가두어 국문하고 참하려 하는데, 장완이 아뢴다.

"양의의 죄는 죽어 마땅하나, 지난날에 승상을 따라 많은 공로를 세웠으니 참할 수 없습니다. 그러니 그를 삭탈관직하고 백성으로 몰아내십시오."

후주는 그 말을 좇아 양의의 모든 벼슬을 빼앗고 한중 땅 가군嘉郡으

로 추방했다. 일반 백성이 되어버린 양의는 부끄러움을 참을 길이 없어
칼로 자기 목을 치고 죽었다.

촉한 건흥 13년(235)은 위주 조예의 청룡靑龍 3년이요, 오주 손권의
가화嘉禾 4년이었다. 이해에는 세 나라가 각기 군사를 일으키지 않았다.
여기서 위나라만 언급하기로 하면, 위주 조예는 사마의를 태위太尉로
봉하고, 모든 군사를 통솔하여 모든 변방을 지키게 했다. 이에 사마의는
절하고 감사하며 낙양으로 떠나갔다.
위주 조예는 허도에서 크게 토목 공사를 일으켜 궁전을 짓고, 또 낙양
에도 조양전朝陽殿과 태극전太極殿을 짓고, 총장관總章觀이란 건물을 건
축했는데 그 높이가 10장丈이었다. 숭화전崇華殿 · 청소각靑儵閣 · 봉황루
鳳凰樓를 세우고, 구룡지九龍池를 만들어 박사博士인 마균馬鈞에게 총감
독을 맡겨 극도로 화려하게 하니, 조각한 대들보와 화사한 기둥과 푸른
기와며 황금빛 벽돌이 햇빛에 반짝였다.
더구나 천하에 일등가는 목수 3만여 명과 백성 30여만 명이 동원되
어 밤낮을 가리지 않고 공사하니, 어느덧 백성들도 지쳐서 원망하는 소
리가 끊이지 않고 일어난다.
조예는 또 명령을 내려 방림원芳林園에다 토목 공사를 하는데, 심지어
는 공경 대부들까지도 동원되어 흙을 져 나르고 그 안에다 수목을 심으
니, 동심董尋과 사도司徒 등이 표문을 올려 극력 간하였다.

엎드려 생각건대, 건안 이래로 들에는 싸워서 죽은 자로 가득하
고, 혹은 한 집안이 또는 한 가족이 대가 끊기고, 혹 살아 남은 자가
있다 할지라도 어린 고아이거나 아니면 늙고 병든 자들뿐입니다.
오늘날 궁실이 협소해서 크게 넓힐 필요가 있을지라도, 적당한 때

228

를 골라 농사짓는 일에 방해가 되지 않도록 해야 할 터인데, 더구나 소용없는 일이야 더 말할 것 있겠습니까. 폐하가 이미 모든 신하를 존중하사 관면冠冕을 머리에 쓰게 하고 수놓은 관복을 입게 하고 화려한 가마를 타게 한 것은, 대신이 소인과 다르다는 점을 보이기 위한 것입니다. 그런데 이제 그 대신들이 나무를 져 나르고 흙을 메고 몸은 땀에 젖고 발은 진흙투성이가 되었으니, 체통은 빛을 잃고 모든 일은 아무런 뜻도 없게 됐습니다. 공자가 말씀하시기를, '임금이 신하를 예의로써 부리면 신하는 충성으로써 임금을 섬긴다'고 했으니, 만일 충성도 없고 예의도 없다면 나라 꼴은 무엇이 되겠습니까. 신은 이런 말을 하면 반드시 죽는다는 것도 알고 있습니다. 하지만 자신을 보잘것없는 쇠털[牛毛] 하나 정도로 생각하고 있으니, 살아서 보람이 없을 바에야 죽는다고 무슨 아까울 것이 있겠습니까. 붓을 잡음에 눈물이 앞을 가리니 진심으로 세상을 하직하나이다. 신에게 아들이 여덟 있으니, 신이 죽은 뒤에 폐하께서는 돌봐주소서. 황공함을 이기지 못하며, 다만 분부를 기다리나이다.

조예는 표문을 읽고 격노한다.
"그래 동심은 죽는 게 무섭지 않다더냐!"
좌우 신하들이 고한다.
"동심은 죽어 마땅합니다. 그를 참하소서."
"동심은 원래 충성과 의리가 있었으니, 우선 그를 백성으로 몰아내라. 다시 망령된 말을 하거든 그때는 반드시 참하리라."
조예가 분부했다.
이때 태자太子의 사인舍人(태자를 가까이 모시는 사람)으로서 장무張

茂라는 사람이 있었으니, 그의 자는 언재彦材였다.

장무도 또한 표문을 올려 강력히 간하니, 조예는 그를 참하여 죽이고, 그날로 공사의 총감독자인 마균馬鈞을 불러서 묻는다.

"짐은 고대광실高臺廣室을 짓고 신선과 왕래하면서, 길이 늙지 않는 법을 구하고자 하노라."

마균이 아뢴다.

"한나라 조정 24대 황제들 중에서 한漢 무제武帝만이 가장 오래 살았으니, 그것은 하늘의 해와 달의 정기를 섭취한 때문이었습니다. 일찍이 한 무제는 장안궁長安宮 안에 백양대柏梁臺를 쌓고 그 대 위에 동상 하나를 세웠는데, 그 손에 큰 그릇을 들고 있어 그것을 승로반承露盤이라 일컬었고, 밤 3경이면 북두北斗에서 내리는 이슬을 받았으니 그 물을 천장天漿 또는 감로甘露라고 했습니다. 그 물에다 아름다운 옥 가루를 섞어 늘 복용하면, 늙은이도 아해처럼 젊어집니다."

조예가 무릎을 치며 명령한다.

"너는 곧 인부들을 거느리고 서둘러 장안으로 가서, 그 동상을 이곳 방림원으로 옮겨오너라."

마균은 명령을 받자, 인부 만 명을 거느리고 장안에 가서 그 동상 주위에 나무를 얽어 발판을 만들고 백양대에 올라갈 준비를 서둘렀다. 잠깐 사이에 인부 5천 명이 줄을 연결하고 잡아당겨 빙글빙글 돌면서 올라가니, 그 백양대는 높이가 20길이요 구리 기둥[銅柱]의 크기는 열 아름이나 됐다.

마균은 먼저 동상을 뽑아내게 하고, 많은 인부가 힘을 합쳐 끌어내리니, 그 구리로 만든 사람의 눈에서 하염없이 눈물이 흘러내린다.

모든 사람은 동상이 우는 것을 보고 매우 놀라는데, 갑자기 백양대 주위에서 한바탕 광풍이 일어나더니 모래와 돌을 마구 말아 올려 마치 소

장안 백양대의 동상(오른쪽 위)을 뽑아내는 조예

낙비 퍼붓듯 내리치며, 돌연 하늘이 무너지고 땅이 찢어지는 듯한 큰소리가 나더니, 대臺는 기울어지고 구리 기둥은 쓰러져 인부 천여 명이 깔려 죽었다.

마균은 동상과 승로반을 싣고 낙양으로 돌아가서 바치니, 위주가 묻는다.

"구리 기둥은 어디 있느냐?"

마균이 아뢴다.

"구리 기둥은 무게가 백만 근이라 운반할 수가 없었습니다."

조예는 그 구리 기둥을 부수어 낙양으로 운반해오게 하고, 그것을 녹여 다시 동상 두 개를 만들어 옹중翁仲이라 이름을 붙여, 사마문司馬門 밖에 세웠다. 옹중은 진나라 때 사람 원옹중阮翁仲으로 키가 1장 3척이며 북방을

지켰는데, 흉노는 그를 매우 무서워했다. 그가 죽은 뒤 진 시황은 그의 동상을 만들어 세웠다. 그래서 후세 사람들은 큰 동상 또는 석상을 옹중이라 불렀다.

그리고 또 구리로 용과 봉새 두 개를 만드니, 그 용의 높이는 4장이요 봉새의 높이는 3장 남짓하였다. 둘 다 궁전 앞에 세우고, 또 상림원上林苑에는 기이한 꽃과 이상한 나무를 심고, 아름다운 새와 괴상한 짐승들을 길렀다.

이에 소부少傅 양부楊阜가 표문을 올려 간하니,

신이 듣건대 요임금은 초가에 거처하사 만백성이 편안했으며, 우임금은 궁실을 낮게 지어 천하가 각기 직업을 즐기더니, 은나라와 주나라 때에 이르러서는 혹 당堂을 3척으로 높였으나 길이는 9연筵(돗자리 아홉 장의 길이)을 넘지 않았다고 하더이다. 옛 성군과 총명한 왕들은 궁실을 화려하거나 높이 짓지 않았기 때문에, 백성들의 재력[財功]이 마르지 않았습니다. 그 후 폭군 걸桀은 아름다운 옥으로 방을 꾸미고 상아로 복도를 만들고, 또 폭군 주紂는 경궁傾宮(1경傾은 밭 백 무畝니, 백 무 만한 넓이의 궁전을 말한다)과 녹대鹿臺(주왕이 요녀 달기姺己와 환락한 대 이름. 그 크기는 3리, 높이는 천 척이었다고 한다)를 지어 마침내 나라까지 망쳤고, 초楚 영왕靈王은 장화대章華臺를 지어 그 신세를 망쳤습니다. 진 시황은 아방궁阿房宮을 짓고 그 불행이 아들에게까지 미쳐, 마침내 천하가 반란하자 겨우 두 대만에 멸망했습니다. 대저 만백성의 재력은 생각하지도 않고, 눈으로 보고 귀로 듣는 것만 즐기다가는 자고로 망하지 않은 자가 없었습니다. 그러니 폐하는 옛 요임금 · 순임금 · 우임금 · 탕임금 · 문왕 · 무왕을 본받으시고, 걸왕 · 주왕 · 초 영왕 · 진 시황의 과오를 되풀이 마시고, 스스로 유유자적하소서. 궁실을

사치하는 일은 반드시 나라를 위태롭게 하고야 마는 불행을 불러들입니다. 임금은 머리가 되고 신하들은 팔다리가 되어, 흥하고 망하는 것을 함께하게 마련이며 성공하고 실패하는 것도 함께하기로 되어 있습니다. 신은 비록 노둔하고 겁이 많으나, 어찌 감히 임금의 잘못을 간하는 본분마저 잊으리까. 아뢰는 말이 과격하지 않으면 폐하를 감동시킬 수 없겠기에, 이제 널[棺]을 장만하고 목욕하고 엎드려, 죽여주시기만 기다리나이다.

표문이 올라갔으나 조예는 거들떠보지도 않고, 마균을 재촉하여 높은 대를 세우고, 동상과 승로반을 안치했다. 또 널리 명령을 내려 천하의 아름다운 여자들을 뽑아 방림원에 두니, 대신들은 분분히 표문을 올리며 다투어 간한다. 그러나 조예는 들은 척도 하지 않았다.

원래 조예의 황후 모毛씨는 하내河內 땅 출신이었다. 지난날 조예가 평원왕平原王으로 있을 때 가장 사랑하다가, 황제의 위에 오르자 황후로 삼았던 것이다.

그 후 조예는 곽부인郭夫人을 사랑하게 됐고, 그래서 모황후毛皇后는 사랑을 잃었다. 곽부인은 워낙 아름답고 총명하였다. 조예는 그녀를 몹시 총애하여 날마다 함께 즐기느라고 한 달이 넘도록 조회에 나오지 않았다.

이해 봄 3월에 방림원에는 백 가지 꽃들이 다투어 만발했다. 조예는 곽부인과 함께 방림원에 이르러 술을 마시며 경치를 즐긴다.

곽부인이 말한다.

"어째서 황후를 오시라 하여 함께 즐기시지 않나이까?"

"그것이 있으면 짐은 술 마실 흥이 나지 않는다."

조예는 궁녀들에게 모황후에게는 일절 알리지 말라고 분부했다.

모황후는 한 달이 넘도록 조예가 정궁에 들어오지 않는지라, 이날 궁녀 10여 명을 거느리고 취화루翠花樓 위에 가서 소일하는데, 흥겨운 음악 소리가 들려온다.

"저 음악 소리는 어디서 나는 것이냐?"

한 궁녀가 아뢴다.

"성상께서 곽부인과 함께 화원에 납시어 꽃을 즐기며 술을 드시고 계시나이다."

모황후는 그 말을 듣자, 괴로워서 정궁으로 돌아가 쉬었다.

이튿날, 모황후는 조그만 수레를 타고 궁을 나와 경치를 완상하다가, 구부러드는 회랑回廊에서 바로 조예와 만났으므로 웃고 말한다.

"폐하는 어제 북쪽 꽃동산에서 노셨으니, 그 즐거움이 범연하지 않았으리다."

조예는 매우 노하여 즉시 어제 시종했던 사람들을 잡아들이라 하여,

"어제 북쪽 꽃동산에서 놀 때 짐이 너희들에게 이 일을 모황후에게 알리지 말라고 일렀거늘, 어째서 소문을 퍼뜨렸느냐!"

꾸짖고, 궁관宮官들에게 추상 같은 호령을 내려 전날 시종했던 자들을 남녀 할 것 없이 다 참했다.

모황후는 이 참혹한 광경에 크게 놀라, 곧 수레를 돌려 자기 궁으로 돌아갔다.

그날로 조예는 조서와 사약을 내려 모황후를 죽이고 곽부인을 황후로 세우니, 조정 신하들은 기가 질려 감히 간하는 자도 없었다.

어느 날, 홀연 유주幽州 자사刺史 관구검毋丘儉의 표문이 들이닥쳤다. 그것은 요동遼東 땅의 공손연公孫淵이 반역하여 연왕燕王이라 자칭하다가 소한紹漢 원년이라 개원改元하고, 궁전을 짓고 관직을 두고 군사를 일으켜 침범하니 북방이 소란하다는 내용이었다.

조예는 깜짝 놀라 곧 문무 관원들을 모으고, 군사를 일으켜 공손연을
쳐서 물리칠 일을 상의하니,

　　한참 토목 공사로 온 나라를 괴롭히더니
　　또 난리가 먼 지방에서 일어난다.
　　藥將土木勞中國
　　又見干戈起外方

어떻게 외적外敵을 막을 것인지.

제106회

공손연은 양평 땅에서 패하여 죽고
사마의는 병들었다 하여 조상을 속이다

공손연은 바로 요동 땅 공손도公孫度의 손자요, 공손강公孫康의 아들이었다.

그들의 내력을 좀더 살펴보면, 건안 12년 조조曹操가 원상袁尙을 뒤쫓아 요동 땅에 이르기 전으로 거슬러 올라간다. 그때 요동 땅 공손강이 원상을 참하여 조조에게 그 목을 바쳤기 때문에, 조조는 공손강을 양평후襄平侯로 봉했다(제33회 참조).

그 후 공손강은 죽고, 아들 둘이 있었으니, 큰아들의 이름은 공손황公孫晃이요, 둘째 아들이 바로 공손연이었다. 그때는 둘 다 나이가 어렸기 때문에, 공손강의 동생인 공손공公孫恭이 형의 직분을 계승했다. 그때는 조조도 죽은 뒤여서 조비는 공손공을 거기장군 양평후襄平侯로 봉했다.

태화太和 2년(228)에 이미 성장한 공손연은 문무를 겸비하여 성격이 강하고 싸우기를 좋아해서, 그 작은아버지뻘인 공손공의 직위를 빼앗았다. 그때는 조비도 죽은 뒤여서 조예는 공손연을 양렬장군揚烈將軍 요동 태수로 봉했다.

그 후에 동오의 손권은 장미張彌와 허연許宴을 사자로 삼아 황금과 보옥寶玉을 요동 땅으로 보내고, 공손연을 연왕으로 봉했다. 그러나 공손연은 중원의 위나라 세력이 무서워서 동오에서 온 사자 장미와 허연을 참하고, 그들의 목을 조예에게 바쳤다.

조예는 기특하게 생각하고, 공손연을 대사마 낙랑공樂浪公으로 봉했다. 그러나 공손연은 흡족하지가 않아서 모든 부하들과 상의하고 마침내 연왕이라 자칭하며, 소한 원년이라 개원했다.

부장 가범賈範이 간한다.

"중원(위나라)이 주공에게 상공上公의 벼슬을 내리고 대접하니 이만하면 지위가 낮지 않거늘, 이제 배반한다면 실로 순종하지 않는 결과가 됩니다. 더구나 사마의는 군사를 잘 쓰는지라 서촉의 제갈무후諸葛武侯(공명)도 그를 이기지 못하고 있습니다. 그래 주공은 그러한 사마의와 겨룰 자신이 있습니까?"

공손연은 진노하여 좌우 사람을 꾸짖어 가범을 결박시키고 참하려는데, 참군參軍 윤직倫直이 간한다.

"가범의 말이 옳습니다. 성인도 말씀하시기를, '국가가 망하려면 반드시 요사스런 일이 일어난다'고 하였습니다. 요즘 우리 나라에는 자주 괴이한 일이 생기니, 얼마 전에는 개가 두건을 쓰고 붉은 옷을 입고 지붕 위에 올라가서 사람처럼 행동했으며, 또 성 남쪽에 사는 어떤 백성은 밥을 짓고 솥뚜껑을 열어보니 그 안에 어린아이가 쪄 죽어 있었다고 합니다. 또 양평 북쪽 시가市街에서는 홀연 땅이 내려앉아 큰 구멍이 생기고, 그 안에서 한 살덩어리가 뛰어나왔는데 그 둘레만도 수척數尺이요 머리와 얼굴과 귀와 눈과 입과 코는 다 있으나 손도 발도 없는 괴물이라 칼로 치고 활로 쏴도 상하지 않으니, 어느 점쟁이가 점을 쳐보고 말하기를, '형태는 있으나 완전하지 않고, 입이 있어도 소리가 나지 않으니, 나

라가 망하려고 이런 것이 나타났다'고 했답니다. 이런 세 가지 사건은 다 불길한 징조니, 주공은 특히 조심하시고 경거망동하지 마소서."

공손연은 발끈하여 몹시 성을 내면서 무사들을 시켜 윤직과 가범을 결박하여 시정으로 끌어내어 참하였다. 그리고 대장군 비연卑衍을 원수元帥로, 양조楊祚를 선봉으로 삼고, 마침내 요동 군사 15만 명을 일으켜 곧장 중원으로 쳐들어간다.

변방의 관리가 이 급한 사실을 낙양으로 보고하니, 위주 조예는 크게 놀라 곧 사마의를 소환하여 의논한다.

사마의가 아뢴다.

"신의 부하로 기병과 보병 4만 명이 있으니, 충분히 역적을 격파할 수 있습니다."

"군사는 적고 길은 머니 쳐 무찌르기 어려울까 염려로다."

"군사가 많아야만 좋은 것이 아니니, 장수가 기이한 계책과 지혜로써 지휘할 줄 알아야 합니다. 신은 폐하의 큰 복에 힘입어 반드시 공손연을 사로잡아 궐하에 바치겠습니다."

"경은 공손연이 어떤 작전을 쓰리라 생각하는가?"

"공손연이 만일 성을 버리고 미리 달아난다면 그로서는 상책上策이요, 만일 요동 땅을 지키면서 우리 대군에 항거한다면 그로서는 중책中策이요, 앉아서 양평 땅을 지킨다면 그로서는 하책下策이니, 반드시 신에게 사로잡힐 것입니다."

"이번에 떠나면 왕복하는 데 며칠이나 걸릴까?"

"4천 리 길이니 가는 데 백일이 걸리며, 공격하는 데 백일, 돌아오는 데 백일, 쉬는 데 60일이 걸릴 테니 대략 1년이면 족하리다."

"그 동안에 동오나 서촉이 쳐들어오면 어찌할까?"

"신이 방비할 만반의 계책을 이미 지시했으니, 폐하는 근심 마소서."

조예는 매우 흡족해하며, 즉시 군사를 일으켜 공손연을 정벌하도록 명하였다. 사마의는 조정을 하직한 후 성에서 나와, 호준胡遵을 선봉으로 삼아 전대를 거느리고 앞서가게 하고, 요동 땅에 이르자 영채를 세웠다.

적의 탐마군은 즉시 말을 급히 달려가서 공손연에게 위군이 왔음을 보고했다. 공손연은 비연과 양조 두 장수에게 군사 8만 명을 나누어주고 요동 땅에 주둔시킨 뒤에 참호를 주위 20여 리나 파고, 녹각鹿角(방어책)을 둘러 꽂고 빈틈없이 방비했다.

선봉 호준은 곧 사람을 보내어 이 사실을 보고하니, 사마의가 웃으며 말한다.

"역적 놈들은 나와 싸울 생각은 하지 않고, 우리 군사를 피로하게 할 작정이구나. 생각건대 역적의 무리는 거개가 이곳에 와 있으므로 그들의 소굴은 비었을 것이다. 이곳을 버려두고 그들의 소굴인 양평 땅을 치러 가면, 역적들도 반드시 구원하러 갈 것이니, 우리가 도중에서 맞이하여 무찌르면 완전한 승리를 거둘 수 있으리라."

이에 사마의의 군사들은 작은 길로 나아가 양평 땅으로 행군한다.

한편 비연은 양조와 상의한다.

"위군이 쳐들어오거든 싸우지 말자. 그들은 천리 먼 곳을 왔으므로 곡식과 마초가 계속 뒤따르지 못할 것이니 오래 버티지 못할지라. 곡식이 떨어지면 반드시 물러갈 것이니, 그때에 우리가 무찌르면 사마의를 가히 사로잡을 수 있다. 지난날 사마의가 촉군과 서로 겨룰 때도 위수 남쪽을 굳게 지켰기 때문에 공명은 마침내 군중에서 죽었으니, 오늘날 사태가 바로 그때와 같도다."

비연과 양조가 이렇게 한참을 상의하는데, 홀연 파발꾼이 달려와서 '위군은 남쪽으로 떠나갔습니다' 하고 보고한다.

비연은 크게 놀라,

"적은 우리 양평 땅에 군사가 얼마 남지 않은 것을 알고 우리의 본거지를 치러 갔구나. 양평을 잃으면 우리는 이곳을 지켜도 아무 소용이 없다."

하고, 드디어 모든 영채를 뽑아 일제히 군사를 거느리고 출발했다.

이 일은 즉시 위나라 파발꾼에 의해 사마의에게 전해졌다.

사마의는 웃으며,

"적이 내 계책에 걸려들었다."

하고 하후패와 하후위夏侯威에게 분부한다.

"그대들은 각기 1군씩을 거느리고 제수濟水에 매복하고 있다가, 요동군遼東軍이 오거든 일제히 내달아 협공하라."

두 사람은 계책을 받고 가서 바라보니, 벌써 비연과 양조가 군사를 거느리고 한참 오고 있었다. 즉시 포를 한 방 터뜨리자 양쪽에서 북을 요란스레 치며 기를 마구 휘두르는데, 왼편에서는 하후패가, 오른편에서는 하후위가 일제히 내달아 나가니, 비연과 양조 두 사람은 그만 싸울 생각을 버리고 가까스로 길을 빼앗아 달아난다.

한참 달아나던 그들은 수산首山에 이르렀을 때, 마침 군사를 거느리고 오는 공손연을 만나 군사를 한데 합친 후, 다시 말 머리를 돌려서 위군과 맞섰다.

비연이 말을 타고 나와서 외친다.

"적장은 간특한 계책을 쓰지 말라. 네가 감히 나와서 싸우겠느냐!"

하후패는 칼을 휘두르며 말을 달려 나와 싸운 지 불과 수합에 한칼에 비연을 참하여 말 아래로 거꾸러뜨리니, 요동군은 크게 혼란해진다.

하후패는 기회를 놓치지 않고 군사를 휘몰아 마구 쳐죽이니, 공손연은 패잔병을 거느리고 도망쳐 양평성 안으로 들어가서 성문을 굳게 닫

고 나오지 않는다. 이에 위군은 양평성을 사방에서 에워쌌다.

이때가 가을이라, 가을 비가 연일 계속하여 한 달 동안 내린다. 평지에도 물이 3척이나 고이고, 곡식을 운반하는 배들은 요하遼河 입구에서부터 바로 양평성 아래까지 들이닥친다. 위군은 다 물 속에 있게 되어, 행동에 구속을 받자 매우 불안해했다.

좌도독左都督 배경裵景이 장막으로 들어가서 고한다.

"비가 연일 내리는 통에 진영 속이 온통 진흙이어서, 군사가 머물 수 없습니다. 청컨대 앞산 위로 옮겨주십시오."

사마의가 노한다.

"공손연을 잡는 일이 바로 눈앞에 닥쳤거늘, 어찌 영채를 옮기리요. 다시 이런 말을 하는 자가 있으면 참하리라."

배경은 굽실거리며 물러나왔다.

조금 지나자 우도독右都督 구연仇連이 또 와서 고한다.

"군사들이 물 때문에 고생합니다. 바라건대 태위(사마의)는 영채를 높은 지대로 옮겨주십시오."

사마의는 잔뜩 노하여,

"내가 이미 군령軍令을 내렸는데, 네가 어찌 감히 이다지도 말이 많으냐!"

하고 즉시 끌어내 참하여 그 목을 원문 밖에 내거니, 이에 군사들은 끽소리가 없었다.

사마의는 남쪽 영채의 군사들만 잠시 20리 밖으로 후퇴시키고, 양평성 안의 적군들과 백성들이 맘대로 나와서 나무를 하고 소와 말을 놓아 먹이게 했다.

사마司馬 진군陳群이 묻는다.

"옛날에 태위太尉(사마의)께서 상용上庸 땅을 공격했을 때는, 군사를

여덟 길로 나누어 8일 만에 상용성 밑까지 밀고 들어가서 마침내 맹달 孟達을 사로잡아 크게 성공했는데, 이번에는 완전 무장한 군사 4만 명을 거느리고 수천 리를 와서 적의 성은 공격하지도 않고 군사들만 오래도록 진흙 속에 처박아두고, 더구나 성안의 역적들이 마음대로 나와서 나무를 하고 말과 소를 놓아 기르도록 버려두니, 저는 참으로 태위의 속뜻을 알 수가 없습니다."

사마의가 웃는다.

"그대는 병법을 모르는가. 그 당시 맹달은 곡식이 많고 군사가 적었지만, 우리는 곡식이 적고 군사가 많았기 때문에 속히 싸우지 않을 수 없었던 것이다. 즉 적이 생각지도 않던 곳을 우리가 갑자기 찔러야만 비로소 이길 수 있었던 것이다. 그러나 이번에는 요동의 군사가 많고 우리는 군사가 적은데, 적은 굶주리고 우리는 배부르게 먹으니 힘써 공격할 필요가 없다. 그들이 견디다 못해 달아나도록 내버려둔 뒤에 기회를 보아 칠 작정이다. 그래서 한 가닥 길을 터주어 마음대로 나무하고 말과 소를 놓아먹이게 한 것이니, 이는 그들이 달아날 수 있도록 길을 내주는 것이다."

진군은 비로소 감복했다.

이에 사마의는 심복 부하를 낙양으로 보내어 계속 군량을 충분히 보내주도록 독촉했다.

이때, 위주 조예가 조회를 베풀자 모든 신하가 다 아뢴다.

"요즘 가을 비가 계속 내려 한 달 동안을 그치지 않으니, 군사와 말이 다 피로했을 것인즉 사마의를 소환하시고 일단 쉬게 하소서."

"사마의는 군사를 곧잘 쓰기 때문에, 위험한 경우라도 변을 능히 제압하는 좋은 계책이 많을지라. 이제 조금만 더 기다리면 공손연을 사로잡았다는 기별이 있을 터인데, 경들은 무엇을 그리 근심하느냐."

조예는 신하들이 간하는 말을 듣지 않고, 군량을 계속 사마의에게로 수송했다.

사마의가 영채 안에서 다시 며칠을 지내자, 비는 그치고 하늘이 갠다. 그날 밤에 사마의가 장막을 나와 우러러 천문을 보니, 문득 보이는 별 하나의 크기가 말[斗]만한데, 흐르는 빛이 몇 길[丈]이라. 수산 동쪽으로부터 양평성 동남쪽으로 떨어지니, 각 영채의 모든 장수와 군사들이 모두 놀란다.

사마의는 매우 기뻐하며, 모든 장수들에게 말한다.

"5일 후에 저 별이 떨어진 곳에서 반드시 공손연을 참하게 될 것이다. 내일부터 모두가 힘을 합쳐 성을 공격하라."

모든 장수들은 명령을 받자, 이튿날 새벽부터 군사를 거느리고 성을 사방으로 에워싸고 흙을 쌓아 산을 만드는 동시에 다른 한편으로 땅을 파서 지하도를 만들며, 가대架臺에 포를 설치하고, 구름 사다리[雲梯]를 세워 밤낮없이 공격하니, 화살이 소낙비 쏟아지듯 성안으로 날아든다.

이때 성안에서는 곡식이 떨어져, 모두가 소와 말을 잡아먹는 판이었다. 사람마다 원망하며 각기 지킬 생각이 없어서, 공손연의 목을 베어 양평성을 바치고 항복하고 싶어했다.

공손연은 민심이 이렇듯이 변했다는 말을 듣자, 매우 놀라고 근심하다가, 황망히 상국相國 왕건王建과 어사대부 유보柳甫를 불러,

"위군 영채에 가서 항복하겠다는 뜻을 전하여라."

하고 힘없이 말했다.

이에 두 사람은 성 위에서 줄을 타고 내려가, 사마의에게 가서 고한다.

"청컨대 태위께서는 20리만 후퇴하십시오. 그러면 우리 임금과 신하가 나와서 항복하겠습니다."

사마의는 화를 내며,

"어째서 공손연이 직접 오지 않았느냐. 참으로 무례하다."

하고, 무사를 꾸짖어 두 사람을 끌어내 참하고 그들의 목을 따라온 자에게 내주어 돌려보냈다. 따라갔던 자가 돌아가서 보고하니 공손연은 소스라치게 놀라, 또 시중侍中 위연衛演을 위군 영채로 보냈다.

사마의는 장상에 올라, 모든 장수들을 양쪽으로 늘어세웠다.

위연은 무릎으로 기어 들어와서, 장하에 꿇어앉아 고한다.

"바라건대 태위께서는 진노하지 마소서. 오늘 중이라도 먼저 세자 공손수公孫修를 볼모로 데려오고, 후에 임금과 신하가 스스로를 결박하고 와서 항복하겠습니다."

사마의가 호령한다.

"군사를 쓰는 데는 크게 중요한 다섯 가지가 있다. 첫째는 능히 싸울 만하면 마땅히 싸우는 일이며, 둘째는 능히 싸울 수 없으면 마땅히 지키는 일이며, 셋째는 능히 지킬 수도 없으면 마땅히 달아나는 일이며, 넷째는 능히 달아날 수도 없으면 마땅히 항복하는 일이며, 다섯째는 능히 항복할 수도 없으면 마땅히 죽어야 하는 것이다. 그러하거늘 하필이면 자식을 볼모로 보내겠다더냐! 그 따위 볼모는 필요 없다고 공손연에게 전하여라."

위연은 머리를 감싸고 쥐구멍을 찾듯 총총히 성으로 돌아가서 공손연에게 보고했다.

공손연은 깜짝 놀라, 공손수와 함께 은밀히 의논하고 군사 천 명을 골라, 그날 밤 2경에 남쪽 성문을 열고 동남쪽을 향하여 달아나니, 아무도 없는지라 은근히 속으로 기뻐하는데, 겨우 10리도 못 갔을 때였다. 느닷없이 산 위에서 펑 하고 포 소리가 나더니 북소리와 징소리가 일제히 일어나면서 일지군이 나타나 앞을 가로막는다.

보라, 한가운데는 사마의요, 왼쪽은 사마사, 오른쪽은 사마소였다.

양평에서 사마의(왼쪽 위)에게 포위된 공손연 부자

사마사와 사마소 두 형제가 외친다.

"역적은 꼼짝 말고 게 섰거라!"

공손연은 몹시 놀라 급히 말 머리를 돌려 길을 찾아 달아나는데, 어느새 호준이 군사를 거느리고 들이닥치고, 왼쪽에서는 하후패와 하후위가 들이닥치고, 오른쪽에서는 장호와 악침이 들이닥쳐 사방으로 철통처럼 에워싼다.

공손연 부자는 더 이상 어쩔 수가 없어 말에서 내려 항복한다.

사마의가 말 위에서 모든 장수들을 돌아보며 말한다.

"내 병인丙寅날 밤에 큰 별이 이웃에 떨어지는 것을 봤더니, 오늘 임인壬寅날 밤에 그 징조가 들어맞았도다."

모든 장수들이 축하한다.

"태위는 참으로 신인 같은 안목이외다."

사마의가 '참하라'는 영을 내리니, 공손연 부자는 서로 얼굴을 바라보며 죽음을 당했다.

이윽고 사마의는 군사를 돌려 양평성을 치러 가는데, 성 아래에 이르기도 전에 호준이 먼저 군사를 거느리고 성안으로 들어가니, 성안의 백성들은 향을 사르며 절하고 영접한다.

마침내 위군이 다 성으로 들어가고, 사마의가 관아를 차지하고 높이 앉아 공손연의 일가 친척과 역적질을 함께 도모한 관료들을 모조리 잡아들여 다 죽이니, 70여 명의 목이 떨어졌다.

드디어 방문榜文을 내다 붙이고 백성들을 안정시키는데, 어떤 사람이 사마의에게 고한다.

"가범과 윤직 두 사람이 공손연에게 반역하면 안 된다고 극력 간하다가 함께 죽음을 당했습니다."

이 말을 듣자 사마의는 가범과 윤직의 무덤을 잘 고쳐 짓도록 하고 그 자손들에게는 벼슬을 주고, 삼군을 위로하며 상을 주고 낙양으로 회군했다.

이때 위주 조예는 궁에 있었다. 어느 날 밤 4경이었다. 홀연 한바탕 음산한 바람이 일어나더니 등불을 불어 꺼뜨렸다. 그러자 죽은 모황후가 궁녀 수십 명을 거느리고 나타나더니, 조예가 앉아 있는 옥좌 앞까지 와서 통곡한다.

"내 목숨을 돌려달라!"

그때부터 조예는 병이 났는데, 점점 위중해지자, 시중侍中 광록대부光祿大夫 유방劉放과 손자孫資에게 추밀원樞密院의 일체 사무를 맡기고, 또 문제文帝(조비)의 아들 연왕燕王 조우曹宇를 대장군으로 삼아 소환하고,

태자 조방曹芳을 도와 섭정하도록 분부했다.

그러나 조우는 원래 성품이 공손하고 검소하며 온화해서, 이러한 큰 책임을 맡을 수 없다는 것을 스스로 알기 때문에 굳이 사양했다.

이에 조예는 유방과 손자를 불러 묻는다.

"짐의 종친 중에 누가 이 일을 맡을 수 있을까?"

유방과 손자는 원래 조진의 은혜를 입은 사람들이기 때문에 다 같이 아뢴다.

"조자단曹子丹(조진)의 아들 조상曹爽이 적임인 줄로 아옵니다."

조예가 윤허하자, 두 사람은 또 아뢴다.

"조상을 등용하시려거든 연왕(조우)을 마땅히 연燕나라로 돌려보내 십시오."

조예가 머리를 끄덕이자, 두 사람은 조서를 내리시라 청하고 연왕에게 가서 전한다.

"천자께서 연왕에게 연나라로 돌아가라는 조서를 내리셨으니 오늘 중으로 떠나되, 앞으로도 조서를 내리지 않는 한 다시는 조정에 오지 마시오."

연왕 조우는 거의 쫓겨나다시피 울면서 떠나갔다. 이리하여 조예는 조상을 대장군으로 삼고, 조정의 정사를 맡아보게 했다.

그 후로 조예는 병이 점점 위중해지자, 급히 신하를 보내어 사마의를 조정으로 소환하라고 분부했다. 사마의는 천자의 칙명을 받고, 바로 허도로 돌아와 궁으로 들어갔다.

조예가 말한다.

"짐은 경을 보지 못할까 염려했더니, 오늘 보게 됐으니 죽어도 한이 없겠다."

사마의는 머리를 조아리며 아뢴다.

"신은 도중에서 성체聖體가 편치 않으시다는 소식을 듣고 새처럼 날아서 대궐에 이르지 못하는 것을 한탄했습니다. 이제야 용안을 뵈니, 이는 신의 만행이로소이다."

조예는 태자 조방과 대장군 조상과 유방·손자 등을 다 어탑御榻(천자의 침상) 앞으로 부르고, 사마의의 손을 잡으며,

"옛날에 유현덕은 백제성白帝城에서 병이 위중했을 때 어린 아들 유선劉禪(후주)을 제갈공명에게 부탁했었다. 그래서 공명은 충성을 다하다가 죽은 후에야 만사를 잊었으니, 조그만 나라도 오히려 그러했는데, 더구나 우리는 큰 나라가 아니냐. 짐의 어린 아들 조방은 이제 겨우 나이 8세라. 막중한 사직社稷(조정) 일을 감당할 수 없으니, 바라건대 태위(사마의)와 종형宗兄(조상)과 그리고 공로 높은 옛 신하들은 태자를 돕는 데 힘을 다하되, 짐의 부탁을 저버리지 말라."

하고 어린 조방을 가까이 오라 하여,

"중달(사마의)은 짐과 다름없으니, 너는 마땅히 짐을 대하듯이 공경하여라."

하며, 사마의에게 조방의 손을 잡아주도록 분부하니, 어린 조방이 먼저 사마의의 목을 안고 놓지 않는다.

조예가 그 광경을 보다가,

"태위는 오늘날 어린것이 이처럼 그대를 사랑하는 정을 잊지 말라."

하는데 두 눈에 하염없이 눈물이 흐르니, 사마의도 머리를 조아리며 흐느껴 운다.

위주 조예는 울다가 말문이 막혀, 겨우 손을 들어 태자를 가리키다가 그만 숨이 끊어지고 마니, 황제의 위에 있은 지 13년이요, 나이는 36세였다. 이때가 위나라 경초景初 3년(239) 봄 정월 하순이었다.

사마의와 조상은 곧 태자 조방을 황제의 위에 올려 모셨다. 조방의 자

는 난경蘭卿으로, 그는 원래가 조예의 수양아들로서 궁중에서 비밀리에 자랐기 때문에, 아무도 어디서 데려온 누구의 자식인지를 몰랐다.

이에 조방은 조예에게 명제明帝라는 시호를 드리고, 고평릉高平陵에 장사를 지내고, 곽황후郭皇后를 태황후太皇后로 높이는 동시에 연호를 정시正始 원년(240)으로 개원했다.

사마의는 조상과 함께 조방을 보좌하는데, 조상은 사마의를 끔찍이 알고 매사를 반드시 먼저 알리고 상의했다.

조상의 자는 소백昭伯으로, 그는 어려서부터 궁에 드나들며 매우 얌전했기 때문에 명제(조예)에게 귀여움을 받았다.

그 후로 조상의 문중에는 식객이 5백 명이요, 그 중에서도 다섯 사람이 서로가 경조부박輕佻浮薄한 성격 때문에 절친했으니, 한 명은 이름이 하안何晏이요 자는 평숙平叔이며, 또 한 명은 이름이 등양鄧颺이요 자는 현무玄武니 바로 등우鄧禹(한 광무제 때의 공신)의 후손이며, 다른 한 명은 이름이 이승李勝이요 자는 공소公昭며, 그 다음은 이름이 정밀丁謐이요 자는 언정彦靜이며, 이 밖에 다른 한 명은 이름이 필궤畢軌요 자는 소선昭先이었다.

이들 다섯 사람 외에 또 한 사람이 있었다. 그는 대사농大司農 벼슬을 사는 환범桓範으로 자는 원칙元則인데, 어찌나 꾀가 많던지 사람들은 흔히 그를 꾀주머니[智囊]라고 불렀다.

이들 여섯 사람은 모두 조상의 깊은 신임을 받고 있었다.

하안이 조상에게 고한다.

"주공은 큰 권세를 잡았으니, 함부로 남에게 넘겨주지 마십시오. 그러다가 뒷날에 불행이 들이닥칠까 두렵습니다."

조상이 대답한다.

"사마의와 나는 함께 선제先帝(조예)로부터 '어린 천자를 잘 보좌하

라'는 부탁을 받은 사이다. 그러니 너희들은 지나친 걱정일랑 하지 말라. 사마의가 어찌 나를 배반하리요.'

하안이 계속 고한다.

"옛날에 선공先公(조상의 아버지 조진)께서는 사마의와 함께 촉군을 격파할 때, 사마의에게 여러 번 모욕을 당하셨습니다. 그 때문에 선공께서는 결국 세상을 떠나셨던 것입니다. 주공은 어째서 지난 일을 생각하지 않으습니까?"

조상은 그 말에 정신이 번쩍 나서, 그날로 많은 대신들과 짜고 정전正殿으로 들어가 위주 조방에게 아뢴다.

"사마의는 공로가 높고 덕망이 대단하니 태부太傅(천자의 스승)로 삼으십시오.'

어린 조방이 그 말을 좇으니, 이때부터 사마의의 모든 병권은 다 조상에게로 넘어갔다.

병권을 잡은 조상은 동생 조희曹羲를 중령군中領軍으로, 동생 조훈曹訓을 무위장군武衛將軍으로, 동생 조언曹彦을 산기상시散騎常侍로 삼고, 각기 어림군御林軍 3천 명씩을 거느리고 궁중을 마음대로 드나들게 하였다.

또 하안·등양·정밀을 상서尙書 벼슬로 등용하고, 필궤를 사례교위司隷校尉로, 이승을 하남윤河南尹으로 삼으니, 이들 다섯 사람은 밤낮으로 조상과 함께 앞일을 의논하고, 그 문하에 찾아드는 손님도 날로 늘어났다.

이에 사마의는 병이 났다 핑계를 대며 바깥 출입을 하지 않고, 사마사와 사마소 두 아들도 다 벼슬을 내놓고 한가히 지냈다.

조상은 날마다 하안 등과 함께 술을 마시며 즐기니, 평소 입는 의복과 그릇과 접시가 궁중과 다름없었다. 각처에서 올라오는 진상품 중에서

보기 좋고 진기한 물건은 먼저 빼돌려 자기 물건으로 삼고, 그 후에 궁에 들여보냈다. 또 아름다운 여자들로 부중府中을 가득 채우니, 황문黃門(환관)의 장당張當이란 자는 조상에게 아첨하려고 선제(조예)의 시첩侍妾이었던 여자 일곱 명을 조상의 부중으로 들여보내기까지 했다.

이에 조상은 노래 잘하며 춤 잘 추는 양갓집 자녀 3, 40명을 뽑아 집안 악대樂隊에 보충하고, 또 높은 누각과 단청한 그림 같은 집을 지었다. 솜씨 있는 장인 수백 명을 불러들여 밤낮없이 황금과 은으로 그릇과 접시 등속을 만들게 했다.

어느 날, 그 일당인 하안은 평원平原 땅 관노管輅가 점치는 술법이 놀랍다는 소문을 듣고, 초청해다가 『주역周易』을 논하는데, 이때 등양이 곁에 있다가 묻는다.

"그대는 『주역』을 잘 아노라 자청하면서, 왜 『주역』에 있는 문구를 언급하지 않느냐?"

관노가 대답한다.

"대저 『주역』을 잘 아는 사람은 『주역』을 말하지 않습니다."

하안은 웃으며,

"요긴한 말이란 언제나 간단 명료하지!"

칭찬하고, 관노에게 청한다.

"내가 삼공三公의 지위에 오를 수 있을지 점괘를 한번 뽑아보게. 그런데 요즘 날마다 파리 수십 마리가 내 코에 모여 앉는 꿈을 꾸었으니, 이게 무슨 징조일까?"

관노가 대답한다.

"옛날에 순임금을 도운 원元과 개愷(고양高陽씨 8형제인 8개愷와 고신高辛씨의 8형제인 8원元이 큰 역할을 했다)와 주나라 성왕成王을 보필한 주공은 성품이 온화하여 은혜를 베풀 줄 알고 겸손했기 때문에 많은

복을 받았습니다. 그러나 이제 대감은 지위도 높고 권세도 강하지만, 그 덕을 사모하는 자가 적고 그 위력을 두려워하는 자는 많으니, 이는 결코 삼가 복을 구하는 도리가 아닙니다. 더구나 코는 바로 산山이라. 산山은 높되 위태롭지 않아야 장구히 귀한 지위를 누리는데, 파리 떼들이 악한 냄새를 맡고 모여들었으니, 지위가 험하고 높으면 무너지기 쉬운즉, 어찌 두려운 일이 아니겠습니까. 바라건대 대감은 항상 삼가며, 예의가 아닌 일은 하지 마십시오. 그래야만 삼공의 지위에도 오를 수 있고, 파리 떼들도 몰아낼 수 있습니다."

등양이 격노한다.

"이 늙은이가 못하는 소리가 없구나!"

"이 늙은 사람은 허튼소리는 않소이다."

관노는 마침내 소매를 떨치고 가버린다.

하안과 등양이 껄껄 웃는다.

"참으로 미친 늙은이로다."

관노는 집으로 돌아가자, 외삼촌에게 다녀온 경과를 말했다.

외삼촌이 놀란다.

"하안과 등양 두 사람은 그 위엄과 권세가 대단한데, 너는 어쩌자고 그런 소릴 했느냐?"

"죽은 사람과 말한 것이니 무슨 두려울 게 있습니까."

외삼촌이 그 말뜻을 물으니, 관노가 대답한다.

"등양은 걸을 때 근육이 뼈를 부축하지 못하며, 혈맥이 근육을 제압하지 못할 뿐만 아니라, 일어서면 옆으로 기울어져, 마치 손발이 없는 사람 같았으니 이는 바로 도깨비 상입니다. 또 하안의 눈을 보면 넋이 몸을 지키지 못하여 핏기가 없고, 정신이 부옇게 떠서 얼굴이 마른 나무 같았으니 이는 귀신 상입니다. 그들은 조만간에 죽음을 당할 것인즉, 조

금도 두려워 마십시오."

그러나 외삼촌은 관노를 미친놈이라 크게 꾸짖고 떠나가버렸다.

한편, 조상은 전부터 가끔 하안·등양 등과 함께 사냥을 다녔다.

그 동생 조희가 간한다.

"형님은 막중한 위엄과 권세를 잡은 몸으로서 외방에 나가 사냥하기를 좋아하니, 만일 그 동안에 어떤 사람이 반역이라도 하는 날이면 후회해도 소용없습니다."

조상이 꾸짖는다.

"병권이 다 내 손아귀에 들어 있거늘, 무엇을 두려워하리요!"

사농司農 환범도 간했으나 듣지를 않았다.

이때, 위주 조방은 정시正始 10년을 가평嘉平 원년으로 개원했다. 조상은 한결같이 권세를 잡고도, 그간 사마의의 허실을 몰랐다.

마침 조방이 이승을 청주靑州 자사로 임명한지라, 조상은 이승을 사마의에게로 하직 인사차 보내면서, 그의 동정을 살펴보고 오라 했다. 이승이 태부太傅(사마의)의 부중에 이르자, 문지기는 즉시 들어가서 알렸다.

사마의는 사마사와 사마소 두 아들에게,

"조상이 나의 병세를 알려고 이승을 보내온 것이다."

하고 곧 관을 벗고 머리를 풀어헤치고 침상에 올라앉아 두 시비侍婢의 부축을 받으면서, 그제야 이승을 안내하게 했다.

이승이 침상 앞에 이르러 절한다.

"오랫동안 태부를 뵙지 못했더니, 이렇듯 병환이 위중하실 줄이야 뉘 알았겠습니까. 이번에 천자께서 저를 청주 자사로 임명하셨기 때문에 특별히 하직 인사를 드리러 왔습니다."

사마의는 엉뚱한 소리를 한다.

"병주幷州는 북방에서 가까운 곳이니, 항상 경계하고 잘 방비하라."

이승이 다시 말한다.

"청주 자사로 임명받았습니다. 병주가 아닙니다."

사마의가 웃는다.

"그래, 그럼 그대는 병주서 왔구먼."

"아닙니다. 산동 지방의 청주올시다."

사마의가 한바탕 웃는다.

"그럼 청주서 왔단 말이지."

"태부는 어쩌다가 병이 이 지경까지 이르렀습니까?"

좌우 사람이 대신 대답한다.

"태부는 귀가 먹어서 말귀를 잘 못 알아듣습니다."

이승이 청한다.

"그럼 종이와 붓을 좀 주게."

좌우 사람이 종이와 붓을 갖다 주니, 이승은 글로 써서 바친다.

사마의는 받아보고 웃으며,

"나는 병 때문에 귀까지 먹었네. 이번에 가거든 부디 몸조심하게."

말을 마치자, 손으로 자기 입을 가리킨다.

시비가 끓인 물을 바치니, 사마의는 마시려다가 그만 옷깃 가득히 줄줄 흘리고 만다. 사마의는 흐느끼며,

"이제 나는 쇠약해서 죽음이 조석간에 임박했네. 나의 두 아들은 불초 자식이라. 바라건대 그대는 잘 지도해주게. 그대가 대장군(조상)을 뵙거든, 내가 천만번 두 자식에 관한 일을 부탁하더라고 잘 전해주게."

말을 마치자마자 침상에 벌렁 나자빠지더니 숨이 가쁘다.

이승은 사마의를 하직하고 돌아가, 조상에게 보고 들은 바를 자세히

조상의 모살을 꾀하는 사마의(오른쪽)

고했다. 조상은 기뻐한다.

"그 늙은이가 죽으면 나는 아무 걱정이 없겠다."

한편, 사마의는 이승이 돌아가자 벌떡 일어나 앉으며 두 아들에게 말한다.

"이승이 이번에 돌아가서 보고하면, 조상은 반드시 나를 시기하지 않을 것이다. 우리는 조상이 사냥하러 성을 떠나는 때를 기다렸다가 즉시 일을 도모해야 한다."

하루도 지나기 전에, 조상은 위주 조방에게 청한다.

"고평릉에 행차하여 선제(조예)께 제사를 지내소서."

이에 대소 관원들은 다 어가를 따라 성을 나간다. 조상은 세 동생과

심복 부하인 하안 등과 함께 어림군을 거느리고 어가를 호위하며 가는데, 사농 환범이 말 앞에 와서 간한다.

"주공이 어림군을 모조리 거느리고 동생들과 함께 떠나는 것은 마땅치 못합니다. 만일 성안에서 뜻밖의 변이라도 일어나면 어찔 요량이십니까?"

조상은 말채찍을 들이대며 꾸짖는다.

"누가 감히 변을 일으킨단 말이냐. 함부로 말하지 말라!"

이날 사마의는 조상이 성을 떠나는 것을 보고 마음속으로 쾌재를 부르며, 즉시 지난날 자기 수하에 있으면서 적군을 격파했던 군사들과 심복 장수 수십 명을 일으켜, 두 아들과 함께 말을 타고 바로 조상을 죽이려 출동하니,

문을 닫아건 집 속에서 홀연 일어나더니
군사를 휘몰면서부터 영웅의 기풍이 나타난다.
閉戶忽然有起色
驅兵自此逞雄風

장차 조상의 목숨은 어찌 될 것인가.

제107회

위주의 정권은 사마씨에게로 돌아가고
강유의 군사는 우두산에서 패하다

조상이 동생인 조희·조훈·조언과 심복 부하인 하안·등양·정밀·
필궤·이승 등과 함께 어림군을 거느리고, 위주 조방을 따라 성을 떠나
가 명제明帝(조예)의 능을 참배하고, 그 길로 사냥을 갔다는 말을 듣자
사마의는 매우 기뻐한다.

사마의는 즉시 궁으로 들어가서, 사도司徒 고유高柔에게 방편상 절節
과 월鉞을 내주고 대장군직을 대신 맡겨 먼저 조상의 영소營所를 차지하
게 하고, 또 태복太僕 왕관王觀에게 중령군中領軍의 일을 맡겨서 조희의
영소를 차지하게 하고, 그 자신은 친히 지난날의 관원들을 거느리고 후
궁으로 들어가 곽태후에게 아뢴다.

"조상은 선제가 부탁하신 은혜를 저버리고 간사한 무리와 함께 나라
를 어지럽히니, 마땅히 모든 벼슬에서 몰아내야 합니다."

곽태후가 소스라치게 놀란다.

"천자가 외방에 나가시고 안 계시니, 어찌하란 말이오?"

"신은 천자께 바칠 표문이 있으며 간신들을 죽일 계책이 섰으니, 태

후는 걱정 마소서."

곽태후는 겁이 나서 시키는 대로 따르니, 사마의는 태위太尉 장제蔣濟와 상서령尚書令 사마부司馬孚에게 표문을 짓게 했다. 그것을 황문黃門(환관)에게 보내어 성을 떠나 바로 천자께 갖다 바치도록 지시하고는, 친히 대군을 거느리고 무기고武器庫를 차지하러 간다. 이 비상 사태는 즉시 다른 사람에 의해 조상의 집으로 보고됐다.

조상의 아내 유劉씨는 급히 전청前廳에 나가, 수문관守門官을 불러 묻는다.

"이제 주공이 성을 떠나시고 없는데, 사마의가 군사를 일으켰다니 무슨 일이냐?"

수문장守門將 반거潘擧는

"부인은 놀라지 마십시오. 가서 알아보고 오리다."

하고, 궁노수 수십 명을 거느리고 문루에 올라가서 보니, 마침 사마의가 군사를 거느리고 부중 앞을 지나간다.

반거는 궁노수에게 영을 내리고 어지러이 쇠뇌와 화살을 쏘아대니, 사마의는 지나갈 수가 없었다.

편장偏將 손겸孫謙이 나서서,

"태부(사마의)는 국가 대사를 위해서 이러는 것이니, 활을 쏘지 말라!"

하고 연방 세 번을 외치자, 그제야 반거는 쏘는 것을 중지시킨다.

이에 사마소는 아버지 사마의를 호위하며 지나가서 무기고를 장악하고, 군사를 거느리고 성밖으로 나가 낙하洛河 가에 주둔한 후, 부교를 확보했다.

한편, 조상의 직속 부하인 사마노지司馬魯芝는 성안에서 변이 일어난 것을 보고, 참군參軍 신창辛敞에게 가서 상의한다.

"이제 사마의가 이처럼 변란을 일으켰으니, 장차 어찌하면 좋겠소?"

신창이 대답한다.

"이러고 있을 때가 아니오. 속히 본부 군사를 거느리고 성을 빠져 나가, 천자를 뵈러 가야 하오."

사마노지가 머리를 끄덕이니, 신창은 급히 후당으로 들어갔다. 누님인 신헌영辛憲英이 들어오는 신창을 보며 묻는다.

"동생은 무슨 일로 이처럼 허둥지둥하느냐?"

신창이 대답한다.

"천자가 외방에 가시고 없는데, 태부가 성문을 닫아걸었으니, 필시 역적 모의를 하는 모양입니다."

"사마공司馬公은 역적질을 할 분이 아니다. 조상 장군만 죽이려는 것일 게다."

신창이 놀란다.

"그럼 이 일이 앞으로 어찌 되겠습니까?"

"조상 장군은 사마의의 적수가 못 된다. 조상 장군은 반드시 패할 것이다."

"사마노지가 나에게 함께 가자고 하니, 가는 것이 좋을까요?"

신헌영이 대답한다.

"자기 직분을 지키는 일은 사람이면 다 해야 할 대의이다. 보통 사람이 곤경에 빠져도 그를 도와줘야 하거늘, 더구나 동생은 벼슬에 있는 몸으로서 직분을 버린다면 이보다 큰 잘못을 없을 것이다."

신창은 누님의 말을 좇아 사마노지와 함께 기병 수십 명을 거느리고 성문 지키는 군사를 참하고 나가자, 군사 한 명이 즉시 사마의에게 가서 보고했다.

사마의는 환범마저 놓쳐버릴까 걱정이 되어, 급히 불러오도록 사람을 보냈다.

이때, 환범은 아들과 앞일을 상의 중이었다.

아들이 말한다.

"천자가 외방에 가 계시니, 남쪽으로 나가는 것이 좋겠습니다."

환범이 아들 말대로 말을 달려 평창문平昌門에 이르니, 성문은 이미 닫혀 있었다. 수문장은 바로 지난날 그의 부하였던 사번司蕃이었다.

환범은 소매 속에서 죽판竹版(조령詔令은 죽판에 쓴다)을 썩 내보이며 분부한다.

"황태후의 조서가 여기 있으니 속히 성문을 열어라!"

사번이 반문한다.

"청컨대 그 조서를 확인해야겠습니다."

환범이 꾸짖는다.

"너는 지난날 나의 부하였거늘, 어찌 이리도 무례하냐!"

사번은 그만 기가 질려 성문을 열어줬다. 환범은 일단 성밖으로 나서자, 사번을 돌아보며 말한다.

"사마의가 반역했으니, 너는 속히 나를 따라오너라."

사번은 크게 놀라서 환범을 잡으러 뒤쫓아갔지만 결국 놓치고 말았다. 환범을 데리러 갔던 사람이 돌아와서, 이 사실을 사마의에게 알렸다.

사마의가 크게 놀란다.

"꾀주머니(환범)가 달아났으니, 이 일을 어찌할까?"

장제가 대답한다.

"못난 말(조상)은 잔두棧豆 콩을 좋아하니, 반드시 그를 쓰지 않을 것입니다."『위지魏志』「조상전曹爽傳」주註에 있는 말이다.『통감通鑑』은 '조상은 자기 집안만 생각하고 앞날을 염려할 줄 모르는 인물이기 때문에, 꾀 많은 환범의 계책을 쓸 리가 없다'는 뜻으로 풀이했다.

사마의는 이에 허윤許允과 진태陳泰를 불렀다.

"너희들은 가서 조상에게 내 말을 전하여라. 즉 '사마의는 딴 뜻이 없으며, 너희들 형제의 병권만 거두어들일 작정이라'고 일러라."

허윤과 진태 두 사람이 분부를 받고 떠나가자, 사마의는 장제에게 서신을 쓰게 하고 또 전중교위殿中校尉 윤대목尹大目을 불러 그 서신을 조상에게 전하라고 분부한다.

"너는 조상과 친한 사이니 이 서신을 책임지고 전하여라. 그리고 조상에게 '사마의는 장제와 함께 낙수洛水의 물을 두고 맹세하기를, 다만 병권을 위해서일 뿐 딴 뜻은 없다고 하더라'라고 분명히 일러라."

이에 윤대목은 분부를 받고 떠나갔다.

한편, 조상은 바로 매를 날리고, 개를 풀어 한참 사냥을 하는데,

"성안에서 변이 일어났다고 합니다. 태부(사마의)의 표문이 왔습니다."
하고 수하 사람이 고한다. 조상은 어찌나 놀랐던지, 하마터면 말에서 떨어질 뻔했다.

황문관黃門官이 천자 앞에 무릎을 꿇고 표문을 바치는데, 조상이 대신 받아 봉한 것을 뜯고 아랫사람에게 주어 읽게 하니,

정서대도독征西大都督 태부 신臣 사마의는 진실로 황공하와 머리를 조아리며 삼가 표문을 바치나이다. 신이 옛날에 요동에서 돌아왔을 때, 선제(조예)께서는 폐하와 진왕秦王(조예의 양자 조순曹詢이니 조방과 마찬가지로 누구의 자식인지 모른다. 정시正始 5년에 죽었다) 및 신 등을 가까이 부르시고, 신의 손을 잡으시며 깊이 뒷일을 염려하셨습니다. 그런데 이제 대장군 조상은 선제가 부탁하시던 말씀을 저버린 채 국법을 어지럽히고, 안으로는 신하로서 못할 짓을 하고, 밖으로는 권세를 마음대로 휘두르며 고자 장당張當을 도감都監으로 삼아 서로 짜고서 지극하신 폐하를 감시하고 황제

의 자리를 엿보는 동시에, 이궁二宮을 이간하고 골육의 정을 해쳤습니다(곽태후를 영녕궁永寧官으로 옮기고, 천자와의 사이를 떼어 놓았다). 이에 천하는 물 끓듯하여 민심은 겁을 먹고 떠니, 이는 선제께서 폐하와 신 등에게 부탁하신 본뜻이 아니로소이다. 신은 비록 늙었으나 어찌 지난날의 그 말씀을 잊을 리 있사오리까. 태위太尉 신臣 장제蔣濟와 상서尚書 신臣 사마부司馬孚 등은 조상이 임금을 업신여기며 그 형제들끼리 병권을 잡고서 임금을 모시는 것이 부당하다는 것을 알았습니다. 이에 영녕궁의 황태후께 이 사실을 아뢰고, 황태후의 칙령에 의해서 신은 이 표문을 올리고 법을 시행하는 바입니다. 신은 즉시 주장관主掌官과 황문령黃門令에 명령을 내려 조상·조희·조훈 형제의 병권을 삭탈하고 돌아오시기를 기다릴 뿐입니다. 그러나 그들이 만일 이 명령을 따르지 않고 그냥 머물러 폐하를 억류한다면, 군법에 의하여 그들을 엄벌하는 수밖에 없습니다. 신은 이제 병든 몸으로 군사를 거느리고 낙수에 주둔하며 부교를 확보하고 사태를 주시하고 있습니다. 삼가 이 사실을 아뢰며 엎드려 폐하의 분부를 기다립니다.

위주 조방은 표문을 다 듣자, 조상을 불러서 묻는다.
"태부의 말이 이러하니, 경은 어찌할 테요?"
조상은 어찌할 바를 몰라서 두 동생을 돌아보고 묻는다.
"이 일을 어찌하면 좋겠느냐?"
조희가 대답한다.
"제가 일찍이 간했건만, 형님은 공연히 고집하고 듣지 않더니 결국 이런 사태가 벌어졌습니다. 사마의는 워낙 속임수가 대단해서 공명도 능히 이기지 못했으니, 더구나 우리 형제로서는 상대가 되지 않습니다. 차

라리 우리 자신을 결박하고 가서 항복하여 죽음이나 면하도록 합시다."

그 말이 끝나기도 전에 참군 신창과 사마노지가 낙양에서 왔다.

조상이 물으니, 두 사람은 고한다.

"성안은 철통 같으며, 사마의는 군사를 거느리고 낙수 부교에 주둔하고 있으니, 대세는 다시 회복할 수 없습니다. 속히 대책을 세우십시오."

이렇게 말하는데, 낙양에서 사농 환범이 말을 달려왔다.

"사마의가 이미 변란을 일으켰는데, 장군은 왜 천자께 허도로 돌아가시라고 청한 뒤에 외방 군사를 소집하여 사마의를 토벌하지 않습니까?"

조상이 대답한다.

"우리의 온 가족이 성안에 있는데, 어찌 지방에 가서 군사 원조를 청하리요."

환범이 주장한다.

"보통 사람이 위기에 몰려도 오히려 살기를 바라거늘, 이제 주공은 천자를 모시고 천하를 호령하는 판인데, 그 누가 감히 호응하지 않겠습니까. 그런데도 주공은 왜 스스로 죽음의 땅으로 들어가려 합니까."

조상은 아무 결정도 짓지 못하고 울기만 한다.

환범이 권한다.

"여기서 허도까지는 이틀이면 갈 수 있고, 허도성 안에는 곡식과 마초가 몇 해고 버틸 만큼 쌓여 있습니다. 더구나 주공의 별영別營은 성 남쪽 가까이 있으니, 부르기만 하면 군사들이 즉시 달려올 것입니다. 대사마大司馬의 인印은 내가 이번에 가지고 왔으니, 주공은 속히 갑시다. 늦으면 만사는 끝납니다."

"너무 나를 재촉하지 말라. 내가 좀더 자세히 생각할 때까지 기다리라."

조금 지나자, 이번엔 시중侍中 허윤과 상서령尙書令 진태가 낙양에서 왔다.

"사마의는 장군의 위신을 존중하여 병권만 삭탈할 생각이지 딴 뜻은 없으니, 장군은 속히 낙양성으로 돌아가십시오."

조상은 아무 말이 없다.

이윽고 전중교위 윤대목이 또 낙양에서 왔다.

"사마의가 낙수를 두고 맹세한 것은 딴 뜻이 있어서가 아닙니다. 여기 장제의 서신이 있으니, 장군은 병권만 내놓고 속히 성안 부중으로 돌아가십시오."

조상이 머리를 끄덕이니, 환범은 애가 타서 고한다.

"사태가 급합니다. 그런 쓸데없는 말은 듣지 마시오. 그건 죽으러 가는 길입니다."

이날 밤에 조상은 결정을 짓지 못하다가 칼을 뽑아 들고 길이 탄식하더니, 이리저리 생각하느라 새벽까지 울기만 하고, 그러고도 아무 결정을 못 내렸다.

환범이 장막에 들어와서 재촉한다.

"주공은 하루 낮과 밤을 생각하고도 아직 결심을 못 했습니까?"

조상이 칼을 던지며 탄식한다.

"난 군사를 일으키지 못하겠다. 모든 벼슬을 버리고 부잣집 늙은이로 편안히 살면 족하다."

환범은 방성통곡하며 장막에서 나와,

"조자단(조상의 아버지 조진)은 평생 지혜와 작전을 자랑하더니, 이제 그 아들 삼 형제는 참 개자식이로다."

하고 울어 마지않았다.

허윤과 진태는 조상에게 먼저 인수를 사마의에게 보내도록 타일렀다. 이에 조상은 인을 꺼내어 보내려는데, 주부主簿 양종楊綜이 앞을 막고 통곡한다.

"주공이 오늘날에 병권을 버리고 자신을 결박하고 가서 항복하면, 동시東市에서 죽음을 면하지 못할 것입니다."

"태부는 반드시 나에게 신용을 잃지 않을 것이다."

조상은 마침내 허윤과 진태 두 사람에게 인수를 내주고, 먼저 가서 사마의에게 전하도록 떠나 보냈다.

모든 군사들은 인이 떠나가고 없게 되자, 모두 사방으로 흩어져 가버리고, 조상의 수하에는 관료 몇 사람만이 남았다. 조상의 형제 세 사람은 그 관료들과 함께 떠나, 낙수의 부교까지 돌아갔다.

사마의는 일단 조상 삼 형제만 그들 집으로 돌아가게 한 뒤에, 나머지는 붙들어 감금하고 천자의 칙명이 내릴 때까지 기다리게 하라는 영을 내렸다.

조상 삼 형제가 성안으로 들어갔을 때는 뒤따르는 부하가 한 사람도 없었다.

환범이 부교에 당도했다. 사마의는 말 위에서 말채찍을 들어 가리킨다.

"환대부桓大夫는 어째서 그 모양이냐!"

환범은 머리를 푹 숙이고 아무 소리도 못하고 성안으로 들어간다. 그제야 사마의는 천자의 어가를 모시고 영채를 뽑아 군사를 거느리고 낙양성으로 들어갔다.

조상의 형제 세 사람이 집으로 돌아간 뒤의 일이다. 사마의는 그들의 집 바깥 대문에 큰 자물쇠를 채운 후, 백성들 8백여 명을 시켜 포위하고 지키게 했다.

집 안에 갇힌 조상은 매우 근심하고 고민하는데, 동생 조희가 말한다.

"지금 집 안에 양식이 떨어졌으니, 형님은 사마의에게 서신을 보내어 양식을 꾸어달라고 청하십시오. 그가 양식을 보내주면 우리를 해칠 생각은 없는 것입니다."

조상은 서신을 써서 사람을 시켜 보냈다.

사마의는 서신을 받아보고, 사람들을 시켜 곡식 백 곡斛을 조상의 부중으로 보내줬다.

조상은 매우 기뻐하며,

"사마의는 본시 나를 해칠 생각이 없도다."

하고 마침내 근심하지 않았다.

원래 사마의는 이보다 앞서 고자대감 장당을 잡아 옥에 가두고 문죄했다.

장당이 변명한다.

"제가 혼자 한 짓이 아니고, 하연·등양·이승·필궤·정밀 등 다섯 사람도 함께 역적 모의를 했소이다."

사마의는 장당이 자백한 공사供詞를 문서로 기록하고, 하연 등을 잡아들여 모질게 문초하니 그들은 3월 안에 반란하기로 했다고 다 자백한다. 사마의는 그들에게 큰칼을 씌우고 일단 옥에 감금하라 했다.

성문을 지키는 수문장 사번이 사마의에게 고한다.

"전날 환범은 황태후의 명령이라 저를 속인 뒤에, 일단 성밖으로 나가서는 태부가 역적질한다고 말했습니다."

"음, 그래! 멀쩡한 사람을 역적으로 몰면 그 죄는 스스로가 받는 법이다."

사마의는 또한 환범을 옥에 가두었다.

이리하여 사마의는 마침내 조상 삼 형제와 그 일당 천여 명을 시정으로 끌어내어 다 참하고, 그들 삼족을 멸하고, 그 집들과 재산을 몰수하여 국고에 넣었다.

이때 조상의 종제從弟뻘 되는 문숙文叔의 아내는 바로 하후령夏侯令의 딸이었다. 그녀는 소생도 없이 일찍이 과부가 됐다. 그 친정 아버지가 개가시키려 하자, 그녀는 자기 귀를 칼로 베고 다시는 시집가지 않겠노

라 맹세했다. 그러다가 조상이 죽음을 당하자, 그녀는 자기 코를 잘라버렸다.

집안사람들이 놀란다.

"세상 사람의 한평생이란 가벼운 티끌이 연약한 풀잎에 놓인 것과 같은데, 어찌 자신을 이처럼 괴롭히는가. 더구나 시댁 조씨 일문은 이제 사마씨에게 몰살을 당했는데, 누구를 위해 절개를 지키겠다는 것인가."

그녀가 울면서 대답한다.

"내가 듣건대, '어진 사람은 성쇠를 따라 절개가 변하지 않으며, 의로운 사람은 흥망을 따라 마음이 변하지 않는다'고 하니, 조씨 집안이 한참 세도를 부렸을 때도 오히려 수절했는데, 더구나 멸망한 지금에 와서 어찌 마음이 변할 수 있으리요."

사마의는 이 소문을 듣자 현숙한 부인이라 감탄하고, 양자를 두어 조씨 집안의 뒤를 잇게 했다.

후세 사람이 그 부인을 찬탄한 시가 있다.

인생을 연약한 풀의 가벼운 티끌이라 한 것은 달관한 말이다.
그러나 하후씨에게 딸이 있어 그녀는 의리가 태산과 같았다.
대장부가 치마 두른 여자의 절개만도 못했으니
스스로 돌이켜보라, 수염 있는 남자가 부끄러울 지경이다.
弱草微塵盡達觀
夏侯有女義如山
丈夫不及裙釵節
自顧鬚眉亦汗顔

사마의가 조상과 그 일문을 참한 후였다.

태위 장제가 고한다.

"지난날에 사마노지와 신창은 성문을 지키는 군사들을 죽이고 나갔으며, 양종은 조상이 인수 내놓는 것을 방해했으니, 그들도 그냥 둘 수는 없습니다."

"그들은 각기 자기 주인을 위해서 그렇게 한 것인즉, 의리 있는 사람들이다."

사마의는 그들을 각각 지난날의 벼슬로 복직시켰다.

벼슬에 복직한 신창이 감탄한다.

"아아, 내가 그 당시에 우리 누님께 처신할 바를 묻지 않았던들, 오늘날 큰 의리를 잃을 뻔했다."

후세 사람이 신창의 누님 신헌영을 찬탄한 시가 있다.

신하로서 국록을 먹으면 마땅히 보답할 줄 알아야 하며
주인을 섬기되 사태가 위급하면 마땅히 충성을 다할지라.
신씨 헌영은 일찍이 동생에게 의리를 권했으므로
길이 후세 사람들로부터 높은 칭송을 듣는도다.
爲臣食祿當思報
事主臨危合盡忠
辛氏憲英曾勸弟
故令千載頌高風

사마의는 신창 등을 용서하고 방문을 내걸어 선포하였다. 이에 지난날 조상의 문하에 있던 사람들도 죽음을 면하고, 또 벼슬을 지냈던 자들도 복직되니, 군사들과 백성들은 각기 집안일에 힘쓰며 안팎이 다 안정됐다.

共持國柄後先金闕勢凌君

同東朝綱出入王階威震主

司馬懿父子東政

사마의 부자(왼쪽)에게 정권을 위임하는 조방

　결국 하안과 등양 두 사람은 비명에 죽었으니, 지난날 관노가 본 관상
이 과연 들어맞은 것이다.

　후세 사람이 관노를 찬탄한 시가 있다.

　　성현의 참답고 묘한 비결을 체득하여

　　평원 땅 관노는 신과 서로 통했도다.

　　하안과 등양을 귀신과 도깨비로 단정했으니

　　죽기도 전에 벌써 죽은 사람인 걸 알았도다.

　　傳得聖賢眞妙訣

　　平原管輅相通神

　　鬼幽鬼躁分何鄧

이에 위주 조방은 사마의에게 승상을 봉하고 구석九錫(최고 작위)을 주었으나, 사마의는 굳이 사양하며 받지 않았다. 그러나 조방은 끝내 허락하지 않고, 사마의 부자 세 사람에게 나랏일을 맡아보게 했다.

사마의는 홀연 생각이 났다.

'조상의 일가는 몽땅 죽였지만, 조씨와 인척간인 하후패가 지금 옹주 일대를 지키고 있으니, 그놈이 갑자기 변란이라도 일으키는 날이면 큰일이다. 그러니 속히 처치해야만 한다.'

이에 사마의는 조방에게 청하여 옹주 땅으로 조서를 보냈다. 그 내용은 '정서장군征西將軍 하후패는 속히 낙양으로 와서 중대 문제를 의논하라'는 소환이었다.

하후패는 이 소식을 듣자 깜짝 놀라, 즉시 본부 군사 3천 명을 거느리고 반역하니, 옹주 자사 곽회는 하후패가 반역했다는 소식을 듣자, 즉시 본부 군사를 거느리고 가서 싸움을 걸었다.

곽회가 말을 타고 나아가서 큰소리로 욕한다.

"너는 이미 대위大魏의 황족이며, 천자께서 너를 푸대접하신 일이 없거늘, 어째서 반역했느냐?"

하후패도 나와서 또한 욕질한다.

"나의 아버지(하후연夏侯淵)는 국가를 위해 많은 공로를 세웠건만, 오늘날 사마의는 어떤 자이기에 우리 조씨 일족을 몰살하고 또 나까지 죽이려 하느냐. 조만간에 사마의는 황제의 자리를 빼앗을 것이다. 그러므로 나는 대의로써 역적을 치려 하는데, 어째서 반역이라 하느냐!"

곽회가 노기 등등하여 창을 고쳐 들고 말을 달리니, 하후패도 칼을 휘두르며 말을 달려 나와 싸운 지 10합도 못 되었을 때였다. 곽회가 패하

여 달아나니, 하후패는 뒤쫓아가다가 갑자기 후군에서 함성이 일어나는 것을 듣고 급히 말을 돌려 돌아가는데, 진태가 군사를 거느리고 쳐들어오고, 달아나던 곽회도 다시 돌아와서 양쪽에서 협공한다. 하후패는 감당할 수가 없어 패하여 달아나다가 군사의 태반을 잃고, 아무리 생각해도 뾰족한 계책이 없어, 드디어 한중 땅으로 들어가서 투항했다.

이 사실은 즉시 강유에게 보고됐다. 그러나 강유는 믿기지가 않아서, 사람을 보내어 하후패의 실정을 알아본 후에야 성안으로 들어오게 했다.

하후패가 들어와서 절하고 통곡하며 실정을 고한다.

강유는 정중히,

"옛날에 미자微子(은나라 폭군 주왕의 서형庶兄으로, 여러 가지로 간했으나 소용이 없자 주나라로 망명한 현인이다)는 주나라로 가서 만고 불멸의 이름을 남겼으니, 귀공도 한나라 황실을 부축하여 다시 일으키면, 또한 옛사람에게 부끄럽지 않을 것이오."

하고 마침내 잔치를 베풀어 대접하며, 술자리에서 묻는다.

"이제 사마의 부자가 모든 권세를 잡았으니, 우리 나라를 엿보는 뜻이 없을까?"

하후패가 대답한다.

"늙은 도둑은 역적질할 생각뿐 미처 딴생각은 못할 것입니다. 그러나 위나라에는 새로운 인물이 둘 있으니 다 한창 젊은 나이입니다. 그 두 사람이 군사를 거느리는 날이면 실로 오나라와 촉나라에 큰 두통거리가 될 것입니다."

강유가 묻는다.

"그 둘은 어떤 사람이오?"

"한 사람은 현재 비서랑秘書郞으로 있으니, 영주군潁州郡 장사長社 땅 출신으로 성명은 종회鍾會요 자는 사계士季라. 바로 태부 종요鍾繇의 아

들이니, 어려서부터 담이 크고 지혜가 있었습니다. 언젠가 종요는 그 아들 둘을 데리고 문제(조비)를 뵌 일이 있었는데, 그때 종회는 일곱 살이었고, 그 형 종육鍾毓은 여덟 살이었습니다. 형인 종육은 황제를 뵙자 황공해서 얼굴에 땀이 가득히 흘렀습니다. 황제가 묻기를, '너는 웬 땀이 그리도 많이 흐르느냐'고 하자, 종육은 '너무나 황송하고 두려워서 땀이 간장처럼 흐릅니다' 하고 대답했습니다. 황제가 이번에는 종회에게, '너는 어째서 땀을 흘리지 않느냐' 하고 물으니, 종회는 '두렵고 두려워서 감히 땀도 나지 않습니다' 하고 천연히 대답했답니다. 그래서 황제는 종회를 기특히 생각했는데, 그 후 그는 점점 자라면서 병서 읽기를 매우 좋아하고 육도삼략六韜三略(병서)을 깊이 연구했습니다. 그래서 사마의와 장제는 종회의 재주를 인정하고 있는 터입니다.

그리고 또 한 사람은 현재 연사掾史(촉관屬官)로 있으니, 바로 의양義陽 땅 출신으로 성명은 등애鄧艾요 자는 사제士濟라 합니다. 등애는 어렸을 때 아버지를 잃었으나, 원래 큰 뜻이 있어서 높은 산과 큰 못을 보기만 하면 자세히 살피고, 손가락으로 지시하기를, '저기는 군사를 주둔시킬 만하고, 저기는 곡식을 쌓아둘 만하고, 저기는 군사를 매복시킬 만하다'고 하니, 사람들은 비웃으며 귀담아듣지 않았건만, 홀로 사마의는 그 재주를 기이하다 인정하고, 드디어 군사 기밀에 참석시켰습니다. 등애는 몹시 말을 더듬기 때문에 뭐든지 보고할 때면 '애艾, 애艾' 소리만 연거푸 하므로, 한번은 사마의가 놀리기를, '그대는 말을 할 때마다 애 애 하니, 도대체 애艾(등애의 이름)가 몇 개나 있느냐'고 했습니다. 애艾는 즉석에서 대답하기를, '부르기는 봉새여 봉새여(鳳兮鳳兮.『논어』「미자微子」1편篇에 있는 말이다) 하지만 결국은 봉새 한 마리를 일컫는 것입니다' 하니, 이만하면 그의 영특한 자질을 가히 짐작할 것입니다. 그러니 종회와 등애 두 사람이 가장 걱정거리입니다."

강유가 웃는다.

"그까짓 젊은것들을 무슨 염려할 것 있으리요."

이에 강유는 하후패를 데리고 성도로 가서, 후주를 뵙고 아뢴다.

"사마의는 그간 조상을 모함하여 죽이고, 또 하후패에게 속임수를 써서 잡아죽이려 했습니다. 그래서 하후패는 이번에 우리 나라로 항복해 왔습니다. 지금 사마의 부자는 모든 권력을 마음대로 휘두르고, 조방은 워낙 나약해서 위나라가 앞으로 위태하다고 합니다. 신이 한중 땅에 있은 지 여러 해 동안에 군사들은 힘을 기르고 곡식도 풍족하니, 바라건대 군사를 거느리고 하후패를 길 안내관으로 삼아 중원으로 쳐들어가서 한 황실을 다시 일으켜 폐하의 은혜에 보답하고, 승상(제갈양)이 남기신 뜻을 완수하리다."

상서령 비의가 간한다.

"이 몇 해 동안에 장완과 동윤이 잇달아 세상을 떠나서 안으로 나라를 다스릴 인물도 없으니, 백약伯約은 때를 기다리고 경솔히 행동하지 마시오."

강유가 대답한다.

"그렇지 않소이다. 인생은 늙기 쉽고 세월은 매우 빠르니, 이렇게 허송세월하면 언제 중원을 회복하겠소."

비의가 계속 말한다.

"상대를 알고 자신을 알면 백 번 싸워 백 번 이긴다(손자의 말)고 했으니, 우리의 재주는 다 승상(제갈양)보다 훨씬 못하오. 승상도 오히려 중원을 회복하지 못했는데, 더구나 우리가 뭘 하겠소?"

강유가 답변한다.

"나는 예전에 농서 땅에 오래 있었던 관계로 강인羌人(오랑캐)들의 마음을 잘 아오. 이제 강인들과 동맹하고 그들의 후원을 얻게만 되면,

비록 중원을 회복하지는 못한다 할지라도 농산 서쪽은 다 우리가 차지할 수 있소."

후주가 분부한다.

"경이 위를 치고자 할진댄 충성과 힘을 다하고 용기를 잃지 말라. 이것이 짐의 부탁이다."

이에 강유는 칙명을 받고 조정을 하직하고 하후패와 함께 바로 한중 땅으로 돌아와서,

"우선 사람을 강인들이 있는 곳으로 보내어 동맹부터 맺고, 그 후에 서평西平 땅으로 나아가 옹주 땅으로 육박해 들어가서, 먼저 국산麴山 아래 성 둘을 쌓고 군사를 주둔시켜 기각지세犄角之勢를 이루어놓읍시다. 그리고 우리는 서천 입구로 모든 곡식을 보내고, 옛날에 승상께서 한 그 제도대로 차례차례로 군사를 행군시킵시다."

하고 군사를 일으킬 일을 상의했다.

이해(촉나라 연희延熙 12년. 249) 가을 8월에 촉나라 장수 구안句安과 이흠李歆은 함께 군사 만 5천 명을 거느리고, 국산 앞에 가서 두 곳에 성을 쌓았다. 구안은 동쪽 성을 지키고 이흠은 서쪽 성을 지켰다.

이 사실은 즉시 첩자에 의해 옹주 자사 곽회에게 보고됐다. 곽회는 낙양으로 사람을 보내어 보고하는 동시에 부장 진태에게 군사 5만 명을 주어 촉군과 싸우도록 보냈다.

이에 구안과 이흠은 각기 1군씩을 거느리고 나와 위군을 맞이하여 싸웠으나, 군사 수효가 부족해서 대적하지 못하고 후퇴하여 성안으로 들어갔다. 진태는 군사를 지휘하여 성을 포위하며 사방에서 공격하는 한편, 또 군사를 시켜 한중 땅에서 곡식이 오는 길을 끊어버리니, 성안의 구안과 이흠은 당장 군량이 부족했다.

이때에 곽회가 또한 군사를 거느리고 와서, 지형을 둘러보고 매우 만

족하며 영채에서 마침내 진태에게 명령을 내린다.

"이 성은 높은 곳에 자리잡고 있으니, 필시 물이 부족해서 성밖으로 물을 길으러 나올 것이다. 우리가 그 상류를 끊으면, 촉군은 다 목이 말라 죽을 것이다."

이에 군사들은 땅을 파고 둑을 쌓아 상류의 물을 막아버리니, 성안에는 과연 물이 동이 났다. 이흠이 물을 길으려고 성에서 군사를 거느리고 나오니, 옹주 군사들이 벌떼처럼 달려들어 공격한다.

이흠은 죽기를 각오하고 싸웠으나 능히 벗어나지 못하고, 하는 수 없이 성안으로 도로 들어갔다.

구안이 지키는 성안에도 물이 없었다. 이에 구안은 이흠과 서로 연락하여 군사를 한곳에 모으고 성밖으로 나가서 한바탕 싸웠으나, 결국은 패하여 성안으로 도로 들어가니 모두가 목이 말라 쩔쩔맨다.

구안이 이흠에게 말한다.

"강도독姜都督(강유)이 아직도 군사를 거느리고 오지 않으니, 어떻게 된 건지 모르겠소."

이흠이 제의한다.

"나는 목숨을 걸고 적군을 무찌르고 빠져 나가서 구원군을 청해오리다."

드디어 이흠은 기병 수십 명을 거느리고 성문을 열고 달려나가니, 옹주 군사들이 사방에서 달려들어 에워싼다.

이흠은 미친 듯이 마구 싸워 겨우 포위를 벗어나 몸에 중상을 입은 채로 달리는데, 아무도 뒤따르는 자가 없었다. 거느리고 나왔던 기병 수십 명이 다 전사한 것이었다.

이날 밤, 북풍이 크게 일어나고 검은 구름이 모여들더니, 하늘에서 큰 눈이 내렸다. 그래서 성안의 촉군들은 눈을 녹여 밥을 지어 먹었다.

한편, 이흠은 포위를 뚫고 빠져 나가 서쪽 산 사잇길을 달려간 지 이

틀 만에 군사를 거느리고 오는 강유와 바로 만났다.

이흠이 말에서 굴러 떨어지듯이 내려와 땅에 엎드려 고한다.

"국산 땅 두 성이 다 위군에게 포위당하여 식수가 끊어진 지 오래인데, 다행히도 하늘에서 큰눈이 내려, 덕분에 눈을 녹여 연명하고 있을 것이나 몹시 위급합니다."

"내가 일부러 구원을 늦춘 것은 아니다. 강병羌兵(오랑캐 군사)들이 오지 않아서 이 지경에 이르렀다."

강유는 이흠에게 산속에 가서 치료하도록 사람을 딸려 보냈다.

강유가 하후패에게 묻는다.

"오랑캐 군사들은 오지 않고, 위군의 포위로 국산의 두 성이 매우 위급하니, 장군은 무슨 높은 의견이라도 있소?"

하후패가 대답한다.

"오랑캐 군사들이 당도하는 날을 기다렸다가는 국산 땅 두 성은 다 함락당하고 마오. 내 생각에는, 옹주 군사들이 다 와서 국산을 공격하는 모양이니, 지금쯤 옹주성은 필시 텅 비었을 것입니다. 장군은 군사를 거느리고 바로 우두산牛頭山으로 가서 옹주 땅의 뒤를 치면 곽회와 진태가 옹주를 구원하러 오지 않고는 못 배길 것이니, 그러면 국산 땅의 위기는 저절로 풀리리다."

강유는 손뼉을 치며,

"그 계책이 가장 좋소."

하고 즉시 군사를 거느리고 우두산 쪽으로 떠나갔다.

한편, 진태는 이흠이 성을 나와 싸워서 포위를 뚫고 달아난 것을 보고, 곽회에게 말한다.

"이흠이 가서 강유에게 위급한 사태를 고하면, 강유는 우리 대군이 다 국산 땅에 와 있는 줄 알고 반드시 우두산으로 나아가 우리 옹주 땅의

뒤를 칠 것입니다. 장군은 1군을 거느리고 가서 조수偽水를 차지하고, 촉군이 곡식을 운반해오는 길을 끊으십시오. 그러면 나는 남은 군사 반을 거느리고 바로 우두산으로 가서, 강유를 격퇴하겠습니다. 강유는 곡식을 운반해오는 길이 끊어진 것을 알면, 반드시 스스로 달아날 것입니다.”

곽회는 그 말을 좇아 마침내 1군을 거느리고 가서 몰래 조수 일대를 차지하고, 진태는 나머지 군사를 거느리고 우두산으로 갔다.

한편, 강유가 군사를 거느리고 우두산에 이르렀을 때였다. 홀연 앞서 가던 군사들의 고함소리가 나더니 위군이 앞길을 끊었다는 놀라운 보고가 들이닥친다.

강유가 황망히 선두로 가서 직접 보니, 진태가 달려 나오며 우렁차게 외친다.

“네가 옹주 땅을 습격할 줄 알고 여기서 기다린 지 오래다!”

강유는 분개하여 창을 들고 말을 달려 바로 진태를 찌른다. 진태는 칼을 휘두르며 강유를 맞이하여 싸운 지 불과 3합에 패하여 달아난다.

강유가 군사를 휘몰아 무찌르니, 옹주 군사는 산 위로 물러가서 자리를 잡았다. 이에 강유는 군사를 거두어 우두산 아래에 영채를 세우고, 날마다 군사를 시켜 싸웠으나 승부가 나지 않았다.

하후패가 강유에게 말한다.

“이곳은 오래 머물 곳이 못 됩니다. 매일 싸워도 승부가 나지 않으니, 이는 적이 우리 군사를 유인해두려는 수작이라. 반드시 음흉한 계책이 있을 것이니, 차라리 우리도 잠시 물러가서 새로이 계책을 세우도록 하십시오.”

이렇게 말하는데 파발꾼이 달려와서 보고한다.

“곽회가 일지군을 거느리고 조수를 차지하여, 우리의 곡식이 오는 길을 끊었습니다.”

우두산에서 진태와 결전을 벌이는 강유(왼쪽)

　강유는 깜짝 놀라서 급히 하후패부터 먼저 후퇴하라 지시하고, 친히 뒤를 끊으며 후퇴하는데, 진태는 군사를 나누어 다섯 방면에서 뒤쫓아온다.

　강유는 다섯 방면의 적군을 혼자서 막는데, 어느새 진태는 일부 군사를 산 위로 이동시키고 화살을 빗발치듯 쏘아댄다.

　강유가 급히 조수까지 후퇴했을 때, 이번에는 곽회가 군사를 거느리고 마구 쳐들어온다. 강유는 군사를 거느리고 좌충우돌하나, 위군은 길을 막고 철통같이 에워싼다.

　강유는 죽음을 무릅쓰고 힘껏 싸워 겨우 빠져 나왔으나, 거의 반수 이상의 군사를 잃고 양평관으로 달려간다. 그런데 앞에서 또 난데없는 1대의 군사가 달려온다. 맨 앞에 선 대장은 칼을 비껴 들었는데, 얼굴은

둥글고, 귀는 크고, 입은 네모지고, 입술은 두껍고 왼쪽 눈 밑에 검은 사마귀가 있었다. 그 사마귀에는 수십 개의 검은 털이 나 있었으니, 바로 사마의의 큰아들 표기장군驃騎將軍 사마사였다.

강유는 분노하여,

"젊은것이 어찌 감히 나의 돌아가는 길을 막느냐!"

하고, 말에 박차를 가하며 창을 바로잡고 곧장 달려들어 사마사를 찔렀다.

사마사는 칼을 휘두르며 맞이하여 싸운 지 겨우 3합에 패하고, 강유는 곧장 뚫고 벗어나 양평관으로 달려가니, 성 위의 사람들이 급히 성문을 열어주며 맞이한다.

사마사는 바로 뒤쫓아와서 양평관을 공격하는데, 양쪽에 숨어 있던 궁노수들이 일제히 쇠뇌를 발사한다. 한 번에 쇠뇌 열 개가 동시에 날아간다.

이는 제갈무후가 임종 때 가르쳐준 연노법連弩法이니,

버티지 못하고 이날 삼군이 패했으나
오히려 믿느니 그때에 가르쳐주신바 한 번에 쇠뇌 열 개를 쏘
는 법이라.

難支此日三軍敗
猶賴當年十矢傳

빗발치는 쇠뇌 속에서 사마사의 목숨은 어찌 될 것인가.

【10권에서 계속】

三國志

演義 부록

9

◉ ─ 일러두기

1.「나오는 사람들」은 역자가 직접 작성한 것이다.
2.「간추린 사전」은『삼국지연의』전문 연구가 정원기 교수의 자문을 토대로 구
　성하였다.

나오는 사람들

강유姜維 | 202-264 | 자는 백약伯約. 촉의 대장. 제갈양이 매우 총애했는데, 제갈양은 강유에게 자신이 평생 배운 것을 전수한다. 제갈양 이후 대업을 이어받아 여러 번 위를 쳤으나 뜻을 이루지 못한다.

관구검毌丘儉 | ?-255 | 자는 중공仲恭. 위의 장수. 공손연의 모반을 위주에게 알려 사마의를 도와 이를 막는다. 그러나 뒷날 사마소가 위 황실을 엿보자, 반기를 들고 싸우다 패하여 신현에서 송백에게 죽는다.

동궐董厥 자는 공습龔襲. 촉의 대신. 성실하고 근엄한 사람으로 일찍이 제갈양도 그에게 부탁한 바가 많았다. 촉이 멸망할 때 강유를 도와 검각을 지켰다. 촉이 망하자 진나라에 항복하여 벼슬을 받는다.

두예杜預 | 222-284 | 자는 원개元凱. 진의 명장. 명장 양호의 추천으로 두각을 나타낸다. 지략이 뛰어난 자로 진 황제 사마염의 명을 받아 오를 정벌한다.

등애鄧艾 | 197-264 | 자는 사재士載. 위의 명장. 문무를 겸비한 장수로 촉의 강유와 좋은 적수가 되어 싸운다. 후일 종회와 길을 나누어 촉을 칠 때 경쟁하여 후주의 항복을 먼저 받았다. 그러나 그를 의심한 사마소에게 죽음을 당한다.

사마의司馬懿 | 179-251 | 자는 중달仲達. 위의 권신. 지략이 뛰어난 장수로 제갈양의 최대 적수였다. 군권을 장악한 이후 위를 침입한 제갈양을 여러 차례 잘 막아낸다. 이후 조상을 몰아내고 위의 권력을 장악하여 진나라 건국의 기초를 닦는다.

사마사司馬師 | 208-255 | 자는 자원子元. 위의 권신. 사마의의 장자로, 부자가 모두 지략이 뛰어나고 웅지가 있었다. 부친의 뒤를 이어 권세를 오로지하였는데, 그가 죽은 후 아우 사마소가 뒤를 이었다.

사마소司馬昭 | 211-265 | 자는 자상子尙.

위의 권신. 사마의의 둘째 아들. 부친과 형의 뒤를 이었는데, 권모와 지략에 뛰어났다. 위주를 핍박하여 진왕이 되었으며, 그 아들 사마염이 위를 빼앗아 진나라 황제가 되는 기반을 닦는다.

서성徐盛 자는 문향文嚮. 오의 장수. 손권 수하의 뛰어난 장수로 수전에 능하다. 조비의 남침 때 전권의 중책을 맡아 조비를 물리친다. 싸움에 임하여 많은 공을 세운다.

손권孫權 | 182-252 | 자는 중모仲謀. 오의 초대 황제. 시호는 대황제. 일찍이 영웅의 기상이 있어 부형의 대업을 이어받아 강동에 웅거한다. 촉과 우호를 맺으면서 위의 침입에 전력하였다. 수하의 뛰어난 문무 신하들이 보좌하여 위·촉에 이어 황제로 즉위한다.

오의吳懿 | ?-237 | 자는 자원子遠. 촉의 장수. 유장의 장인이자 장수였으나, 촉에 귀순하였다. 역량 있는 장수로 여러 싸움에서 공을 세운다. 그의 누이는 유비가 한중왕이 되자 왕비로 간택된다.

요화廖化 | ?-264 | 자는 원검元儉. 촉의 장수. 일찍이 관우를 흠모하여 그를 따랐다. 관우가 형주에서 패할 때 촉으로 구원군을 요청하러 간 덕분에 죽음을 면한다. 제갈양과 그 뒤를 이은 강유를 도와 많은 공을 세운다.

위연魏延 | ?-234 | 자는 문장文長. 촉의 맹장. 장사 태수 한현을 죽이고 유비에게 항복한다. 촉을 위해 많은 공을 세우나, 늘 불만이 많아 제갈양의 경계를 받는다. 제갈양이 죽자 바로 모반하였는데, 이에 미리 대비한 제갈양의 비밀 계책으로 허무하게 죽는다.

유선劉禪 | 207-271 | 자는 공사公嗣. 촉의 후주. 선주의 뒤를 이었으나 나약하여 나라를 지킬 수 없었다. 특히 제갈양이 죽은 후로는 환관 황호에게 농락당하였으나, 강유의 힘으로도 어쩔 수 없었다. 그리하여 재위 22년 만에 위에 항복한다.

육손陸遜 | 183-245 | 자는 백언伯言. 오의 대장. 오의 큰 인재로서, 오가 촉의 침입을 받아 위기에 처하였을 때 여몽의 뒤를 이어 전권을 위임받아 촉군을 격파한다. 위의 조비도 그가 있는 한 감히 오를 치지 못했다.

이회李恢 | ?-231 | 자는 덕앙德昻. 촉의 문신. 유장 수하에 있을 때 유비를 촉으로 끌어들이는 것을 극력 반대하였다. 후일 유비에게 귀순한 후 촉을 위해 많은 공을 세운다.

장익張翼 | ?-264 | 자는 백공伯恭. 촉의 장수. 유장 수하에 있다가 유비에게 항복하였다. 제갈양의 남만 정벌 때 따라 출

전한 이래 많은 공을 세운다. 촉이 망할 때 난군 속에서 죽는다.

장제蔣濟 | ?-249 | 자는 자통子通. 위의 중신. 태위. 오와 손잡고 관우를 칠 것을 건의하였다. 특히 사마의와 친하여 조상을 겪을 때 사마의를 적극 돕는다.

제갈각諸葛恪 | 203-253 | 자는 원손元遜. 오의 승상. 제갈근의 아들로 어려서부터 총명하였으며, 손권이 특히 총애하였다. 병권을 잡은 후 그의 권세가 너무 높아지자, 손준이 오주 손양을 꾀어 그와 그의 일족을 몰살한다.

제갈양諸葛亮 | 181-234 | 자는 공명孔明. 촉의 승상. 유비의 삼고초려 이후 세상에 나와 유비와 유선을 받들어 죽는 날까지 한의 중흥에 혼신을 다한다. 당대의 기재로서 천문, 지리, 병법 등에 능통하다.

조방曹芳 | 231-274 | 자는 난경蘭卿. 3대 위주. 조예의 뒤를 이어 황제가 되나 사마씨에 의해 허수아비 노릇을 한다. 뒷날 사마소에 의해 황제 자리에서 쫓겨난다.

조비曹조 | 187-226 | 자는 자환子桓. 초대 위주. 조조의 큰아들. 지모가 뛰어나고 웅지가 있어 조조가 죽자 그 뒤를 이었으며, 드디어 한을 멸하고 황제가 된다.

조상曹爽 | ?-249 | 자는 소백昭伯. 위의 권신. 조진의 아들로 조예가 태자 조방을 부탁하고 죽자, 그로부터 모든 병권을 손아귀에 넣는다. 그러나 밀려났던 사마의가 조상이 방심한 틈을 타 그 일족을 멸문하고 다시 권력을 잡는다.

조예曹叡 | 205-239 | 자는 원중元仲. 2대 위주. 조비의 아들로 어려서는 매우 총명하였다. 그러나 말년에 이르러 사치가 극에 달해 대토목 공사를 일으키는 등 실정이 많았다.

조운趙雲 | ?-229 | 자는 자룡子龍. 촉의 장수. 오호대장. 공손찬의 수하에 있다가 유비를 만난 이후 그를 따르게 된다. 관우, 장비와 함께 평생 유비를 한마음으로 섬겨 마침내 그가 패업을 이루도록 한다.

조진曹眞 | ?-231 | 자는 자단子丹. 위의 대장. 사마의와 함께 제갈양을 막는 데 전력하였으나 번번이 패하였다. 진중에서 제갈양의 편지를 보고 울분을 이기지 못하여 병들어 죽는다.

조휴曹休 | ?-228 | 자는 문렬文烈. 위의 장수. 조조의 조카로서 조조의 각별한 사랑을 받는다. 싸움에 많은 공을 세웠으나, 뒷날 오장 주방에게 패하자 울분 끝에 병들어 죽는다.

종회鍾會 | 225-264 | 자는 사계士季. 위

의 지략이 뛰어난 장수. 사마소가 그의 인품을 높이 사 중용하였다. 뒷날 등애와 함께 촉을 멸망시키는 데 결정적 역할을 한다. 그러나 그에게 딴 뜻이 있음을 안 사마소에게 주륙을 당한다.

진태陳泰 | **?-260** | 자는 현백玄伯. 위의 장수. 문무를 겸비한 장수로, 특히 사마의의 신임을 받아 전장에서 많은 공을 세운다.

초주譙周 | **201-270** | 자는 윤남允南. 촉의 문신으로 천문에 밝았다. 원래 서촉의 유장 밑에 있다가 유비가 촉을 차지하자, 유비를 도와 벼슬이 광록대부에 이른다. 제갈양, 강유가 위를 칠 때 여러 차례 만류하였으며, 촉이 망하자 위에 항복한다.

하후무夏侯楙 자는 자휴子休. 위의 장수. 하후연의 양자였는데, 하후연이 황충에게 죽자 조조가 불쌍히 여겨 그를 부마로 삼는다. 제갈양이 위를 칠 때 군사를 이끌고 막았으나 크게 패하여 갖은 고초를 겪는다.

하후패夏侯覇 자는 중권仲權. 하후연의 맏아들. 사마의의 추천으로 출전하여 많은 공을 세운다. 그러나 사마의가 조상을 죽이자 화를 피해 촉으로 투항한다. 강유를 도와 많은 공을 세웠으나 위장 등지에게 패하여 죽는다.

학소郝昭 자는 백도伯道. 위의 명장. 사마의의 천거로 촉군을 잘 막아 제갈양을 괴롭힌다. 진중에서 병사한다.

간추린 사전

● ─ 암도진창지계暗渡陳倉之計

　사마의는 제갈양이 이 고사의 계책을 쓸 것을 예견하고 조예에게 학소를 천거하여
　진창을 수비하도록 간하였다.(96회)

유방이 항우項羽에 의해 한왕漢王으로 봉해진 뒤, 함양咸陽을 떠나 한중漢中으로 갔
다. 그리고는 도중에 건너온 잔도棧道를 모두 불살라 다시는 관중關中으로 돌아갈 뜻
이 없음을 표시함으로써 항우의 의혹을 해소하고자 하였다. 오래지 않아 그는 한신
의 계책을 이용하여 군사를 거느리고 길을 돌아 험한 옛길로 출병하여 진창陳倉에서
항우의 군대를 격파하고 관중으로 돌아왔다.

● ─ 요리단비 자살경기要離斷臂刺殺慶忌

　오의 장수 주방은 요리가 자신의 팔을 자른 것처럼 머리카락을 잘라 자신의 결백함
　을 보임으로써 조휴를 속여 위군을 격파했다.(96회)

춘추 시대 오吳나라 사람 요리要離는 공자公子 광光의 명을 받고 오왕吳王 요僚의 아
들 경기慶忌를 찔러 죽였다. 그는 일부러 자신의 오른쪽 팔을 자른 뒤, 공자 광이 잘
랐다고 말하며 경기를 속여 신임을 얻은 후 경기를 찔러 죽인 것이다. 그 후에 자신
도 자살하였다.

● — 초살득신이문공희楚殺得臣而文公喜

제갈양이 마속을 참하려 하자, 장완이 초나라 때 득신의 일을 예로 들어 반대하였다.(96회)

춘추 시대 초楚나라 대장 득신得臣이 군사를 이끌고 진晉나라와 전쟁을 하다가 패하고 돌아와 초왕楚王의 협박으로 자살하였다. 진 문공文公은 이 소식을 듣고 매우 기뻐하였다.

● — 당唐·우虞

장소는 손권에게 황제의 위에 오를 것을 간하면서 그 정당성을 입증하기 위해 손권을 요·순과 비교하였다.(98회)

당요唐堯와 우순虞舜을 말한다. '당唐'은 요堯이다. 상고 시대 도당씨陶唐氏의 부족장으로 염황炎黃 부족 연맹의 수령이었다. 그의 이름은 방훈放勛이지만 사서에서는 당요唐堯라 부른다. '우虞'는 순舜이다. 우씨虞氏의 부족장으로 요堯의 뒤를 이어 염황 부족 연맹의 수령을 지냈다. 이름은 중화重華이지만 사서에서는 우순虞舜이라 부른다. 두 사람은 재위 중에 선덕을 쌓아 후세에 덕이 있는 제왕의 본보기로 추앙받았다.

● — 천봉天蓬

농상 땅 전투에서 제갈양이 신으로 가장할 때 관평에게 천봉신으로 분장하여 앞장서게 하였다.(98회)

천봉원수天蓬元帥. 고대 전설 중의 천신天神이다.

● — 병길우우천丙吉憂牛喘과 진평부지전곡지수陳平不知錢谷之數

주부 양옹은 병길과 진평의 고사를 예로 들어 제갈양에게 일의 크고 작음을 가리지

않고 모두 관리하려 해서는 안 된다고 간하였다. (103회)

병길丙吉은 전한前漢 선제宣帝 때의 승상이다. 매년 봄이면 그는 멀리 외출하였는데, 도중에 싸워서 상처를 입고 누워 있는 사람이 있어도 그냥 지나가며 관심을 갖지 않았다. 그런데 소가 숨을 헐떡거리는 것을 보자 그는 사람을 보내어 알아보게 하였다. 어떤 사람이 이런 그의 행동을 비방하자, 그는 "백성들이 서로 싸워 상하고 죽는 것은 그 방면의 관리들에게 단속할 책임이 있다. 그러나 지금은 날씨가 그다지 덥지 않아 소들이 숨을 헐떡거리지 않아야 마땅하다. 나는 그저 절기가 바르지 못하여 곡식의 작황에 영향이 미칠까 두려울 뿐이다. 이것이야말로 승상으로서 마땅히 걱정해야 할 일이 아닌가"라고 대답하였다.

진평陳平은 전한 문제文帝 때의 승상이다. 문제가 그에게 전국에서 1년 동안 몇 건의 형사 사건이 판결되며 국가 재정의 수입과 지출이 얼마나 되는지를 물었다. 그는 대답하기를, "그런 일들은 그것을 주관하는 관리에게 물어보아야 마땅하며, 승상은 단지 여러 신하들을 관리하고 천자께서 정무를 총괄하시는 것을 도와드릴 뿐입니다"라고 하였다.

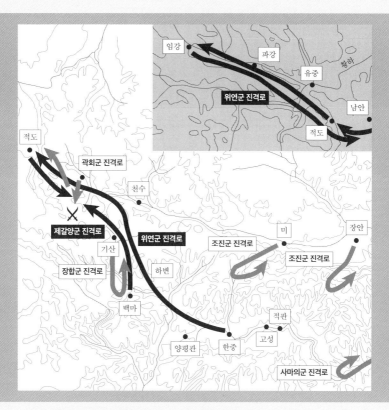

【 수양 전투 】

건 흥建興 8년(230)에 위는 장래의 화근을 뿌리뽑아야 한다는 조진의 진언을 받아들여, 촉 토벌을 감행했다. 장합, 조진, 사마의 등이 이끄는 대군은 네 방향에서 한중漢中으로 진격했다. 한편, 제갈양은 적판赤坂, 고성固城, 백마白馬에 병력을 배치하고 위의 침공에 대비했다. 그러나, 위군은 장마로 인해 나아가지 못하고 결국 철수하였다. 그틈을 타서 촉의 장수 위연이 양주凉州 일대에 침공을 감행했다. 이에 대해 기산에서 출병한 장합이 군사를 돌려 추격하였으나, 위연은 위의 방어선을 돌파, 양주 서평군西平郡 임강臨羌까지 진군하였다. 이 소식을 들은 제갈양은 촉군을 이끌고 위연을 구하러 떠났다. 위연과 제갈양의 습격을 받은 곽회는 패하여 적도狄道로 달아났다.(100회)

주요 참전 인물

촉군 ― 제갈양, 위연.

위군 ― 사마의, 조진, 곽회, 장합.

三國志演義 ⑨

구판 1쇄 발행 2000년 7월 20일
개정신판 1쇄 발행 2003년 7월 8일
개정신판 7쇄 발행 2024년 9월 24일

지 은 이 | 나관중
옮 긴 이 | 김구용
펴 낸 이 | 임양묵
펴 낸 곳 | 솔출판사
책임편집 | 임우기
편   집 | 윤정빈·임윤영
경영관리 | 박현주

주   소 | 서울시 마포구 와우산로29가길 80(서교동)
전   화 | 02-332-1526
팩   스 | 02-332-1529
이 메 일 | solbook@solbook.co.kr
블 로 그 | blog.naver.com/sol_book
출판등록 | 1990년 9월 15일 제10-420호

ⓒ 김구용, 2003

ISBN 978-89-8133-656-1 (04820)
ISBN 979-11-6020-016-4 (세트)

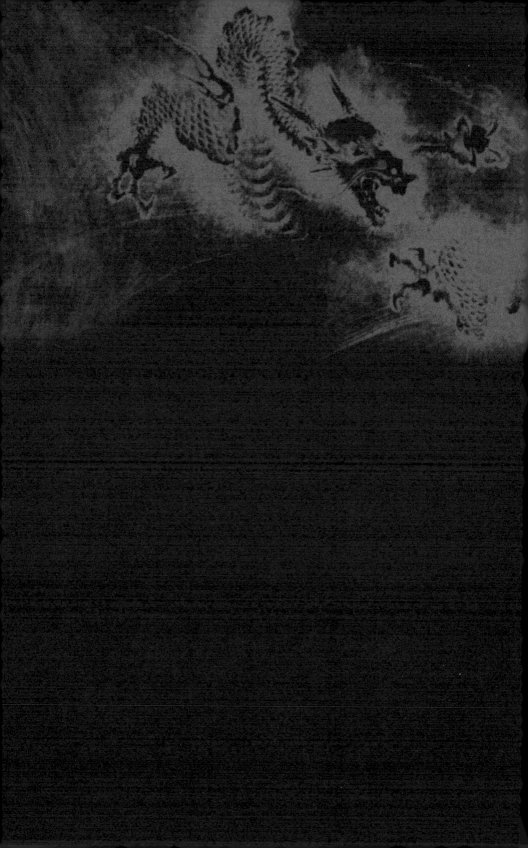

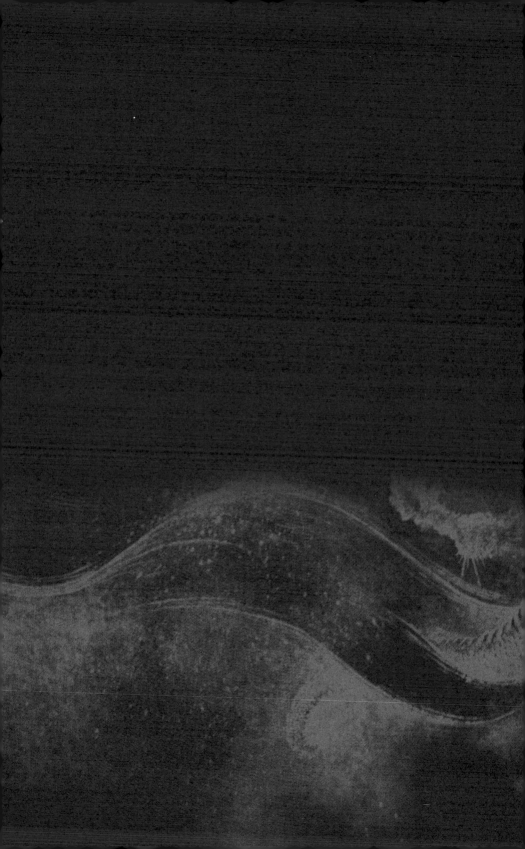

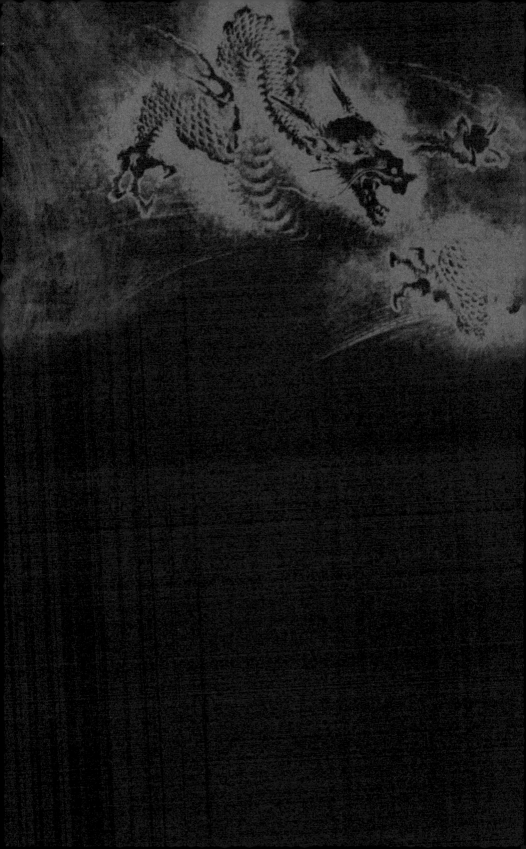

KB059797